长空飞渡

[英]马克·凡霍纳克 / 著
吕奕欣 / 译
李文新 / 审校

九州出版社
JIUZHOUPRESS

献给洛伊丝（Lois）和马克（Mark），
并纪念我的双亲

……这里和任何地方一样,
处于相同的时代。在城市、在泥造聚落中,
光线从不因时代而异。在破旧的港湾附近
西班牙港明亮的郊区周围已化为文字——
马拉威尔、迪亚哥马丁区——高速公路如懊悔般漫长,
尖塔小得令人听不见钟声,
也无法耳闻白色呼拜塔的尖声惊叹
从绿色村庄传出。放下帘子的窗户如大地,
蔗田如排列的诗的小节。
一团白鹭群般的云快速移动,飞掠一片赭色的沼泽
如飞鸟一样找到枝丫。
家乡的倾斜感来得太快——
甘蔗刷过翅膀,围篱出现;这世界仍伫立着,
即使此刻旋转的轮胎摇动着心,一遍又一遍。

——《仲夏》(*Midsummer*),
德里克·沃尔科特(Derek Walcott,诺贝尔文学奖得主)

写在前面

有时我举棋不定,斟酌在本书中该选择何种单位和术语。飞行虽已全球化,但用语未必一致。例如距离地面的高度(真高,height)、距离海平面上方的飞行高度(海拔高,altitude)、飞行高度层(flight level)多以英尺①表示,但也有例外——无论当地是否以公制为单位。风速常以"节"(knot)表示,但有时也用每秒几米。有些地方的能见度常以千米表示,其他地方又会用英里②(而非海里)。千克和吨是质量单位,但我多用来表示重量;日常的非正式用语不仅出现在驾驶舱的对话里,也会出现在技术手册这样的书面资料中。

如果你曾于靠窗座位拍下喜爱的照片,请上传到 skyfaring.com 网站给我,我很想看看。

伦敦

二〇一四年十月

---

① 1 英尺等于 0.3048 米。——编者注(若无特殊说明,本书脚注均为编者注)
② 1 英里约等于 0.6090 千米。

目录

写在前面   1

离地   Lift   1
地方   Place   19
寻路   Wayfinding   57
机器   Machine   99
空气   Air   147
水   Water   185
相逢   Encounters   241
夜   Night   283
回归   Return   337

致谢   369

离地
Lift

我在无窗的小房间里睡觉,房内十分昏暗,如同置身于船只吃水线以下的地方。我的头离墙壁不远,持续的冲击声穿墙而来,无数微粒如溪水绕石般飞掠而过,但比溪水更通畅无阻,仿佛还没触及机身,便与之分离。

我独自躺在蓝色睡袋里,身上的蓝色睡衣是几年前圣诞节的早晨,我在离此数万英里之处打开包装取出的。房间里,机器运作的声音有节奏地此起彼伏。房间墙面弯曲着向上延伸,在狭窄的床铺上形成弧线。这是波音747的机身。

在晚餐或宴会中,刚认识的人如果得知我是飞行员,通常会问我关于工作的事。问题多半与飞机的技术层面有关,或是关于最近飞行中看到的景象、听到的声音。有时候,也会有人问我要飞到哪里去或最喜欢哪个城市。

最常碰到的问题有三个,而且问法几乎都如出一辙:我是不是一直向往飞行?我在"上面"是否遇过无法解释的事?我还记不记得第一次飞行时的情景?我喜欢这些问题。这些问题似乎早在飞行尚未成为平凡小事的年代就已出现,至今仍未曾改变。它们意味着,即使许多人常从某一处越过碧蓝的苍穹,前往地球的彼端,但似乎仍不如自己想象的那样,把飞行视为一件理所当然的事。这些问题提醒我,虽然飞机颠覆了许多我们过去的感知，但我们更深层的意识仍流连故地，在用旧的方式思考。我们对距离与地方、迁徙与天空的观念依然古老，甚至有所退化。

飞行就像人类热爱的任何事物一样，既是一种解放，也是一种回归。伊萨克·迪内森①在《走出非洲》(*Out of Africa*)一书中写道："在空中，你能完全享有三度空间的自由；在长久的放逐与梦想之后，带着满怀思乡之情的心，投入空间的怀抱。"在航空业刚刚兴起的时候，飞行本身便是一件很有看头的事。它对人们来说充满了娱乐性，就像现在许多孩子最初接触飞行时感受到的一样。

许多飞行员朋友告诉我，他们这辈子第一个钟爱的东西就是飞机。我童年时喜欢把飞机模型组装起来，挂在卧室的天花板下。那个天花板上还散布着在黑暗中会发光的星星。白天时，天花板看起来几乎和希思罗机场一样忙碌；到了晚上，室内星空下满是黑乎乎的飞机轮廓。每回全家一同搭飞机旅行，我总是兴致高昂，满心期待，但这无关目的地是何处。我在迪士尼乐园的时候，大部分时间都在期待着再次登上飞机——这个把我们带到这里的神奇航空器。我在学校的科学作业，主题几乎都和航空有关。我曾用纸做过热气球，也曾把巴沙木磨成机翼（这机翼用吹风机一吹还会兴奋地跳动，仿佛通过的不是气流，

---

① 伊萨克·迪内森（Isak Dinesen），是凯伦·布里克森（Karin Blixen）的笔名。

而是电流）。我十三岁时，第一次接到陌生人的来电。母亲脸上挂着微笑，把电话递给我，告诉我说波音公司的副总裁要和我说话。原来，我曾请他提供一段波音747在飞行中的录像，让我在研究波音747的科学作业中使用。他收到信后，表示很乐意帮助我，只是不知道我要的波音747飞行录像是用VHS格式还是Betamax格式。

虽然我是家族中唯一的一位飞行员，但总觉得飞机和飞行与我家颇有渊源。我父亲深深迷恋着飞机，因为他童年的故乡位于比利时西法兰德斯省，第二次世界大战期间，他就在战争第一线目睹了许多飞机飞过上空。那时，他学会了辨认飞机的形状和引擎声，日后写道："天上成千上万的飞机，远比课本有意思多了。"二十世纪五十年代，父亲离开比利时，第一次搭上小飞机，以传教士的身份前往比属刚果。到了二十世纪六十年代，他虽然是搭船去的巴西，但在船上订了《航空周刊》（*Aviation Week*）——没有多少传教士像他这样。后来，他飞到美国，在那里认识了我母亲，上了商学院，还在一家心理医疗服务机构当了经理。他过去的笔记和照片，满载着飞机的信息。

我母亲出生于宾夕法尼亚州的一个乡村，那儿的天空比较宁静。她是语言治疗师，虽然对飞行说不上特别有兴趣。然而，我感觉她似乎最能了解飞行那让我陶醉的、无以名状的乐趣：那是一种所有旅行都会有的古老浪漫，就像她通过《精灵鼠小弟》（*Stuart Little*）和《霍比特人》（*The Hobbit*）让我们兄弟俩感受到的一样；飞行的乐趣还在于，从高处或远方眺望时所获得的美妙体验。它是一种馈赠，让我们找到方向，明白飞行的意义不在于遥远的他方，而在于我们的家。我母亲最喜爱的歌曲是《世界无限美》(*For the Beauty of the Earth*)，我们认为，这首歌曲光是名字便值得印在飞机的遮阳板上了。

我哥哥不是飞行员。他热衷的不是飞机，而是自行车。他的地下室摆满了正在组装的自行车，他会到处去找零件，把这些自行车改装成新的自行车，送给我或其他朋友，而我们也总是会欣然收下。提到自行车车架，他对于轻盈的执着和任何航空工程师无异。我想，他对制造和修理自行车的兴趣，更胜于对骑自行车的兴趣。

如果哥哥在摆弄他的自行车或用电脑研究自行车相关资料时，我刚好坐在一旁的沙发上研读关于飞机的资料，我或许会想起莱特兄弟曾经就是自行车技工，他们制造飞机的本领就是从制造和修理自行车中发展出来的。如果我再看一眼莱特兄弟早期制造的飞机，就更能明白这两者的渊源了。此时我或许会想，若要我组装这样的东西，一定先请哥哥帮忙——即使有时害他没办法做家务，惹父母生气。他会用胶带把小焰火贴到我的飞机模型上，点燃引信，等待适当的秒数之后，再把飞机模型扔出楼上窗户，让它在后院上空划出一道长长的弧线。

我年少时上过几堂飞行课。那时我觉得自己日后可能会在周末开一开小飞机，把飞行当成一项业余爱好，并没有明确立下成为飞行员的志向。在学校里，亦从来没有人建议我从事这项工作。我的街坊邻居中也没有一位飞行员。我甚至不知道我们生活的这个马萨诸塞州的西部小镇有没有民航飞行员，因为附近没有一座大型机场。父亲是个一见飞机就欣喜的人，但他并未将飞行当成终生事业。然而，这些都不是阻碍我成为飞行员的主要原因。我想我之所以没有早早下定决心，是因为我不相信自己如此渴望的东西，有朝一日能变成现实。

高中时，我用送报纸和在餐厅打工赚到的钱，趁着暑假去日本和墨西哥当交换生。高中毕业后，我在新英格兰①念大学，后来去比利时交换——正好和父亲当年反向而行。大学毕业后，我又去英国读非洲史的研究生，因为这样我不仅可以在英国生活，甚至有朝一日可以去肯尼亚生活。然而我并没有取得这个学位，因为在此期间我终于明白，我想当的是飞行员。为了偿还助学贷款，并为日后必需的飞行训练存钱，我前往波士顿找工作。我找的是管理咨询领域的工作，因为在我看来，这是最需要经常飞行的工作。

读高中时，我之所以那么想去看看日本和墨西哥，学习日语和西班牙语，是因为这些探险有着最吸引我的地方，即需要搭很久的长途飞机。为了搭飞机，我在炎炎夏日不远万里奔赴异

---

① 新英格兰，美国大陆东北毗邻加拿大的区域，包括美国的6个州，由北至南依次为：缅因州、佛蒙特州、新罕布什尔州、马萨诸塞州（麻省）、罗得岛州、康涅狄格州。马萨诸塞州的首府波士顿是该地区最大的城市以及经济与文化中心。

国完成学业，后来又在商界找了个最需要"高飞"的工作。最后，这些努力仍无法满足我想常留空中的渴望，于是我决定以飞行员为业。

我决定回到英国，开始接受飞行训练。我喜欢英国，因为这里和飞行有着诸多历史渊源，并且历来与全世界的航空都有着密切的联系；而且从英国出发，即使很短的航程也能把我们带到风情迥异的地方，尤其是那些有我硕士期间结交的好友的地方，我喜欢跟他们在一起。

我二十九岁成为民航飞行员，最初是驾驶空客A 320系列的中短程窄体喷气客机，在欧洲各航路上飞行。清晨四点，闹钟将我唤醒时，我可能置身于一片漆黑的赫尔辛基、华沙、布加勒斯特或伊斯坦布尔。睡眼惺忪时，由于四周没有灯光，看不见酒店房间的样式和格局，这时我常常会问自己：成为飞行员会不会只是一场梦？随后，我会想起接下来一天的飞行行程，怀着和第一天开飞机差不多的兴奋心情，往返于欧洲天际。现在我驾驶的是比较大的飞机——波音747。若是长途航班，飞机上一般会安排多名飞行员，以保障大家的休息时间，这样或许我会在睡梦中飞过哈萨克斯坦、巴西或撒哈拉沙漠。

经常飞行的旅客，在旅程的最初几小时或几天或许常常会受到时差的困扰，也可能会在深夜享受酒店为了不让你错过夜间行程的电话叫醒服务。飞行员也常会在睡眠周期的特殊时间点醒来，而飞行员休息舱一片漆黑又没有任何特别之处，恰似一张白纸，可供想象力自由驰骋。总之，现在的我每次一开始工作，就觉得像是在做梦——做身处空中才会做的梦。

　　黑暗中，轻柔的铃声在波音747的飞行员休息舱响起，宣告我休息时间的结束。我摸索着打开淡黄色的灯，换上制服——这套制服挂在塑胶挂钩上大约两千英里了。我打开从休息舱通往驾驶舱的门。驾驶舱里盈满不知从哪个方向射进来的日光，那光线十分纯粹，挡都挡不住，和我前几个小时身处的昏暗休息舱大相径庭，就像是一种新的感觉。即便事先知道会看见明亮的光线，那一刻我仍会愣一下，更何况这种情况其实并不容易预知，因为光线会随着季节、航路、时间和地方的变化而有所不同。

　　我望向驾驶舱窗户，让眼睛慢慢适应。这一刻，世界的本质是光，而不是光照亮的东西。光照亮日本海，在接近这个岛国之际，海洋彼端逐渐浮现白雪皑皑的山顶。海如同其所映照的天空一样，蓝得无懈可击。我们慢慢往湛蓝星球的表面下降，仿佛所有的蓝色都是这片蓝所铸造或稀释而成的。

　　我进入驾驶舱，坐到右边的座位上，短暂地忆起二十年前来日本交换的少年时光，想起那座我昨天才驾着这趟航班离开的城市——虽然"昨天"这个词似乎用在这里并不恰当，因为飞机在高纬度地区快速向东航行时，一天会结束得更快。我也想起，我在那座城市度过了一个平凡的早晨，下午才去的机场。现在，那一天已成为过往，而那座城市——伦敦——已处于地球弧线的另一端。

我系上安全带，想起昨天发动引擎时的情景。当飞机的空调系统开始运作时，驾驶舱内突然一片安静祥和；空气仅凭一己之力就让巨大的涡轮叶片高速运转，它们不停地转动，越转越快，直到燃料和火也加入其中。引擎纷纷低声轰隆着苏醒过来，发出平稳清晰的吼声——这象征的正是我们这个年代提纯和转化物理力量最完美的方式。

一趟旅程开始于"飞机以飞行为目的、运用自身动力的移动"。我还记得我们前方的飞机以此为目的，在我眼前爬升，进入伦敦雨幕之中的场景。在起飞滑跑阶段，那架飞机的引擎掀起的波状气流，在湿漉漉的跑道上清晰可见，好像狂风扫过池塘的快进画面。当"起飞推力"准备就绪，引擎会把这些水汽向上推，形成巨大的灰黑色圆锥形云雾，并朝上往天空喷射。

我又想起了自己起飞滑跑时的情形：眼前的滑行灯如展开的地毯般伸向远方，耳边传来空中交通管制员的通话声；这经验虽屡屡重复，我却从不感到无聊。在引擎达到指定动力后的最初几秒，飞机开始往前滑跑时，飞行员会觉得像是驾驶着一辆奇特的汽车行驶在同样奇特的公路上。待速度开始加快，机轮的重要性逐渐降低，而与飞行有关的机器装置［机翼与机尾的"飞行操纵面[①]"（control surfaces）］的重要性逐渐上升。通过飞行操纵面，

---

① 飞行操纵面，指铰链在飞机机翼、水平尾翼和垂直翼上的可动翼面，用来在飞机飞行时和在地面高速滑跑时，操控飞机。

我们可以清晰地感觉到飞机在空中的生命力正在觉醒，而随着时间一分一秒地过去，飞机在地面的存在感逐渐减弱，我们对飞机的操控慢慢占据上风。其实早在离开地球之前，我们就已经开始在地面上飞行了。

在飞机的起飞过程中有一个被称为"V1"的速度。飞机在达到这个速度之前，前方仍有足够长的跑道可中止起飞，但超过这个速度就无法中止了。所以达到 V1 之后，为了全力起飞，我们会在地面上继续滑跑一段时间，让飞机继续加速。达到 V1 后几秒钟，飞机又会达到下一个指标速率[①]，机长会说"抬轮"（rotate）。这时跑道上会出现红白交替的灯光，表示跑道已到尽头，而飞机的四个引擎会使出近二十五万磅的推力，把我们往跑道前方推。紧接着我会抬起机头，飞机则会像刚离开车道一样，往右转，前往东京。

然后，伦敦出现在驾驶舱的右边，城市先是变大，接着又缩小。若在飞机爬升过程中俯视城市，发现城市会和地图一样，在我们眼前呈现出整体样貌。在飞机上往下看，你会发现城市的概念与城市的真实形象完美叠合，难以区分。我们沿着伦敦的河流（指泰晤士河）向前飞行，这条河曾引领前一个时代的船只从码头前往世界其他地方，最远到达过北海。之后，下方的海洋变成陆地，丹麦、瑞典、芬兰依次从飞机下经过。接下

[①] 飞机起飞前滑跑达到这个速度时，空气开始在翼尖处形成涡流向后卷动，故英文称其为"rotate speed"，简称"Vr"。——审校注

来，夜幕降临了。我们在夜幕下穿越俄罗斯，那里是夜晚的起点，也是夜晚的终点。又是崭新的一天，我来到日本蓝色的西北隅，等待东京于晨间苏醒。

我在羊皮椅上坐好，这是我在地球上空的特定位子。我对着阳光眨了眨眼，检查了一下手脚离操控装置的距离，戴上耳机，调整麦克风。我对同事们说了声"早安"，长途飞行员都听得出，其中隐含着些许玩笑的意味，因为在天光混乱的旅程中，我得花点时间才能找到早晨，弄清楚这是我的早晨，还是机上乘客的、飞机下方的地方的、目的地的早晨。我要了杯茶，一边听同事们告诉我休息时所发生的事情，一边检查飞航电脑和油量表。细小而稳定的绿色数字，表明预计降落东京的时间离现在还约有一小时。上面显示的格林尼治标准时间仍是昨天。另一个屏幕则显示了还剩下多少海里[①]的航程，每七秒钟就会减少一海里，倒数着降落在东京的时间。

有人问我在驾驶舱内待那么久，会不会觉得无趣。事实上，我从未觉得无趣。我有时也会感到疲倦，那时常常会希望自己正在返家途中，而非刚离开家。但我从不觉得有比飞行更美好的方式用来度过我的工作生涯；飞机底下肯定也没有其他时光，值得让我用在天空中的时光来交换。

多数飞行员都热爱自己的工作，他们似乎打从有记忆以来

[①] 1 海里等于 1.8520 千米。

就想当飞行员。许多人更是选择从军，早早开始进行飞行训练。但我在英国受训时惊讶地发现，也有好些同学曾在其他领域耕耘过一段时间，他们曾是医学院学生、药师或工程师，后来却和我一样，决定回头寻找最初的热爱。对我而言，这么晚入行反倒给了我一个机会，让我去思考为什么许多同事会和我一样，深受那个我们孩提时代共有但又差点遗忘的念头吸引。

有些飞行员很享受施展手眼协调的技术操控飞机在三维空间里自由飞行的感觉，尤其喜欢飞机起飞和降落阶段要面对的那些挑战。有些飞行员则天生喜欢机器，而飞机堪称工程界的贵族，在人类创造的众多机器中，足以睥睨大多数汽车、船只和摩托车。

我想，多数飞行员和我一样，沉醉于飞行的自由感觉。飞机在某一段里程与时间里是与世隔绝的，这是一种物理层面的遥远和分离。这种隔绝感在当今世界上已不多见了，因此飞行似乎显得古老，即使身处驾驶舱的我们掌握着无与伦比的高科技。而和这种自由相伴的，是可以好好了解世界各地的城市，看看各城市间的陆地、海洋与天空的机会。

此外，我们中的许多人也向往高处。高处有一种吸引力，引人向上。高度，就像质数或周期表上的元素那么纯粹，"高一点，奥维尔，高一点！"莱特兄弟的父亲在八十一岁第一次飞行时发出这样的欢呼。我们建造摩天大楼，从观景台上往下看；我们住酒店时喜欢住高楼层的房间；我们带着喜爱与莫名的认可，凝视着从我们的住宅上方、城镇上方、星球上方拍摄的照片；我们登山时努力把三明治留到山顶再吃……我到一个新城市的第一个早上，常常会登上高楼顶端眺望，在那里偶尔会碰到航班上的乘客。

或许单从演化的角度，就可以解释高处的魅力。在高处，我们可将周围的整体概况尽收眼底，能监视四下，了解自己所处的位置，观察有什么正在接近我们的洞穴或堡垒。希腊地理学家斯特拉波（Strabo）是哥伦布的启发者之一，他曾登上希腊的科林斯卫城，只为鸟瞰这座城市。我父亲刚到巴西的大都会萨尔瓦多的贫民区当传教士时，就曾请飞行员带他俯拍这片没有地图的区域，以及多半没有正式名字的街道。多年后，父亲已不在人世，但我们兄弟俩听说，在他离开巴西之后，那一带有条街道以他的名字命名。我们一眨不眨地盯着笔记本电脑上的城市地图，寻找约瑟夫·亨利神父街；我们在数万英里之外用电子空照图放大城市景观，遥想四十年前父亲初次飞过这座城市的故事。

人类对于高处的向往，或许无法完全从诸多实用角度来解释。人们会在许多领域寻找各元素与整体之间的关联。比如，在欣赏音乐、喜剧时，或者在进行科学研究时，我们会不断发现先前忽略的关联，或捕捉到日常生活中鲜有人留意的笑点。飞行宛如从制图和行星的角度重现一种陌生的熟悉感，那种感觉就像是听到其他人翻唱一首你喜爱的歌手的歌，或是与一位容貌和举止你都十分熟悉的亲戚初次见面。我们知道这首歌，只是不知道听翻唱会是这般感受；我们从未见过这位亲戚，但在生活中对彼此都不陌生。飞机把我们带到街道、森林、郊区、学校和河川的上方，让我们原以为熟悉的平凡事物焕然一新，或变得更加美丽。尤其是在夜晚的时候，地面上的事物之间的联系变得清晰可见，这或多或少象征着万事万物的因果轮回。

我偶尔会在遥远城市的大教堂间行走，那些地方有迷宫般的迂回石道，可来来回回，反复绕行。我深深迷恋这些曲径的宁静。这种宁静感本应在看得见路的情况下才会出现，而在迷宫中或超市走道行走时因无法一睹全貌，应该难以放松，但我实际感受到的却相反，宛如获得了意外的赠礼。

今天，许多旅人离家不仅仅是为了到新的地方看看，也想通过旅行，从不同的视角——文化的、物理的、语言的——看清楚离开之处的全貌。我与经验最丰富的旅人皆深谙这种视角的魅力。我偶尔会飞到某个空服员所居住或出生的城市，那时他们总是想在起飞或降落时来驾驶舱，从驾驶舱窗户往外看一看他们心爱的地方，即使这个地方对他们而言早已不再神秘。

鉴于上述所有理由，我热爱飞行。但我认为，驾驶大型客机的喜悦，在于大型客机可以在全球各地飞行。当我在地面上奔跑着穿过森林时，树枝离我是那么近，还会发出巨大的声响，我甚至都能感觉到速度。运动的是我。我的脚沿着林间小路上上下下，从不以相同的角度落地。我可以停下来触碰任何东西。

相比之下，从太空轨道上拍摄的地球照片则展现了一种截然不同的运动，转弯时那么平稳完美，最让人意想不到的或许就是这无法估量的高度与速度，竟呈现出无比的稳定。

飞机的运动不属于这两种极端情况中的任何一种，然而在每一趟飞行的过程中，飞机都不断游走在这两者之间。我喜欢飞行，因为我喜欢看着世界匆匆从我身边经过。起飞之后，我们在大型客机上看到的世界就和在小型飞机上看到的一样。在飞机爬升到中等高度时，虽然我们视野中的具体细节减少了，但我们能看见鲜少有机会看到的大片的地球表面。巡航阶段是飞机飞得最高、速度最快的时候，这个阶段的体验或许最违反我们的感知，因为地点的转变会格外缓慢。在这抽象、缓慢的运动中，对我来说最有意义的莫过于地面事物之间的联结。我们可以说，这些联结是理所当然的，就像一条公路、一道河川或一条铁道在两个城市之间穿行，又像一处地景或云景如线条般在书页上流动。这种联结也可以用时间来建立，例如一座城市、一个国家或一片海洋的面积，可以用需要几分钟或几小时才能飞完来形容。

之后，飞机高度就要下降，准备在另一个地方降落。我们重回地面时，世界都在加速，即将着陆之前看起来最快，即使那时飞机的速度最慢。机轮在起飞时加速，航行期间静止，着陆与地面接触时再次加速。这次接触，把飞行速度变成机轮速度；最后，刹车把速度化为家与旅行终点的温度，随风而逝。

当然，任何形式的旅程都多少带着某种想望。根据旅行的定义，每个旅客都希望或需要前往他方。你所想望的或许是你刚离开的地方，或许是你孩提时代在书中读到过的或自己想象的森林、教堂或沙漠，或许是你梦寐以求想要去生活的城市，或许是你小时候熟悉的地方。而飞行会带领我们穿过遥远的空间，抵达或远离我们热爱的地方，用最直接的形式把这种想望变成现实。飞机所穿过的空间对我们来说非常陌生：人类无法在那里呼吸；飞行员无法中途把飞机停靠在一旁，自己下来走走。如此严苛的天空环境，将旅程两端的时空截然分开。

在地球上文化、语言和历史迥异的两个地方之间往返，例如伦敦与东京，心理上的距离可能和头顶天空的距离一样远。心理距离来自外界，也来自己身。置身于地球高空，我们能看到比任何其他物种能看到的更广阔的大地与天空，于是我们在一个我们可能最后想到的地方找到了内省的空间。我十三岁时得到了我的第一个卡带随身听和头戴式耳机，并开始自己选择想听的音乐。我问哥哥，飞行员飞行时能不能听音乐。他说不确定，但应该不行。他说得没错。但身为乘客，在飞机上，我们都拥有越来越难得的安静时光，不必赶着去哪个地方，没有什么必须得做的事；我们可以把握住这独处的时光，与心中的想法、音乐及沿途动人的景色共度。

然后眨眼间，刚才飞过的大地再度进入眼帘。在靠窗座位，我们的视觉焦点可以在个体与星球之间自如地切换，这是一种只有在空中才能遇上的全新恩典。无论我们关于神圣的概念为何，都没有什么能像飞机的椭圆形舷窗那样清楚地框出人类心中最简单的问题——个体与世界的联系、时间与距离的转换、现在与过去的紧紧相依（就像日光与夜色笼罩的区域紧紧比邻）。透过舷窗往外看，我们可以看见红色薄暮覆盖着白雪皑皑的科迪勒拉山系，或看见城市闪亮的夜间掌纹。此刻我们明白了，飞机的窗户是在世界上空短暂升起的镜子。

  当然，旅行不是目的，对飞行员来说亦然。但我们依然有幸生活于这样一个年代——许多平日匆匆在各处奔波的人，能待在高空享受几小时的轻松。家园的含义被拓宽了，一些古老的词语也有了新的意义："旅行""道路""翅膀"与"水"，"大地"与"空中"，"天空""城市"与"夜晚"。我们在飞机上偶尔会抬起头，在星星或蓝天中沉浸片刻。但大部分时间，我们会俯视着下方，被我们所离开的地球突然吸引，重回地球怀抱的念头如浮云般，飘过微光初现的世界。

地方

Place

那是我十三岁的某一天，冬季虽已接近尾声，却依旧寒气逼人。父亲和我从马萨诸塞州的家里出发，开车前往南边的纽约市。我们来到肯尼迪机场，把车停在泛美航空航站楼的顶楼，准备迎接即将在我家待几个月的表哥。忘了是我们到得太早，还是表哥所乘的航班延误，父亲和我在灰扑扑的天空下等了许久，看飞机从远方的跑道起飞，或驶进我们下方的航站楼。

在众多起起降降的航班中，我看见了一架来自沙特阿拉伯的飞机正在接近航站楼。我从小就喜欢飞机，但见到这架飞机机尾上的剑及棕榈树图案，还有机身上的名字时，心中还是涌现出了前所未有的惊奇。

不知是因为那天格外特别，还是年纪使然，抑或是我突然意识到当晚将与我对坐餐桌的表哥仍在天空的某处，总之这架飞机令我出神。几小时前，这架飞机可能还停在欧洲加油，再之前几小时，它可能还在沙特阿拉伯等待起飞。那天早上，当我在卧室醒来时，当我坐在厨房餐桌旁吃着麦片粥、喝着柳橙汁时，当我坐上父亲的车时，这架飞机早已（好几小时前）和我平时走路上学一样，开始它的例行航程了。它不知在地球上空转了多少次弯，而这一刻，父亲和我正亲眼看着它完成最后一次转弯，准备降落。那一刻我意识到，父母从超市回来时的停车动作，其实和飞行员降落时所做的一样，只是飞行员操控的是从沙特阿拉伯飞来纽约的飞机。

飞机的客舱和货舱仍然紧闭着。这让我感觉，这架飞机似乎想留住这一天某些精彩的瞬间；而在我卧室的地球仪上看到的某些有着好听名字的城市——吉达、宰赫兰或利雅得[①]——所经历的时光，可能还被锁在机舱里。我试着想象沙特阿拉伯是什么样子的，然而由于我对沙漠的认知有限，脑海中浮现的尽是《小王子》(*The Little Prince*)中所描绘的撒哈拉沙漠的样子。这架飞机上的乘客飞了好远的距离，从舷窗看过大西洋拍打加拿大或新英格兰白雪覆盖的海岸的场景；而那时，父亲和我正开着车，沿着结冰的纽约州乡村道路前行。这条路永远无法将你连接到沙特阿拉伯，除非它通往机场，让你搭上眼前这样的飞机。

飞机的神奇之处在于能带领我们来到空中，让我们得以飞翔，但这只是其中的一小部分。飞机前方的地方会不断地变换。在空中，这些地方好似薄纱一般的云彩，藏在云层后或关于飞行的现代小说中，我们无法看见，并且会倏忽而逝，宛如路上行走时听见的耳语，你不仅听不出具体的字，甚至无法确定是哪种语言。一下子，人类发明的这对被施了魔法的翅膀，带领我们来到新的一天、新的地方，在四下一片寂静中踏出打开的

[①] 吉达、宰赫兰和利雅得均为沙特阿拉伯城市。

舱门，迈上新的旅途。

现在的我置身于波音747的驾驶舱内，冬日白雪皑皑的落基山脉就在我的下方，一直延伸到地平线的尽头。世界被分成两半：上面是蓝色，下面是雪白。我好奇山峰的影子在大地上是如何移动的；机长告诉我，是沿着顺时针方向移动的，因为北半球日晷上的时间和影子也是沿着顺时针方向移动的。管制员通过无线电告诉我们，另一架飞机正在与我们的飞机靠近，"现在在你们的两点钟方向"，这么一来我们就知道在这一大片蓝中该朝哪个方向搜寻那架飞机。之后她又宣布我们的位置在那一架飞机的"八点钟方向"。随后，原本在我们两点钟方向的飞机逐渐变成三点钟方向、五点钟方向，最后到我们的后方，消失于我们的视线之中。时间与地点就像齿轮一样，相互啮合着。

时差感（jet lag）是由于我们在不同时区之间快速移动所造成的。我们对某个地方的感受，和生物钟一样很容易被打乱。因为时差感仅指因时间而产生的混乱，所以我把另一种混乱的感觉称为"地差感"（place lag）。这是一种思维跟不上所处地方的变化的状态，起因是现在人家常搭飞机到各个地方，而我们内心深处对前一个地方的旧感觉，跟不上飞机的速度。

地差感不一定只在跨越时区时出现，甚至不一定要搭飞机。有时我去森林里徒步旅行或野餐，如果当天就回城市里，听到喧闹的车流、看到混凝土和玻璃建成的高楼时，常常会自问：今天早上我去森林里散步了吗？明知去森林不过是今早的事情，却觉得已过了一个星期。

依据演化理论，人类只有在世界上慢慢移动时，才能看清楚沿途的一切。时间的流逝与周围环境的变化有着共同的节奏，乃是其来有自，我们一旦前往遥远的或差异较大的地方，便会觉得时间过了很久。森林与城市的差异很大，在这两个地方之间旅行就像跳过了一大段时间，宛若在时间上翻山越岭。

所有的旅行都是如此；一趟旅行，出发地与目的地差异越大，越让人觉得恍如隔世。而飞机会让这种情况达到极致，因为飞机带领我们旅行的方式是其他交通工具无法企及的，它能带领我们到地球上任何与家乡不同的地方，其中许多是我们一知半解甚至毫不了解的。

我有时认为，感觉、文化和历史截然不同的地方之间——例如，华盛顿与里约热内卢、东京与盐湖城——似乎不该安排直飞航班。要理解这些地方之间的差异，应该将旅程分成几段。如果这类航班要耗时十星期，而不是十小时，或许我们更能理解这两地间的差异。但无论飞机连接着哪两座城市，几乎所有的空中旅行都让人感觉过快了。其实我们可以这样假设：我们原本的所在地伦敦，会自己变身为罗安达[①]或洛杉矶，仿佛我们

[①] 罗安达，非洲西南部国家安哥拉的首都。

不需要移动，城市会自动从我们身边流过，毕竟没有人能这么快速地移动。我听着加拿大歌手乔尼·米切尔（Joni Mitchell）的歌曲《逃亡》(*Hejira*)，感觉"浑身渗透着旅行的狂热"，而地方的现代流动性也渗透了我的全身。

对飞行途中多半在睡觉或没坐在靠窗座位的乘客来说，若无法看到途中所经过的大地，这里程数大得难以估量的旅程似乎须臾间就会结束。

我们到一个城市的最初几小时，会感到一种难以言喻的不对劲，或至少会感到迷惘。人类绝非天生就能适应这种速度，当我们在世界上空穿越时，我们的大脑深处无法理解究竟发生了什么事。我可以实事求是地对自己说："我从家里飞到了香港。公交车前方的站台标志，街上汹涌的人潮，灯火辉煌、船来船往的港口，以及水中摩天大楼的倒影，清楚地告诉我，这里是香港。"同样地，我知道自己一两天前还在家里，有日常生活的记忆与收据可以证明。我是这相隔六千英里的两个迥异的地方之间唯一的联系，犹如我串起了我过去人生的两个迥异的时期一般。在我脑海深处的无意识中，这些地方并非被难以想象的距离分隔，而是只有几小时之差。这两个地方有什么共同点？答案就是，都有我的存在。这着实匪夷所思！

如果"地差感"是个众所熟知的词，那么下回我在东京街头行走，遇见市政选举的宣传车开着扩音器吵闹驶过时，或站在圣保罗的食品市场看着十几种不知该如何称呼或食用的水果时，或看着拉各斯[①]辽阔的天空降下我从未在马萨诸塞州看过的雨时，就能眨眨眼，对同伴说："我有地差感。"想必那时同伴会点点头，对我会心一笑。

　　对飞行员、空服员和频繁搭机的商务人士来说，地差感或许比时差感更为常见。因为我们通常还来不及停留足够久，以适应当地时间——"调整时差"（acclimatise，为相关法规中的正式用语，这些法规规定了飞行员在一段航程结束后所需的休息时长[②]），然后又得踏上归途。我从不将手表或手机调整为当地时间。许多飞行员发现，在异地停留的短短几天，还是照着家乡的时区作息比较舒适，即使两地相隔遥远，即使在异地度过的几天需要日夜颠倒、昼伏夜出。

　　和时差感不同的是，地差感会随着时间的流逝而加剧。我们的记忆很大一部分都与我们最近度过的几分钟、几天或几星期关系最密切。所以，刚抵达国外某个城市时，即便我们的身体开始适应新的时区，我们的大脑却依然会将眼前的事物与遥远的家乡错置，致使我们觉得自己与新地方格格不入。而随着时间的流逝，周围的世界会变得更加陌生。

　　许多旅人或许体会过深夜抵达某个城市的况味。那时人已经

[①] 拉各斯，尼日利亚旧都和最大港市。
[②] 世界各国民航局对民用运输航空飞行员的连续飞行时间及随后的休息时间都有严格的规定，属于飞行员疲劳管理（fatigue management）范畴，目的是保证飞行安全。——审校注

疲惫不堪，不确定该前往何处，于是会对眼前的地方产生一种特殊的感觉。然而隔天早上在酒店醒来，拉开窗帘，看着窗外朝气蓬勃的景物时，又会出现再度抵达的感觉，甚至觉得自己才刚刚抵达这个城市，仿佛昨晚的事情从来没有发生过。我第一次飞印度的首都德里是在一月份，那时机场和整个城市都笼罩在让德里臭名昭著的浓重雾霾之中。我们乘坐的机场大巴约莫凌晨三点离开航站楼，不久便驶入狭窄的街道，那里似乎是住宅区。我很诧异那晚的德里竟比伦敦还冷，而街上灰色的尘埃和夜里飘浮的雾气看起来与雪差不多。在我的记忆中，这段旅程是悄然无声的。我只记得，我们悄悄潜入了德里这个陌生的时空。

许多旅人有足够的时间适应新的地方，犹如漫画中的影子与主人分离片刻后，再度结合。只是机组人员在这情形发生之前，已踏上归途，或飞到另一个城市。我们常备有眼罩、耳塞，到了某个城市也没有依照当地时间安排要做的事，因此比多数旅人更能避免时差感。然而地差感却始终难以逃脱，永远存在于我们的生活之中。

若早上有空闲时间，我常会去所在城市的火车站。无论北京或苏黎世，无论新或旧，火车站往往都是当地具有代表性的建筑杰作，而且里面一定有可以带本书逗留的咖啡馆。我也喜欢火车站里像机场一样的发车告示板，上头写着我从未听过的或搭几站火车就能到的小城市。但我有时认为，我之所以喜欢在火车站逗留,是因为火车站是"穿梭往返"(in-betweenness)的化身。繁忙的异国火车站恰似我那时的感受。

若晚间从国外某个城市出发,地差感是最强烈的。我们从酒店搭上机场大巴,前往机场,一旁的汽车或公交车上,挤满了晚下班回家的上班族。他们拎着购物袋,里面是等着下锅的晚餐食材;他们可能在听音乐,也可能在听字正腔圆的新闻主播播报当晚对我而言宛如另一个世界发生的头条大事。我当晚见到的每一个人都将在自己的床上入眠,而我则要盯着飞机上的仪表,喝着茶,飞过巴基斯坦、乍得[①]或格陵兰岛。有时,我在机场大巴上所感受到的眼前这个地方带来的强烈震撼,是只有外国人才看得出的这座城市与这里的生活的真实面貌,是局外人才有的特权。但那时,我常会觉得自己要么已离开这座城市,要么从未进入过这座城市。

飞几小时后,我或许会想起留在约翰内斯堡[②]、科威特、西雅图或东京的地勤人员,想象他们完成一天或一夜的工作后将回归怎样的世界。他们就像加油车的输油管从机翼分离一样,从飞机上离开。我会想,他们所在的城市现在是几点,是否已经天黑。我还会想,他们会吃些什么,或他们会如何描述这一天发生的事情;他们回的家是什么模样——印度式、日本式还

---

① 乍得,乍得共和国的简称,是非洲中部的一个内陆国家,与利比亚、苏丹、中非共和国、喀麦隆、尼日利亚、尼日尔交界。
② 约翰内斯堡,南非第一大城市。

是美国式,而每个家都是一个国度。

虽然对飞行员而言,地差感比时差感更常见,但是地差感仍与时间有关。我看古老的黑白照片时会提醒自己,当初拍这张照片时,照片里的地方与人是彩色的,而对照片中的人来说,拍下这张照片的那一瞬的感觉和我此刻看这张照片的感觉差不多。地差感乃是时序效应在地理上的同义词。因为飞机水平飞越地球上的不同地区的速度极快,我们不仅会将过往与现在错置,也会将不同的地方错置。人类演化的速度,还来不及让我们轻松地理解所体会到的事实:全世界的每个地方是一起运行的。

我曾在某个冬夜,以乘客身份飞往纽约。那班飞机几乎是空的,我坐在中间的位子上。那架飞机的舷窗比多数飞机的大,若我坐直的话,便能透过窗户清楚地看见如发光的省略号般的灯火,而城市就在我脚下展开。乘客座位的个人电视屏幕大部分面对着过道,朝着舷窗和外面的世界。

到飞机降落时,这些没人看的电视还是开着的。我望向窗户,看见电视画面隐约倒映在夜色中的玻璃上。画面是,一名喜剧演员正在某个俱乐部表演单人脱口秀,但看不出具体的地点和时间。他那手舞足蹈地走动着的身影,以及台下无声大笑的观众,在华灯初上的城市上方缓缓放映着。再往飞机更里面一点,可以看到忽隐忽现的非洲莽原飘浮在夜空中,那是另一台电视的倒影。狮子头一仰,发出听不见的怒吼,在它们意料之外的夜间王国里徘徊。

我想起一场教皇演说的题目——"Urbi et Orbi",即"致城市与世界"。在这里,我们看一个地方比以往看得更清楚;在这里,我们可以看到一个用电力串联起来的城市向我们展现的美貌。然而在飞机建构的世界里,每个地方都能不受羁绊、毫无摩擦地与其他地方交会。

"我在空旷的天空下游走,游走了十二小时,充实的十二小时",英国浪漫主义诗人华兹华斯(William Wordsworth)曾写过这样的诗句。在波音747上,十二小时代表着蓝天或星空下相当长的一段路,可以从东京飞到芝加哥、从法兰克福飞到里约热内卢、从约翰内斯堡飞到香港。

我努力寻找一种可以计算出我在这些旅程中遇到过多少人的方式。但我飞的次数越多,越觉得这项任务困难。有时我来到下榻的酒店房间,闭上眼准备休息时,才在数千英里漫长的飞行之后,首度感觉到孤独的寂静袭来。我可能会在任何一座城市醒来,我不知在这座城市,太阳升起之后,我一天会见多少面孔。我敢肯定,大多数上班日,我见过的人比我的许多祖先一生见过的人还要多。我在想,那些人是如何被飞机上的几个小时分散的,而飞机又是如何将一个社群(顾名思义就是共享空间的一群人)拆开的,即使它能在地球的另一个地方促成新的团聚。夜幕降临时,许多我在机场见过的人或我机上的乘客,将继续搭乘其他航班或返抵家门,也可能和我一样入住某个酒店。有些人可能会在狭窄的路上开最后几英里路,完成他们的旅程,抵达一个与我的世界天差地远的地方,或与某个他们千里迢迢来此相见的人谈起这趟旅程。

有时我会仔细思量"空"这个词,试图想象现代飞行的维度。"空"不仅指我们所穿过的空域的高度和广度,或华兹华斯所说的空旷天空,还可能是它们的对立面。讽刺的是,在所谓的空中旅行中,我们穿过世界上这么多地方的空气,但实际上却与之隔绝,没有任何直接的物理接触。我想,这大概就是过去坐在开放式驾驶舱里的飞行员与现代飞行员之间最大的差别吧。谁知道瞬移的感觉?如果有人发现如何瞬移,我一定跃跃欲试。但我想,我们已经在飞机上略略体会到瞬移的感觉了,它能把我们带到世界的各个角落。

飞行后睡了长长一觉,我在酒店房间醒来。酒店位于亚洲的某个大都会,我得想一下才能记起来这是哪里。我从床上坐起、下了床、走到窗边、拉开窗帘,映入眼帘的是一个灯火通明的港口,这么热闹繁忙的航海景象似乎是好几个世代以前的事了;这时我才想起这座城市的名字。我抬起眼睛,寻找飞过这片水域、准备降落的飞机,但我的视线暂时被那些富丽堂皇的摩天大楼吸引住了,因为这些大楼几乎被它们外立面的各种闪亮的标志和招牌遮了个严实。我冲了个澡,穿上衣服,漫步在夜色璀璨的街头,四处尽是灯光,还有赶着回家或与朋友见面的上班族。我抬头仰望，看到高楼顶端消失在没有星斗的云雾之中。我无法计算上一次出现在开阔的天空下，是多少小时之前、多少英里之外。

我不知道自己飞了多少里程和时数。漫漫时空丝脉相连，引发了各种各样的时差感与地差感。我记得自己在天色昏暗的伦敦清晨步行到地铁站，没多看头顶的天空最后一眼，甚至没想到要停下脚步与之道别。之后，我搭上一班地铁，又转乘另一班地铁来到机场；然后步行穿过航站楼，再搭地下摆渡车通过封闭的登机道，登上飞往香港的航班。接着，机场大巴从机场的室内车站驶入酒店的大停车篷下。我走进一扇自动门，接下来看见的是一排排播放着音乐、张贴着顶层爵士酒吧广告的明亮电梯，最后才到我即将睡觉的房间。这段路堪称地球上最长的旅程之一，然而没有一英里或片刻是直接暴露于开阔的天空之下的。

现代人能轻松横跨地球，这想必会令之前的几代人都大感惊讶吧。这样的旅程完全不用看到天空，起码会以玻璃相隔，这肯定也会让前人惊奇不已。空中旅行往往是整趟旅程中最封闭的部分。我可以进入多个城市的航站楼，转乘几班飞机，乘着风跨越大半个世界；我可以在旅途中购物、睡觉和用餐，却不必吹到一丝当地的风。

我经常试着打开所住酒店房间的窗户，却发现打不开。"人造环境"（built environment）一词，通常指街道、公园和建筑物之类的整体人造设施。"现代旅行"也是一种人造环境，它就像是用玻璃隔绝而成的茧，尤其是那些颇受航空旅客青睐的、密闭的舒适房间，更是现代旅行中不可或缺的一部分。

人造环境的完整性，亦即是否建构出了人造天空，常代表着一个机场的品质，甚至一个国家的发达程度。旅客登机时，大部分都不太喜欢飞机停在远机位，因为这可能意味着他们得忍受风吹雨淋，等待登机。因此，机场在扩建时会增设许多登机道（或登机桥，又称"空桥"）。然而"空桥"这个词在越发封闭的现代旅行中，听起来可能略显讽刺，因为这里根本接触不到外面的空气。和飞行本身一样，光鲜亮丽的外表被视为了进步的象征。

人造环境之外的空气——飞行时的大气层——只有在飞机闯入它时，才能最清楚地感受到。

飞机通过登机桥与航站楼相连，如果两者未能完全密合，使得气候经过调节的登机桥与飞机相接的边缘出现缝隙，那么达拉斯[①]的热气、布鲁塞尔的湿气或莫斯科的寒气便能短暂地乘虚而入。这种空气的气味和感觉，与空调环境下的并不相同；它让我觉得是一种刺激，也是来自当地的祝福——那一刻或许地差感会突然爆发，但这亦是地差感被治愈的开始。檀香山[②]航站

---

① 达拉斯，位于美国得克萨斯州，是得克萨斯州第三大城市，美国第九大城市。
② 檀香山，一般指火奴鲁鲁，是美国夏威夷州的首府，由于早期盛产檀香木，并且大量运到中国，而被华人称为檀香山。

楼虽有屋顶，但四周是开放的，堪称全球大型机场的异类。我第一次从那里走过时惊讶不已，不是因为在此处盛放的夏威夷天气，而是因为自然芬芳的空气涌进消过毒的国际机场带给我的悸动。

封闭的空间难免会令人不悦——美国诗人默温（W. S. Merwin）在机场候机时就曾说过"呼吸所谓的空气"这样的话，因为这抹杀了不同地方之间的差异，是一种现代化的过度隔绝与舒适，但也不是一无是处。其优点在于，当我们抵达终点城市、呼吸到真正的空气时，会觉得分外喜悦。若是慢慢从一个城市飞到另一个城市，途中长时间接触户外环境，或许不会注意到两地之间的差异有多大。

现在，飞到某些印度城市时，我开始能够辨认出一种独特的浓郁气味，它带着淡淡的烟熏味，据说是燃烧生物质[①]和牛粪时所产生的，但我很喜欢。那气味会升到某种高度，或在某种高度聚集。晚上，在飞机降落前的最后几分钟，我通常能在驾驶舱闻到这种气味。如果你来自这些城市，而且离开了很久，认出这种气味时肯定会特别欣喜。这空气独一无二的特质，可以说与家乡的灯光相得益彰。

我不是在波士顿长大的，但波士顿对我来说是一座很重要的城市。我父亲离开巴西后，是在波士顿遇见的我母亲。我在

[①] 生物质，指活着的或刚死去的动植物的天然腐化物质，用于燃料或工业生产。

商界任职时，也曾在波士顿住过几年。当我搬到波士顿后，母亲告诉我，我挑的公寓恰巧只离她三十年前住的公寓几个街区，就在我父亲住的后湾附近。我现在飞波士顿，常常一踏出机场便能闻到海的气味，有时甚至还没踏出飞机就能闻到。冬季时分，飘着雪的、咸咸的空气尤其能清楚地告诉我，我身在何处。波士顿的气味并非家的气味，但如果飞了三千英里，来到父母相遇的城市，那无疑就有家的气味了。

每个城市都有它非常独特的气味，若偶尔与记忆中的不相符，便会让人觉得心烦意乱。有一回，我从东南亚离开，隔天降落纽约时，夏日的热浪和潮湿迎面袭来。我从机场搭了一辆出租车前往市区，当我打开车窗时，感到一阵晚风吹来，那股夹杂着水汽的闷热空气并未随着夜幕降临而转凉。若我蒙上双眼，猜想自己在哪里，大概会说是在新加坡或曼谷，总之是靠近温暖海洋的地方，海滨有许多霓虹灯和户外夜市，排队用餐的人龙长长的。这是一个永远不会降雪的地方。

勇敢的旅人应该体会过，从明亮的，用钢铁、玻璃和大理石建造的机场，飞往又小又穷的机场是什么滋味。那里没有登机桥，每天的航班班次也可能屈指可数，飞机停在用柏油碎石铺就的停机坪上，一有飞机降落地勤人员就匆匆忙忙冲向飞机。机门一打开，一股裹挟着当地气息的风就奔涌而入，让你豁然明白，自己已来到了不同的地方；这不光是因为此处的空气和你家乡的不同，更因为这里没有人造空气。当你走下阶梯时，你会发现自己并不是像往常一样进入某个城市,你的双脚此刻是结结实实地踏在这个城市的土地上。

若你更喜欢用这样的方式下飞机、结束一趟旅程,多半是因为这种体验相当特殊,并且这些地方多位于炎热的国度。如果你从家里出发,前往某个阴暗、雨雪交加的城市,大概就不想这样下飞机了。但在这么温暖的时刻,你大可趁机把"着陆"这个动作分解开来,回想一下老电影中皇室成员或披头士乐队在寒冷的隆冬二月从"迪法恩斯飞剪号"(Clipper Defiance)飞机上走下来的场景;然后在云层或烈日下,让脚碰触新的土地。抵达不仅得穿越天空,更要踏上大地才算数。

我刚降落利比亚的首都,的黎波里,但我们今晚不会在此过夜。这种行程在飞行员的术语中称为"不过夜往返"(there-and-back),就和托尔金说的"去而复返"①一样。我们停好飞机,乘客下机,清洁人员登机打扫。拜顺风所赐,我们提早到达了机场,因此在回程之前得以偷闲。

我漫步进了航站楼。在全球化的浪潮下,机场渐趋千篇一律,但也不尽然如此,的黎波里机场就是一个异数。不信的话,不妨把的黎波里机场和其他机场(如匹兹堡机场)做一番比较。我从一些利比亚家庭与西方石油工人身边走过,他们或许正满

---

① "去而复返",指托尔金的小说《霍比特人:去而复返》(*The Hobbit: There and Back Again*)。——译者注

心期待起飞后,能喝到几个月以来的第一杯啤酒。我前往一家装饰素朴的自助餐厅,在那里买了当地一种类似三角菠菜派的美味点心——我很爱吃。我在一间小商店扫视着堆满穆阿迈尔·卡扎菲[①]著作的书架,书架上有几张明信片,印着古色古香的的黎波里,只是明信片上路边的椰子树已褪色,明信片书写地址的那一面也已泛黄,还有点潮湿。

终于,我该回飞机了。我走到飞机后方,这里的门打开着,旁边是简陋的金属楼梯——当然是露天登机梯。我坐在靠机尾有遮阴的楼梯上,看着偶尔降落的一两架飞机——那些航空公司和城市的名字我并不熟悉。天气很热,由于乘客在航站楼看不见我,我干脆解开领带,吃起利比亚派,还有今天早上自己在伦敦做的三明治。

机场的停机坪有着它特殊的气味,若有似无的微风也透露着此地特有的信息。微风中夹杂着热气、附近海洋的气味以及几乎落在所有东西上的金色尘土。我拍掉长裤上的沙子,起身离开。飞机不久就要离开利比亚了,然后升到天空中,穿越地中海、科西嘉岛、阿尔卑斯山和巴黎,最后回到英国的天空。

我们在伦敦塔桥的上方转弯。再过不久,我就会在刚飞过的天空下,借着准时起飞的后续航班的灯光,步行到位于伦敦机场南部的一家餐厅,与朋友相见。他们会问我今天好吗?我说,

---

[①] 穆阿迈尔·卡扎菲(Muammar Gaddafi),前任利比亚最高领导人,代表作有《绿皮书》《卡扎菲小说选》等。

很好，很不错。他们接着会半开玩笑地问，去了什么有意思的地方吗？但我的回答无法再给他们惊喜了。用餐时，我的注意力偶尔会游离一下。我不禁自问：我是怎么做到当天去非洲当天回欧洲的？我眨眨眼，环顾周围的朋友，还有杯觥交错、用深色木材装饰的拥挤餐厅；然后想起了梦境一般的地中海碧空、的黎波里寻常午后的烈日，以及我躲在飞机阴影下的登机梯上吃的午餐——后来飞机将这片影子从利比亚带走了。

地理是一种划分世界的方式，能划出政治实体、人均收入和降水量的界线。这些界线最能说明我们这个球状家园上发生的各种事情，以及众声喧哗的文明实体特色。飞行也可以书写自己的地理，同时反映旧有的地理，每个航空工作者和旅人亦是如此。

地球上有我曾飞过的地方，也有我未曾飞过的地方。在成为飞行员以前，我从没料想过自己会以这种方式来看地球。而且飞得越多，这一点对我而言越重要。在长途飞行员的世界地图上，有些城市因频频造访或最近去过而有了一些特别的意味，有些城市则不然，还有些城市则完全不了解。身为资历较浅的飞行员，与许多同事相比，我的飞行地图上只有零星的一些城市。每年我也有一两次飞往未曾飞过的机场的机会，可能是因为新开了一条航路、新建了一个机场，也可能是因为驾驶的机型有所改变。一般在这种航程的前几天，我会去查看这处机场和它附近其他机场的图表，或查看为前一天的航班准备的飞行资料。我们在飞行前与同事碰面时，机长常会问"你最近去过那儿吗？"或者"你以前去过那儿吗？"，然后我们会分享彼此的地图。

在我眼中，世界可以分为两部分：我去过的地方和我没去过的地方。除此之外，世界自有其最基本的分界，但它可能不像陆地或水域、阴天或晴空、白天或黑夜那样分明。

天空最简单的分野，或许就是有雷达覆盖的区域与没有雷达覆盖的区域。在某些机场地面上，塔台人员无法直接看见某些停机坪和滑行道，但在我们的雷达图中会清楚地显示出来。全世界也能以类似的方式，通过是否有雷达覆盖来区分。出人意料的是，世界上有很大一部分地区是没有民用雷达覆盖的。比如，一旦远离海岸，海面上是没有雷达的；整个格陵兰岛、非洲的绝大部分，或是加拿大和澳大利亚的大片区域，都没有雷达。当我飞到雷达站或雷达装置——"雷达天线"（radar head），那个会旋转的、用来侦测我们位置的东西——的一定距离范围内时，管制员便可以直接"看到"我的飞机。如果没有雷达，他们就"看不到"，我们必须通过越来越精密的电子仪表来报告我们的位置，或用无线电来发送我们在不同位置的时间与高度。而管制员必须仔细复诵"位置报告"（position report），以确保听到的报告正确无误。

这种被看见与不被看见的感觉，也可以用来区分这个世界。

在雷达范围之外，和位于没有手机信号的地方是不同的，因为我们仍可以与管制员沟通。这与开车进入隧道后失去GPS定位不同，因为飞行员知道自己身处何方。这与被人盯着而感到不自在的情况也不一样，飞行员心甘情愿被管制员盯着；如果管制员说我们能"被雷达辨识"，会让我们松一口气，觉得自己这一段旅程不那么孤立无援，或表示我们已接近旅行的终点。

超过一定高度的山脉，又会给天空划分出另一个世界，一个独立的天空领域。若机舱失压，我们需要戴氧气面罩的高度是一万英尺。因此，由山峰和最低安全高度①构成的粗略轮廓，或许是这个世界上飞行员最容易记住的地图，就像海平面突然上升了两英里一样。在这张地图上，现存的世界主要分为两大截然不同的地带。其一是横贯欧亚大陆，从西班牙开始，穿越阿尔卑斯山、巴尔干半岛，然后自土耳其一路朝东经伊朗、阿富汗、印度和蒙古等国的高地，一直延伸到中国和日本的地带，这是这张地图的核心。其二是飞行航图上代表最低飞行高度的长长红线，这条红线沿着美洲西部，从阿拉斯加一直到安第斯山脉，自北极区一路绵延至南大洋②。

在这种海拔的世界地图上，是看不到美国密西西比河以东的

---

① 此处原文为 safety margin，作者指的是"最低安全高度"（mininum safety altitude, MSA），标注在飞行航图上，飞机在飞行中不允许降到 MSA 以下，否则有撞山危险。——审校注
② 南大洋，又称"南冰洋"或"南极海"。2021年6月8日（"世界海洋日"），美国国家地理学会正式承认其为世界第五大洋，具体指围绕南极洲的海域。

地区的。非洲、巴西、俄罗斯和加拿大的大部分地区，以及整个澳大利亚也不存在。喜马拉雅山的山峰在这张地图上也不存在，因为海拔太高了。一九三三年，距莱特兄弟在北卡罗来纳州的基蒂霍克首飞不过三十年，飞机就能"飞越"珠穆朗玛峰峰顶了，尽管当时飞机上有一名摄影师因为缺氧而昏厥。直到今天，喜马拉雅山上空的航路仍不多，并非因为现在的飞机无法轻易飞过珠穆朗玛峰，而是因为飞机下方的地形不利于飞机遇到技术问题时降落。因此，许多飞行员反倒成了最没有机会看到地球最高峰的人。

世界各国的上空则以其他方式划分，我们不能任意飞行。大片的空域经常出于军事理由而有严格的限制；许多小的空域也禁止飞入，因为这些地方位于城市的中心或苏丹[①]的宫殿上空，对噪声非常敏感。这些受限的空域通常在飞行航图上以字母和数字组合的形式标示，而不是以名字的形式标示。但是在孟买附近，有个名叫"寂静塔"的建筑，拜火教教徒将遗体放置于此，供秃鹫啄食，其他地方把这个仪式称为"天葬"。这个地方和它的名字，在我们的飞行航图上是用红色来标示的。其他没有飞机通行的地方在飞行航图上会标有顶高及具体高度，唯有寂静塔没有顶点，一路往上，直上云霄。

当然，飞机可以飞越社会经济差异甚大的世界，仿佛这些

---

① 苏丹，某些国家穆斯林统治者的称号。

长空飞渡

差异并不存在。即使是贫穷的国家,通常也拥有标准化的国际航空规则和航管服务。我们可以设想一下,在天空中有一个连续的空间,那是个环绕于地球上方的隔绝区域。不管底下的情况如何,这个空中区域都是由共同的国际标准主导的。飞机会穿过这些控管良好的地方,飞过一些如果机上有乘客身体抱恙,我们不希望在那里降落的城市和国家,因为这些地方的医疗服务可能比在海上好不到哪里去。之后我们会穿过同样受到控管的空中通道,从高空降落到目的地,这里又有一系列标准,从能取得的水是否可用到各种与安全相关的航空功能,方方面面皆要经过评估。往返于某些城市与伦敦的飞机,常常要携带足够的水,有时甚至还要带着往返的燃料和食物。

在开普敦,如果吹北风时,你从南边降落,在飞行的最后几分钟,你将飞到卡雅丽莎(Khayelitsha,在科萨语[①]中有很美丽的含义:新家园)附近和米歇尔平原,这两个地方都居住着成千上万的人口。我曾以乘客的身份飞到那里,因而有足够的时间在那儿逛了逛。来自遥远他方的飞机飞过这些聚落,带着许多其他国家的旅客于晨间在此降落。这些旅客自由地汇入这有着五十万人口的地方。在这五十万人中,有些有飞行的机会,但许多人恐怕永远不会有。这种人生际遇的力量,深深地震撼了我。

当我飞过北海道、奥地利乡村或俄克拉荷马市时,总会好奇

[①] 科萨语,非洲南部科萨族所使用的语言。

地面上会不会有人抬起头，看到我们留下的飞机尾迹在黎明时分闪着亮光。我也曾在这些地方的地面仰望飞机飞过，那时的我会宛若孩子般赞叹起翱翔的感觉，或回想起第一次飞行。然而还有许多地方无法让飞机上与地面上的人这样互相思量对方的情况，因为有些地方虽然飞机能自由飞过，但那里的人却长年过着如铅一般沉重的生活，无暇他顾。

飞行员生活中最耐人寻味的，或许不是我们在空中工作，而是对我们来说，地面上的世界是如此辽阔。正如孩子的世界是从家中的房间开始，然后逐渐扩展到花园及附近区域一样，飞行员的世界也是从熟悉的地方开始，然后向相关联的其他区域扩展的。飞行工作让我们可以用放眼整个星球的宏观尺度丈量世界，在我们飞行员的地理认知中，飞越国家和大洲，就和轻轻松松循着小径，钻进熟悉的森林一样。

小时候，我们去哪里都要由别人带着。等长大学会开车后，我就自己驾车，回到那些曾经去过的小镇、湖泊或公园（比如新英格兰州立公园，我小时候曾和家人一同在那儿露营与徒步过）。我发现，虽然我仍对这些地方印象深刻，但这些地方却在我的记忆中自由飘浮，脱离了与实地的联系。我不知道这些地方在地图或地球上的具体位置，也不知道如何前往其中某一处，或怎么在任意两地之间往返，或这趟旅程可能需要多少时间。但当我自行开车前往时，便能拨开这些疑云，使之如木制拼图般各归其位。我发现，我以为朝着某个方向的湖，其实是朝另一个方向，并通往另一个我从未与之有过连接的地方。

开始学飞行时，我们必须以地球为尺度，将某个地方与我们对周遭实体世界的看法结合起来。突然出现在驾驶舱窗前的，不再只是我年少时飞过的几个城市，还包括我在空中能辨认出来的一切——所有我听到过或读到过，并梦想有一天能造访的城市、山岳和海洋。

将对某些地方的理论认知落实到真实的土地上，并排列、组合起来，这感觉对医学系的学生或许不陌生。这就像他们初次学习原本已知道名字的器官和骨骼是如何在三维空间中排列的，或如何与他们上医学院之前不知道的其他组织相连时，他们心中所认为的身体的变化方式。第一次飞雅典时，我在我们的文件上看到了几个数字，这些数字表明航路不远处有高地。当我们接近这一带时，果然有座雪峰映入眼帘。我对机长说："那座山还真高啊。"机长诧异地看着我，好像我的话匪夷所思："马克，那是奥林匹斯山。"

我飞越阿拉伯半岛，朝欧洲方向前进。前方是亚喀巴[①]及西奈半岛[②]的灯光；然后是苏伊士[③]，运河上船只的点点灯光犹如红

[①] 亚喀巴，约旦最南端的海滨城市。
[②] 西奈半岛，连接非洲及亚洲的三角形半岛。
[③] 苏伊士，埃及港市，在苏伊士运河南端。

血球，在地球的循环系统中流动；接着是尼罗河的灯光，河两岸的流动光圈汇聚到开罗，并将人们的视线引向亚历山大港[①]，聚集在海岸边。飞机的右边是以色列，在水面上散发着璀璨的光芒。如若不知这是哪一座滨海城市，应该会猜这是洛杉矶吧！再过去是黎巴嫩，我今晚要在这里寻找圣经中"居住在入海口"的推罗[②]的灯光。接下来是船只的灯光，再之后是克里特岛[③]和伊拉克利翁[④]的灯光。我以前对这些地方只有一个大致的概念，但现在这些地方依次在我的飞机底下现身。

几小时后，我飞过德国上空，俯视着下方陆地上的光之海洋。我想起童年时，自己曾对父母的一本世界地图集深深着迷，那本地图集上清楚地标出了世界上人口最密集的地区，伦敦、洛杉矶和东京都用鲜红色标示。德国的西北部也有类似的一大片鲜红色区域，我那时认为地图集一定是印错了，因为这块鲜红色区域很大，而且距离我所听过的法兰克福或慕尼黑这样的德国大城市很远。我问父亲，他告诉了我这个地方的名字。或许是因为我无法像他一样正确地发音，所以至今仍觉得这个地方的名字真是美极了：鲁尔区[⑤]。他说："这是德国人口最稠密的

[①] 亚历山大港，埃及在地中海岸的港口。
[②] 推罗，又名"泰尔"，是黎巴嫩第四大城市。
[③] 克里特岛，希腊的第一大岛。
[④] 伊拉克利翁，克里特岛上的最大城市。
[⑤] 鲁尔区的德语名字"Ruhr"一词中的"R"要发小舌音，这对很多人来说都有一定的困难。

地方,其中最大的几座城市分别为多特蒙德、埃森、杜伊斯堡,只是你可能没有听说过它们的名字。"夜里,从天空中很容易就能看到鲁尔区,那大片的灯光和我童年时看到的地图色块一样清晰可辨。

在成为飞行员以前,我曾天真地以为大多数人都住在和我的家乡差不多的地方——即使我学到的知识恰好相反——那里有小镇、森林和原野;那里四季分明;那里的山丘以我熟悉的方式绵延,只要几小时便能抵达海岸,距离大都会也不远。如今,我亲眼看见并理解了在学校学到的知识:人类密集地居住在北半球的低纬度地区,尤其是北半球的东半部。我在学校曾读到过这样一句话:"我们所处的时代是城市的时代——不仅有小城市,还有像孟买、北京、圣保罗这样带卫星城且主宰着城市化的大都会——人类有史以来,首度多半生活在城市中。"

起飞之前,飞行员会收到关于飞机重心位置的信息。这项重要信息,是依据飞机上乘客、货物和燃料的重量与位置计算得来的。地理学也会计算世界人口的重心,虽然方法不尽相同,但大致而言,世界人口的重心位于或靠近印度北部。我飞德里或东南亚时,经常经过距离该地区不远的南部。我想象着这里是一个同心圆的圆心,从这里逐渐往外扩张,一圈一圈慢慢将越来越多的地球人口网罗进来。然后我恍然大悟,原来我和我所认识的几乎每个人一样,在以一个个生命来计算重心的地图上,我们其实都来自边陲乡下。当我飞行于纽约与伦敦之间时,很容易忘记——除非从经济角度考虑，否则这些城市都不过是人类人口银河中的边陲星球。我虽曾把新英格兰乡村视为中心，但实际上那里偏远得无足轻重，若外星访客要在地理课本中介绍人类，恐怕连注脚都不会提到这个地方。在成为飞行员之前，我大概完全搞错了世界在大多数人眼中的样貌。

另一个问题是，地球表面通常看起来是什么样子的。在我还没成为飞行员之前，如果有人这样问我，我的答案不免偏狭，会局限于我所居住或旅行途中所看到的地球的样子——地球上有茂密的树林、起伏的山峦、大大小小的城市。如今，我的答案会截然不同。我会说，这世界看起来大部分是无人居住的。

当然，地球的表面大部分是海洋，即便在陆地上也只有零星地带是有人居住的，原因可能是许多地方过于寒冷或过于炎热，或太过干燥，或海拔太高。这是我们明明知道却常常遗忘的事实，毕竟我们从未目睹过这些景象，除非从飞机窗户俯视过那广阔且近乎空荡荡的地区。荒芜之地，顾名思义即是我们平常难以抵达的地方，只有搭飞机时才能飞越，一睹地球表面这最显著的特征。一项评估报告指出，不穿衣服的人能存活二十四小时的地区，只占地球表面约百分之十五的面积。要估算出这个数字很困难，必须要考量季节、天气等因素。但从长途客机的驾驶舱看下去，这个数字并不令我感到惊讶。

在遥远的北方的航路，最能感受到地球近乎空荡荡的震撼，因为此处最能将荒芜之地尽收眼底。俄罗斯和加拿大是全世界面积最大的两个国家，飞越这两国的上空时，有好几个钟头只能见到冰雪，或冰雪季节性短暂消融后的大地。这里是无人居住的针叶林和苔原地带。加拿大的总人口数比东京一个城市的还要少，而且加拿大人几乎全居住在该国南部边境的狭小地带。俄罗斯光是西伯利亚的面积就比整个美国的还大，连加拿大都难以望其项背，但俄罗斯的人口却比西班牙的还少。格陵兰岛东北部有块区域的面积，比日本和法国面积的总和还要大，却仅有四十人。许多炎热地区同样人口稀少。除非你像长途飞行员一样经常飞越它，否则很容易忘记撒哈拉沙漠的面积不比美国的小多少；澳大利亚几乎和美国一样宽（澳大利亚的明信片常会将两个国家的地图重叠起来，以便人们能清楚地看出这一点），却有一大片人迹罕至的地方；非洲的卡拉哈里沙漠和亚洲的阿拉伯半岛差不多大。

我这样并不是说地球上看起来空荡荡的地方能不受人类的侵扰。事实上，几乎所有地方都难逃人类的影响，都饱受着气候变迁之苦。其中，飞越这些地方的飞机数量的增加难辞其咎。我也并不认为光靠空中观察，就能轻而易举地得出有意义的评估结果。只有专家才能在俯视加拿大或芬兰的大地秋景时，指出一百年前的这个时候，哪个地方可能已经下雪了。

但如果你曾在偏僻的乡野或自然保护区徒步过或开车过，如果你曾近探过名山附近的众多小山，并猜想是否有人曾站在上面或哪座山曾有过名字，便能明白我在长途客机上的感受。虽然明知人类对地球造成了种种负面影响,但我们在空中竟然很天真地以为,自己是第一个有如此深刻认识的人,并想要找个平坦之处,让飞机降落。

英国作家巴拉德(J. G. Ballard)曾写道:"在伊甸园和奥林匹亚,已有文明与政体的设计,就像在帕特农神庙和波音747,皆有数学、美学和整个地缘政治学世界观的规划。"经常飞行的人或许能自然而然地掌握由波音747赋予的世界观,理性地看待地球的大小。

我开始以每个国家要飞行的时间,来衡量它的大小。初次飞越非洲时,赫然发现阿尔及利亚从北到南竟要花两小时,这才知道那是非洲面积最大的国家。挪威是另一个出乎我意料的国家。如果从英国飞往日本的航班经过挪威,则需要整整两小时才能从一头飞到另一头,来到有着诸多小国的欧亚大陆北缘。以我最常飞的航路而言,飞越法国大约需要一小时,飞越得克萨斯州和蒙大拿州也需要一小时。顺风时,比利时十五分钟即可飞完全境。在许多航路上,俄罗斯是个需要七小时才能飞完全境的国家,所以我们不妨把它视为一个需要一整个白昼或一整个黑夜才能飞越的国家。

我常要飞过一个狂风肆虐的小岛屿——黑尔戈兰岛,飞行员都知道,这是一座位于北海的德国岛屿,设有重要的导航信标台。这座岛屿原属于英国,但英国用它和德国换取了非洲东部的桑给巴尔岛（现属于坦桑尼亚）。飞行员可以随意地跟同事调换飞往不同城市、国家、大陆的航班。我有时会用星期一飞往约翰内斯堡的航班和同事换星期二飞往洛杉矶的航班，有时又会把飞往拉各斯的航班换成飞往科威特的航班。有些飞行员发现自己的生物钟比较适合某个时间方向——"往东飞比较顺"或"往西飞比较顺"，就会和与自己的生物钟适合的方向相反的飞行员换航班。我通常比较喜欢由西往东飞，但仍会偶尔诧异地发现，自己会像谈论早餐麦片的品牌一样谈论自己的主飞方向。

我可能会和空服员一同在北京的比利时餐厅吃晚餐，他可能会问我知不知道旧金山的某间泰式餐厅，或他上回在悉尼听说的约翰内斯堡新开的咖啡馆。既然连国界都模糊了，也就不必对城市的位置过分讲究了。飞机上的工作人员谈起城市时的态度，即使未必像他们在自家房间里那样随性，也会把城市看成地球这个大都会的不同区。有人问我，能不能给他推荐上海吃早餐的好地方。我一时语塞——竟想不出一个地方来，过了好一会儿才想起自己从未去过上海。

虽然这份工作得承受时差感与地差感等的混淆，偶尔亦不免感到孤寂，但我挺喜欢这份工作所带来的联结，那是其他工作无法企及的。我能时常和不少高中与大学同学见面，只因我是飞行员，能飞到他们住的离我很远的地方。我还在欧洲飞短途航班时，几乎能随心所欲地拜访我在比利时和瑞典的亲戚。这就像打开了一个开关,整棵家族树都被点亮了。我三不五时也会去斯德哥尔摩走走,当初不会说瑞典语的拙样,对我而言似乎越渐陌生。

有好几年,我至少每个月会去巴黎一次。一天下午,我去罗丹博物馆,走到梵伦纳小路时,突然想起母亲在巴黎求学那年便住在这一带。她曾告诉过我这条街道的名字,还提到在肯尼迪总统遇刺那天,法国的陌生人听到她的美国腔时,会走上前来安慰她。我打电话到马萨诸塞州给她,她停下早餐说:"没错,我确实住过梵伦纳小路。"虽然她好像沉入了记忆当中,但听得出来语气里带着微笑。我从许多不同的角度,照了好些这条街与她住的那栋旧楼的照片,然后把照片发给了她。

童年时,我靠着航空邮件,牵起了与澳大利亚笔友的友谊。相识二十五年后的某个夜晚,我被安排将航空邮件送去澳大利亚。同事和我从新加坡出发,越过印度洋及整个澳大利亚内陆,来到悉尼。睡了长长的一觉、喝了一大杯咖啡后,我和笔友相约在悉尼歌剧院下方的滨海步道的一个酒馆里相见,这是我们的第一次会面。澳大利亚对我来说向来遥远,但那个月,悉尼就和寻常的机场代码一样,以细小的大写字母"SYD"出现在我的排班表上。我童年时没有机会亲自去那么远的地方旅行,而这段宛如一道长弧线的越洋友谊,在这一刻终于圆满。

飞行员在待命时,最能感觉到这个世界充满着无限可能。我们有时会在机场待命,但多半是在家里待命,因此我们得保持电话畅通,并待在机场的一定距离范围内。如果某飞行员临时无法执飞,例如生病了、得照顾小孩或车子爆胎了,待命的飞行员就会接到电话。有时我抵达机场时,乘客已登好机,燃料和货物也已装载好,机组人员站在飞机最后一扇还开着的门旁,张开手臂对着我挥动,既是打招呼,也是告诉我该往哪个方向走。等我通过这扇门之后,机门就要关上了。

我待命时,会随时准备一个打包好的行李袋,里面装的除了制服衬衫外,还有冬天的手套和夏天的泳装,以便在任何季节、任何地方,这个行李袋皆能派上用场。我可能会在打扫家里卫生、逛超市或公园跑步时,听到电话响起,电话那头的人告诉我要执飞曼谷、波士顿或班加罗尔。于是我赶回家,拎起行囊,飞往指定地点。

有时我觉得,越希望拥有丰富的体验,越可能会热爱飞行员这个职业,哪怕飞行并非你最初的热情所在。法国诗人缪塞(Alfred de Musset)在一首献给雨果的十四行诗中写道:"在这个'低空世界',你应该要喜欢许多事物,如此一来,方能知道最终何者才是你的最爱。"

他列了一些我们可能会喜欢的事物,其中包括大海与湛蓝的苍穹,应该没有几个飞行员会对此有异议。不过飞行员可能会把"低空世界"解读为字面上的意思。无论你是喜欢骑摩托车还是做城市设计,无论你是喜欢听歌剧还是放风筝,无论你是喜欢徒步旅行还是学习语言,这些事物的整个世界都会向你敞开，至少在长途旅行中是如此，就算你在抵达或离开前的半天都在睡觉，仍会有一两天是完全空闲的。在曼谷、墨西哥、东京等诸多城市，皆能找到提供短期烹饪课程的学校。这种课程很受航空工作者的欢迎，因为这让我们有机会接触到一个新的地方的口味，并自己动手做酒店和餐厅不准我们做的食物。有时候，一门课程的学员皆来自同一家航空公司，大家齐聚在遥远的异乡，以这种方式在餐桌旁共度几个小时。

不必执飞时，许多飞行员会选择去亲近大自然。我曾与几个飞行员飞同一趟航班，他们无论飞去哪儿，都要逛逛当地的植物园，或利用时差感早起去拍摄日出。若你喜欢野生动物，你将有机会到熊猫、大象、老虎或鲸鱼的栖息地，目睹它们的踪影；或者这个季节在这个大陆赏鸟，下个季节又到另一个大陆赏鸟。由于你飞得比候鸟快，你还可以在某个地方等着它们出现。你或许在某本书上看到过一些世界名树，几年后你就真的来到这些树的原生地，站在树下。

我无意忽视这份工作的许多挑战，例如：初期的训练成本，往往会让一些新进飞行员扛着和房贷一样的债务重担；长年累月甚至逢年过节都不能陪伴在亲友身边；工作排班不合常规，很难与邻居建立关系，也不容易融入家附近的运动队或社区组织；每年都要考两次耗时数日的模拟飞行考试；不规律的夜班、时区变化和其他扰乱生物钟的作息会给身体造成巨大的压力；定期体检时，医生一皱眉，你的工作就可能要泡汤。飞行在任何意义上都是一种工作。[正如《海鸥乔纳森》(*Jonathan Livingston Seagull*)里的父亲告诫我们的那样："飞行，就是为了吃饭。"]但我想，鲜有工作的附带报酬像飞行员这样丰富多样且如世界般广博，还能任由投身其中的人自己决定。

我不用上班［我们称之为"下航线"（down-route）］时喜欢去徒步旅行，这项活动似乎能帮我纾解地差感与时差感，但究竟是因为运动还是把靴子踏在泥土上这样简单的动作产生的效果，我就不得而知了。

我与几名同事在尘土飞扬、气候炎热的南非公园里散步。眼前是一片红色的土地和碧蓝的天空，大家在阳光下不停地聊天，想以此赶走瞌睡虫。而前一夜离开伦敦时，由于深秋的气温几近冰点，我们还需要启动所有的防冰装置，为起飞做准备。经过博茨瓦纳[①]时，黎明已现。几小时前，当我们往约翰内斯堡降落时，看到了下方的这片土地，它的色彩、它的平整，完美得近乎抽象，并随着非洲南部春日朝阳的升起一直延伸到地平线。现在，我走在先前飞过的土地上，每踏出一步，就掀起一朵小小的红色沙云。有个同事指着一棵枝头上挂着织布鸟鸟巢的树告诉我，这种鸟因它们善于筑这样的鸟巢而得此名。

那已是四天前的事了。此刻我在家里，睡眼惺忪地站在水槽边。水流过我运动鞋的鞋底，将非洲的红色沙尘冲刷到不锈

---

① 博茨瓦纳，位于非洲南部的一个内陆国。

钢槽壁上。我在脑子里自言自语,几乎是一字一顿地对自己说:"这是,来自,南非树下的,红色土壤,那天早上,我还看见了,织布鸟,和它们的鸟巢。"我想到"earth"这个词既有"泥土"的意思,也有"地球"的意思;这些泥土应该没料到会在这里碰到这些水吧。人们总是很快就会习惯任何工作的独特之处。我努力地告诉自己,这是我在这个世界上的一段奇特的经验——曾站在地球某处的泥土上,之后又到地球的另一个地方,然后在某个寻常午后突然发现这些泥土,于是独自一人默默地把它们从鞋子上冲洗掉。

寻路
Wayfinding

一九〇四年,在男人间还流行佩戴怀表的时候,伟大的巴西飞行员阿尔贝托·桑托斯-杜蒙特(Alberto Santos-Dumont)却请路易·卡地亚(Louis Cartier)为他打造了一款腕表[1],因为这样他在飞行时就不必为了看时间,让手离开飞机控制装置了。

现在我工作时,按照规定也要戴腕表——数字式或指针式表面皆可,并且出发前必须精准地对好时间。航空界统一采用同一个时区的时间,这个时间有时被称为"UTC"(世界协调时间),有时被称为"GMT"(格林尼治标准时间),有时又被称为"Zulu"(祖鲁时间,军事通信中用字母"z"来代表时区)。我们的排班表用的是这种时间,飞航电脑也只能识别或显示这种时间。每回我输一项资料到飞航电脑里时,都会在表示时间的"1400 hours"的"1400"后面加一个字母"z",以便和表示高度的"1400 feet"区别开来[2]。除了每月的排班表皆以格林尼治标准时间打印之外,机场公布的滑行道暂时封闭的时间,或雷雨带预计到达机场上空的日期和时间,一概也以这一全球统

---

[1] 指桑托斯系列腕表,一直流传至今,现仍是卡地亚广受欢迎的表款之一。
[2] 航空界的"1400 hours"表示 14:00,即下午 2 点。如果写成"1400z",则表示世界协调时下午 2 点。——审校注

一时间来表示。通常机组人员的出发时间，甚至日期，会和同一班飞机的乘客不同。旧金山的旅客登上飞机时是星期一傍晚，对我和其他机上工作人员而言，已是星期二早上。

航空语言也是标准化的。民航飞机的飞行员无论隶属于哪个国家，都要说英语，并使用共同的飞行术语。我虽然尚未遇到过来自中国或德国的波音747的飞行员，但若有机会遇见，也可用英语和他们讨论工作。驾驶舱的标示是用英语写的，有飞机对我们喊话用的也是英语。

全球各地的管制员都会说英语，但这些"英语"词汇是很专业的航空用词，除了飞行员或管制员外，鲜少有其他人理解这些词汇有何特殊之处。在某些国家，管制员会用当地语言与当地飞行员交谈，从而让这些飞行员有一种家乡的熟悉感。但在世界上许多繁忙的空域，管制员会老老实实地说英语。我可以举个例子来清楚地说明全球化的真实情况：当我飞到德国机场上空时，德国管制员正在与德国飞行员说话，但他们用的不是德语。

航空业常代表着消泯差异，推翻地方、时间和语言界线，然而它也创造出了新的地理领域。这个新的地理领域是位于旧世界上方的新世界，且其地图尚未完整绘制出来。

天空虽被划分成了不同的管理空域，但分区方式并不简单。这些区域各式各样，还经常重叠在一起，并且飞行员与某地的管制员及无线电操作员交谈时所使用的名字，通常和地图上显示的不同。某个地方的空域或许和你曾听说过的这个地方在地面上的区域范围差不多，或者可能大一点，或者也可能小一点。而那些海岸区上方的空域可能会超出海岸线，跨越大得令人眩晕的广阔海洋，与大陆另一头的海岸所延伸出来的空域相交。两块空域交会而成一道空中之墙，这也是两处空中海岸线相接的地方。南北极则是众多空域的交会处，宛如一个圆心，天空从这里被切成一块块的派。

空域不一定与地表的区域划分完全一致，但也有自己的边界。各个空域的名字皆其来有自，说是云端国度亦不为过。

整个日本皆位于同一片空域下，但这片空域的名字不叫"日本"，而叫"福冈"。然而当我们飞到福冈这片空域时，和我们对话的管制员则属于札幌管制中心或东京管制中心。美国的空域看起来就和它的国土一样，被划分成了一个个的州，只不过宛若发生了残酷的战争，或是某委员会大笔一挥，大幅删减了州的数量。盐湖城空域（简称"盐湖"，例如飞行员会说"现在联络盐湖"）覆盖了美国九个州的部分地区，从内华达州的南部，向北一路跨越大盐湖与盐湖城，直到加拿大边界。盐湖城空域两侧是西雅图与明尼阿波利斯两个天空之州。南伊利诺伊州上方的天空并不属于芝加哥空域，而分属于堪萨斯城、印第安纳波利斯（有时称为"印第中心"）和孟菲斯的空域。有一片空域被称为"纽约"，但是纽约州的大部分却位于波士顿空域下，而波士顿空域又覆盖了整个新英格兰。

长空飞渡

美国在空中对各个州进行了兼并重组，而许多欧洲小国则保有了自己的空域。瑞士便是如此，它的空域就叫"Switzerland"，不过飞行员在呼叫管制员时，会称呼对方为"Swiss"或"Swiss Radar"。例如，我可能会对他们说"Swiss, good evening"（晚上好，瑞士），然后报出自己的航班呼号。这片空域很小，飞机又飞得很快，喷气式飞机大概几分钟就能飞过。雅典管制中心由希腊管制员负责，不过他们的空域在飞行航图上是以希腊的古称"Hellas"来标示。在亚得里亚海[①]岸的繁忙航路上，飞机可能仅在贝尔格莱德[②]的空域中飞行几分钟。管制员才跟我们打过招呼，马上又要把我们移交给前南斯拉夫分裂出的某个国家的空域。

相较于这些破碎的空域，马斯特里赫特[③]空域看起来就完整多了。马斯特里赫特空域传承并展现了"欧洲一体化"的宏伟旧梦——亦即现在的"欧洲单一天空"计划。马斯特里赫特空域对大多数欧洲飞行员而言可能是最知名的空域，包括比利时、荷兰、卢森堡、德国西北部及其附近部分地区的高空空域[④]。在这一大片祥和的空域下，却是欧洲大陆历史上最腥风血雨的区域。我也曾去过地面上的马斯特里赫特，但每当有人提起这个

[①] 亚得里亚海，地中海的一个大海湾，位于意大利与巴尔干半岛之间。
[②] 贝尔格莱德，塞尔维亚的首都，地处巴尔干半岛核心位置。
[③] 马斯特里赫特，荷兰东南部城市，靠近比利时边境。
[④] 高空空域通常指24500英尺以上的空域，马斯特里赫特空域指24500—66000英尺的空域。——审校注

名字时，我想到的不是荷兰的一个城市，而是马斯特里赫特空域——这一无形的空中之国，就高悬在历史上四分五裂的欧洲大陆西北角。天空中的马斯特里赫特既不属于比利时，也不属于卢森堡，甚至不属于荷兰；它是个冰冷的空中多面体，其边界虽然清晰分明，却和被切割的空气一样没有意义。它覆盖在诸多欧洲国家之上，成了欧洲上空一个无法命名的新国度。

空域的名字或许无法对应到地面上任何我熟悉的地方，这些名字的音节仿佛某种空中诗歌，抑或是飞行航图上一个折页之外的遥远空域传来的鼓声：土库曼纳巴德与她的姐妹城土库曼巴希[1]；万象、武汉与哥打京那巴鲁[2]；堪察加彼得罗巴甫洛夫斯克[3]、诺里尔斯克[4]与波利亚尔内[5]。有些名字似乎来自传说，你可能没料到它们会在现代空域中出现，例如阿尔汉格尔斯克[6]与杜尚别[7]，还有撒马尔罕——这个位于中亚的知名古都，曾出现在马可·波罗和伊本·白图泰[8]的著作中，并曾被亚历山大大帝和成吉思汗攻陷。

---

[1] 土库曼纳巴德与土库曼巴希为土库曼斯坦的两个重要城市。
[2] 哥打京那巴鲁，一般指亚庇，马来西亚城市。
[3] 堪察加彼得罗巴甫洛夫斯克，俄罗斯位于太平洋沿岸的城市。
[4] 诺里尔斯克，俄罗斯城市，是俄罗斯也是亚洲大陆的最北点。
[5] 波利亚尔内，俄罗斯西北部科拉半岛上靠近北冰洋岸的港口，地处北极圈内。
[6] 阿尔汉格尔斯克，历史上曾是俄罗斯的重要港口。
[7] 杜尚别，塔吉克斯坦的首都。
[8] 伊本·白图泰（Ibn Battuta），阿拉伯旅行家，他花了30年时间游历了非、亚、欧三大洲44个国家。

每回我想起这些听起来很遥远的名字时，总不免思索，马斯特里赫特在乌兹别克斯坦[①]或中国飞行员耳里听起来有何感受；马斯特里赫特的名字（Maastricht）里有两个"a"和一个"cht"，这是不是违反了他们学了好几年的英语规则？它的发音这么特别，肯定是个耐人寻味的地方——它位于曾有着辉煌航海历史的国度，却又深居内陆。又或者，他们在世界的彼端听见或玩味这个荷兰地名时，会觉得它听起来和英语没什么两样，这些飞行员看到了一个语言学上的真理在空中得到了证实——荷兰与英国东南部的语言在语法规则上相差无几。远方的地名听起来有何感受，这个问题在飞越世界各地的飞行员面前，会以最单纯的形式呈现。

飞行员在亲临某些空域之前，其实对那里的名字早已烂熟于心。例如伦敦空域、德里空域、曼谷空域，以及位于这些空域之下的城市。飞到这些空域，就像进入了这些大都会的空中势力范围与引力范围，如同来到了这些城市的光环之中（夜间确实如此）。美国管制员偶尔会在某个空域名后面加上"center"，前面加上"the"，这使得该空域的名字更加光芒四射，更散发出一种威严的气派，好像这才是它正式的名字。"Contact now the New York center"（现在联络纽约中心），听起来就很有气

[①] 乌兹别克斯坦，一个位于中亚的内陆国家，是世界上仅有的两个双重内陆国——本国是内陆国且其周围的所有邻国也都是内陆国的国家——之一，另一个为列支敦士登。

势，仿佛在我们接到这个指令的那一刻，夜空就被城市升起的光云照亮了。

西非有片空域名为"罗伯茨"（Roberts）。我第一次看到这个名字时，就联想到了罗伯特·菲茨罗伊（Robert FitzRoy）。他是气象学家，也是载着达尔文环球航行的"小猎犬号"的船长，BBC海洋气象预报提到的"菲茨罗伊区"，便是以他的名字命名的。BBC海洋气象预报中的海域像一个个海洋国度，飞行员或许从上空俯瞰过这些白浪滔滔的海域。我在驾驶空客早班机的那段岁月里，已经熟悉了这些空域的名字。那时我会在天还没亮的清晨开车出门，一边喝咖啡，一边听广播，经过潮湿漆黑、杳无人迹的伦敦街道，前往希思罗机场。罗伯茨这个名字是为了纪念利比里亚首任总统约瑟夫·詹金斯·罗伯茨（Joseph Jenkins Roberts）的，他在美国出生，二十岁时回到利比里亚定居。后来，非洲有一大片天空以他的名字命名。

在英国上空，称呼伦敦空域时用的是名词"London"，但称呼北边的苏格兰空域时则用的是形容词"Scottish"。伦敦管制员向往北飞的航班道别时会说"Contact now Scottish"（现在联络苏格兰），而苏格兰管制员会对往南飞的航班说"Call London"（呼叫伦敦）。这往往会令人想起BBC世界广播电台的台呼——"This is London"（这里是伦敦），或"This is London calling"（伦敦呼叫），这些声音在英国空中有着漫长的历史。

长空飞渡

许多依照水域命名的空域名字听起来铿锵有力，例如南美洲上方的空域被称为"亚马孙河"。我喜欢听管制员说"现在联络莱茵河"，好像低头就能看到这条河。不少空域有大片面积分布在海洋上方，这也会反映在它们的名字中，例如大西洋中部与南部上方的空域就叫"Atlantico"，而安克雷奇大洋空域与安克雷奇极地空域这两个空域就在常有狂风暴雨肆虐、白浪滔滔的灰色海面上空，它们的名字听起来就让人联想到海上的船舰。在地图上，浩瀚的太平洋上方有一大片空域被称为"奥克兰大洋空域"①，但和飞行员对话的却是湾区另一边旧金山管制中心的无线电操作员。这是一场在太平洋大部分地区展开的跨海湾竞争，最终奥克兰赢得了这块空域的命名权，而这个横跨太平洋的空域范围之大，可能会令奥克兰的居民惊讶不已，因为他们所在城市的空域竟与马尼拉②、望加锡③、新西兰的奥克兰（Auckland）及塔希提④的空域毗邻。

塞浦路斯北方的天空分属于两个空域，因此我们会和两个不同的无线电台的管制员对话。挪威旁边有一个狭小的空域不属于任何国家，它宛如一把刀，把挪威的博德与俄罗斯的摩尔曼

---

① 由美国奥克兰管制中心负责管理，该中心所管理的空域面积在全球各管制中心中是最大的。——审校注
② 马尼拉，菲律宾的首都和最大港口。
③ 望加锡，印度尼西亚南苏拉威西省的首府。
④ 塔希提，港台译为"大溪地"，位于南太平洋。

斯克一分为二，好像是天空地图绘制完成后挤出来的气泡，又像是突然从海底火山冒出来的岛屿。另一个无名空域位于加拉巴哥群岛①以西、复活节岛②以北的太平洋上方。飞机似乎让世间最后的神秘空间无所遁形，这些无名空域的存在，反倒显得出人意表。

刚果（布）首都布拉柴维尔上方的空域被称为"布拉柴"。这里的无线电传输质量有时不是很好，管制员常得大声复诵两次。如果管制员字正腔圆、大声地对长途飞行员说"布拉柴！布拉柴！"，飞行员可能会露出微笑，回想起夜幕低垂、飞过非洲赤道星空的时光。西非有两处姐妹空域的名字大概称得上是全世界最优美的——"达喀尔陆地"和与它遥遥相望的"达喀尔海洋"。到了达喀尔，你要先飞过达喀尔陆地的上空，然后是达喀尔海洋的苍穹。

到了空域交界处，一组管制员会把飞行员转给另一组，完成一次颇具仪式感的交接。飞机就这样不断从一处被"移交"（我们会使用这个词）到另一处，飞遍全球各地。通常在飞机离真正边界还有几英里时，移交工作就已经完成了。"现在呼叫吉达③，"管制员告诉我们，"你被移交了。"

---

① 加拉巴哥群岛，位于南美洲厄瓜多尔西侧的太平洋。
② 复活节岛，位于南美洲智利西侧的太平洋，因荷兰航海家罗赫芬于复活节发现并登上此岛而得名。
③ 吉达，沙特阿拉伯第二大城市、第一大港、重要的金融中心。

长空飞渡

  飞行员可能会钟爱某些小地方，然后在世界地图的某些地方打上标记或星号。除了飞行员之外，一般人不会想到那些小地方。

  有些地方因为设有无线电导航信标台，从而跃升为空中的里程碑。这让我很难不联想到古早的信号台，以前的人会把信号台点亮，例如用来协助导航的灯塔，或用来发出警告的烽火台（比如发现了西班牙无敌舰队后），当然也可以用灯火来庆祝君王加冕或在位周年等大事件。二十世纪二十年代，数以百计的灯标被启用，这些灯标多位于山顶，供最早横跨美国大陆、从纽约飞到旧金山的邮件航班使用。这横跨美国的灯标之路与铁路相呼应，也和小马快递[①]不无类似，因为飞行员和飞机会在途中改变航向，使信件能够从大陆的一端几乎不间断地被送往大陆的另一端。现今飞机所使用的部分无线电导航信标台，就位于当初那些灯标的所在地，美国西部尤其如此。

  飞行员可手动搜寻无线电信标，查看飞机与信标的距离和相对方位，这是检查飞机位置最基本的老式做法。但是现代飞机可以持续搜寻信标，像一个驾车来到某个不熟悉的小镇的司机，不断地寻找着路标和街标。无线电信标有发射范围的限制，若飞机找到信标，它的代码就会在驾驶舱的屏幕上闪烁。飞行员就是这样知道世界上许多信标台的名字的。

[①] 小马快递（Pony Express），1860年成立于密苏里州的快递公司，以马匹运送邮件，途中行经众多驿站，需不断更换骑士和马匹。——译者注

美国科德角①尖端附近的靠海侧有一个信标台，在海滩附近散步的人肯定会觉得那里很奇特。那处信标台叫"马可尼"（Marconi），与被称为"无线电之父"的意大利工程师同名。信标台和飞机对话，就像美国孩子在游泳池中玩"马可·波罗"（Marco Polo）游戏。根据从飞机报出"马可！"到信标台回应"波罗！"的时间差，就可以算出两者之间的距离。

在一些偏远地区，信标台常设在机场，因为无线电信号就是从机场发出的。如果这一带没有其他与飞航相关的事物，那么单独的信标台就会在空中格外引人注目。格陵兰岛有一处机场名叫"阿夕亚特"，我期盼哪天能去这个机场所在的海湾逛逛，因为这处海湾有个绝妙的名字——迪斯科湾，除了在单人沙发椅上埋首研究地图的人和长途飞行员，恐怕没其他人听过它。加拿大遥远的北境，许多小地方的名字为天寒地冻的水域增添了些许暖意：庞德湾（Pond Inlet）、桑迪湾（Sandy Bay）、霍尔海滩（Hall Beach）、珊瑚港（Coral Harbor）。有些机场相当荒凉，方圆好几英里根本找不到其他适合飞机起降的跑道，加拿大的丘吉尔机场就是如此。位于哈德逊湾的丘吉尔镇经年积雪，常有北极熊出没。探险家哈德逊（Henry Hudson）的船只曾于漫长的冬季在此地遭到冰封，动弹不得。他和儿子好不容易从冰雪中脱困，又被迫在一次暴动中在此地弃船而逃。

---

① 科德角，美国马萨诸塞州南部的钩状半岛。

长空飞渡

同样在加拿大，地图上有个地方叫"约阿港"，约阿是挪威极地探险家阿蒙森（Roald Amundsen）为他的船取的名字，而这是阿蒙森寻找地球磁北极的地方。通常越接近磁极，指南针会动得越厉害，好像靠近受囚禁的可怕生物一样。约阿港在我们的地图上的位置接近"指南针失灵区"（Compass Unreliable Area）的那条虚线，给现代的天空与世界划出了一道意想不到的分界线。

有些信标台的所在地虽然很有名，在地理上却是无足轻重的，若非有着独特的历史意义，这些地方或许根本不会出现在飞行航图上。加利福尼亚州北部海岸有处灯塔名为"雷斯岬"，附近有个同名的信标台，为飞抵旧金山的航班导航。在行经印度的航班上，我们先飞过德里信标台，然后就和地面上诸多前往泰姬陵的旅人一样，来到名为"阿格拉"[①]的信标台。开普敦外有个地方叫"罗本岛"，十七世纪以来一直都是监狱，曼德拉曾囚禁于此。在前往开普敦机场的飞行航图上，会看到一个同名的信标台；看到这个名字，往往表示即将抵达开普敦机场。

我有个加拿大朋友，她的家乡位于加拿大不列颠哥伦比亚省内陆的一个小镇。我第一次问她的故乡在哪里时，她笑着摇头，认定我绝对不知道，还说除非气温低于零下四十摄氏度，否则学校不会停课。但当她说出小镇名叫"威廉斯莱克"时，反而

---

① 阿格拉，印度的古城，泰姬陵就位于此地。

轮到我笑着对她说:"我知道,我每隔几个月就能见它一面。"威廉斯莱克设有导航信标台。我与这个朋友见面时,如果最近有飞过威廉斯莱克上空,就会告诉她那天天空是多云,还是晴朗得可以清楚地看见坐落在落基山脉与太平洋海岸山脉之间的威廉斯莱克。

日本茨城县的大子町是个有着两万居民的小镇。外国飞行员或许不知道这里有着知名的袋田瀑布(日本三大瀑布之一),却知道这里的信标台。德国有个村子名叫"黑林根"(Heringen),它附近原野上的信标台也叫这个名字;而世界各国的飞行员,却在汉诺威[①]与柏林之间的天空操着南腔北调的英语念这个名字。位于加拿大东南岸新斯科舍省的哈利法克斯,有个信标台名为"双头乌鸦",而育空地区[②]有一个信标台名为"老乌鸦"。俄勒冈州东南部有个信标台叫"罗马",而距挪威所有房屋几小时飞行距离之处,有个信标台叫作"挪威之屋"。此外,还有叫"泥山""铀城""疯妇""祝融"这样的信标台。

还有一些信标台的名字听来比较悦耳。在苏格兰,我偶尔会飞过马赫里哈尼什[③],这座靠海村庄在无线电刚开始发展的时期,曾发送过信息到我的故乡马萨诸塞州,这个信标台在驾驶舱会以"MAC"来显示,有些飞行员会像我一样,乖乖把这个

---

① 汉诺威,德国城市,位于北德平原和中德山地的相交处。
② 育空地区,位于加拿大西北边陲,为加拿大三个行政区之一。
③ 马赫里哈尼什,英国苏格兰西海岸阿盖尔的一个村庄。

名字的每个字母拼出来——"Mike（麦克）、Alpha（阿尔法）、Charlie（查理）"，因为我与有苏格兰腔的管制员对话时，不敢直接称呼这个信标台的全名。

中国北方有个信标台叫"额仁"[①]，位于戈壁沙漠黄沙滚滚的高地上，离蒙古国边界及连接两国的铁路不远。在巴基斯坦中北部的印度河西岸，有个城市和它的信标台都叫"德拉伊斯梅尔汗"。阿尔及利亚有个小镇叫"奥马尔·德里斯"（Bordj Omar Driss），然而有些飞行员不认得这个有着六千居民的阿国小镇，因此当管制员跟这些飞行员提到"BOD"信标台时，会说成是"Bravo（太棒了）、Oscar（奥斯卡）、Delta（德尔塔）"。俄罗斯许多信标台的名字很动听：我喜欢"马克西姆金亚尔"和"新瓦休甘"这两个名字；最爱的则是"纳里扬马尔"这个名字，这个滨海小镇约有两万人，是北极圈内一处可爱的里程标记。

飞机的航路是由信标台与航路点所连成的。航路点靠地理坐标来确定，或由它们相对于信标台的方位和距离来确定。航路点的名字通常由五个大写字母构成，例如 EVUKI、JETSA、SABER，目的是希望无论管制员和飞行员的母语为何，都能清楚地发音。在飞行员和飞航电脑用的世界地图上，有密密麻麻的航路点。航路点如同空中地理中最小的"金块"，在飞机离开

[①] "额仁"是牧人对荒漠戈壁景的一种美好描述，有海市蜃楼的意思。

跑道后，只有这些"金块"才有意义，它们像是一种空中的有声货币，对应着地面上的一个个地点。

　　从飞机上来看，即使宽敞的现代马路亦显得又慢又过时，与马匹行走的古道差不了多少。飞机飞行时就像眼睛扫过页面或手指划过地图，转眼间便能越过道路上的所有东西，以及在地面上驾驶时不得不绕行的城镇、山岭和湖泊。从天空上看，地面上的一切看起来都又低又平。虽然航路点是看不到的，但它能提醒我们，翱翔于天空的飞行员固然不像地面驾驶那般受限，但飞行员行驶的路线未必像表面上看起来那么自由。

　　这并不表示航路点是普通的地点。虽然航路点在航路上一个接着一个，但当我们飞行于两个相距遥远的航路点之间时，常获准不必经过中间的其他航路点；这就像驾驶时可以离开道路，直接穿过山岳和森林，然后再回到道路上继续前进。航路点听起来像某个特定、单一的地点，实际上并非如此，而是囊括了那个位置上下的所有高度。同一时间，可能有许多飞机在同一航路点的不同高度飞过，而每架飞机的导航电脑却显示它们在相同的位置。这如同告诉了你某摩天大楼的地址，但未说明在第几层楼。飞机飞行时的速度很快，所以我们通常不会飞到某个航路点的正上方或附近，因为我们得在到达该航路点之前转弯，这样才不会冲出航路的边界[①]。若在急转弯时遇到强烈的顺

[①] 航路是有宽度限制的，我国规定航路宽度为 20 千米，沿航路中心线两侧各 10 千米。——审校注

风，我们可能得在下一个航路点前五英里处就转弯；这情况有点类似开车时，离岔道口还很远就开始转动方向盘。

航路点的分布是有规律的，大略与它下方的人文地理节奏相吻合。就像北美人士到西欧的城市游历时，会觉得每走一段路就能碰上重要的古迹一样，在欧洲的上空，飞机可能每分钟都要经过一个航路点。相比之下，在公海或加拿大北部这类地方的上空，两个航路点之间相距数百甚至数千英里，可能需要飞四十五分钟甚至更长时间。经过航路点的频率，多少反映了飞行员在驾驶舱内的工作量。当飞机离开跑道，要转许多弯才能到达航路时，大多数航路点几乎都是在飞行的头一分钟就出现，在飞行的最后一分钟才消失；到了远处某个地方又再度重复这一过程。

对于最常飞行的航路上诸多航路点的名字，飞行员会渐渐了解其意义。比方说，穿越大西洋的几个有名的进出点的名字，听起来就有"门"或"出入口"的感觉。当我想到爱尔兰附近的 LIMRI 航路点或 MALOT 航路点时，就会想到越洋飞行的起点或终点。这就像一座只有在进出某个城市时才需要经过的桥梁的名字，若你听到新闻播报员播报交通路况时随口提到这座桥梁的名字，就知道他是在和准备进出该城的人说话。

许多航路点是任意命名的，这仿佛印证了语言学的一个入门知识——能拼得出、念得出的词，在数量上远远超过实际存在的词。空域规划者可以用自动化工具为航路点生成这样的名字,并确保名字相同的航路点彼此不会靠得太近。然而也有许多航路点的名字不是随机生成的。从这些航路点的名字,我们可以看到地球上最后一个散布着有意义的地名的区域,一个不仅对命名者来说完全陌生的区域,对每个人来说都宛若新世界的区域。

在天空的这种新地理布局中,许多名字反映了航空与航海——或者是航路点下方的水域——之间的渊源。澳大利亚珀斯附近有几个航路点,名字分别为"FLEET"(舰队)、"ANCOR"[音近"anchor"(船锚)]、"BRIGG"[音近"brig"(横帆双桅船)]、"SAILS"(船帆)、"KEELS"(船的龙骨)、"WAVES"(海浪)。纽芬兰南部古老的大浅滩渔场附近,有个航路点名为"BANCS"[音近"bank"(岸,堤)]。沿着加拿大海岸往北是名为"SCROD"(幼鳕鱼)与"PRAWN"(明虾)的航路点。有时候,分散于地球各处的很多航路点会使用相同的名字,若在导航电脑上输入这些名字,它会问我们到底要前往哪一处。例如名为"SHARK"的航路点就有五个,除了悉尼东边的那处之外,在泽西岛、毛伊岛、台湾岛和特立尼达岛附近也各有一处[1]。

英国马恩岛附近有个航路点叫"KELLY",这个名字源自一首古老的音乐厅歌曲《来自马恩岛的凯利》(*Kelly from the*

---

[1] 泽西岛、毛伊岛、台湾岛和特立尼达岛分别属于英国、美国、中国、特立尼达和多巴哥共和国。

Isle of Man)。英吉利海峡附近有个叫"DRAKE"的航路点,其名取自英国航海家弗朗西斯·德雷克[①]爵士;还有一处名为"HARDY"的航路点,其名取自托马斯·哈代[②]爵士。哈代爵士是纳尔逊(Nelson)勋爵的老友,据传纳尔逊勋爵在战舰甲板上濒死之际曾对哈代爵士说:"吻我吧,哈代,愿上帝保佑你,哈代。"在塔斯曼海的天空地图上,有三个航路点构成了一个三角形,这三个航路点宛如向新西兰延伸的五线谱音符,分别叫作"WALTZ""INGMA"和"TILDA",拆自澳大利亚的非正式国歌"Waltzing Matilda"(《丛林流浪》);塔斯曼海往西数千英里,有一连串航路点散落在西澳大利亚海岸由北到南数百英里的印度洋上,依次为:WONSA、JOLLY、SWAGY、CAMBS、BUIYA、BYLLA、BONGS。将这些航路点的名字连在一起,念起来就像《丛林流浪》的第一句歌词:"Once a jolly swagman camped by a billabong..."(曾有个快活的流浪汉在水潭旁扎营……)

欧洲大陆的航路点没有那么浓厚的地方色彩,起码对说英语的人来说如此,少数几个例外包括荷兰海岸上空一个叫"TULIP"(郁金香)的航路点,而名为"SASKI"的航路点可能

[①] 弗朗西斯·德雷克(Francis Drake),英国航海家、探险家,据说是第二位在麦哲伦之后完成环球航海的探险家。
[②] 托马斯·哈代(Thomas Hardy),英国诗人、小说家,代表作包括《德伯家的苔丝》《无名的裘德》等。

会令人怀疑是否和伦勃朗的妻子有关——她叫"Saskia"（莎斯姬亚）。若来到德国上空，说英语的飞行员听到"ROTEN"这个名字时，或许以为这只是个念得出来的、无意义的字眼，但德国飞行员可能会联想到中世纪小镇罗腾堡（Rothenburg）的钟声。飞越奥地利和德国边界时，会听到一连串拗口的航路点名：NIGEB – DENED – IRBIR，似乎是在用德语说"Nie gebt denen ihr Bier"，意思是"千万别给他们啤酒"。在斯图加特[①]附近的天空中，有VATER与UNSER两个航路点，合起来意思为"我们的父"（《主祷文》曾提到过"我们在天上的父"）。纽伦堡[②]东北部靠近德捷边境处，有名为"ARMUT"（贫穷）与"VEMUT"（取自古德语"Wehmut"，意指"所求不得"）的航路点。

印度与巴基斯坦边界有个航路点名叫"TIGER"（虎），而前往伦敦的航班也必会经过另一处名为"TIGER"的航路点，就好像在古老的大英帝国时代，将一头猛兽从温暖地区送到了寒冷地区。在从新加坡飞往伦敦的航班上，飞行员可能会在同一晚飞过这两个叫"TIGER"的航路点上方。

美国的天空地图绘制者，大概是最绞尽脑汁为大空赋予地方色彩的一群人。加利福尼亚州索诺玛县（Sonoma）的

---

① 斯图加特，德国西南部城市。

② 纽伦堡，德国东南部城市。

机场后来冠上了查尔斯·舒尔茨[①]的名号，而它附近的航路点叫"SNUPY"（史努比）。堪萨斯城附近的航路点名听起来令人垂涎——"BARBQ"（烤肉）、"SPICY"（辣味）、"SMOKE"（烟熏）、"RIBBS"[音近"Ribs"（肋排）]、"BRSKT"[音近"braised"（炖煮）]。底特律附近的PISTN航路点，想必是为了代表底特律活塞队（Pistons）及这座城市的汽车工业传统。底特律附近的天空还有叫"MOTWN"[音近"Motown"（汽车城）]、"WONDR"（取自"Stevie Wonder"[②]）和"EMINN"[可能指饶舌歌手阿姆（Eminem）]的航路点。休斯敦附近先有了个叫"SSLAM"的航路点，之后在这个航路点几英里外又设了个叫"DUUNK"的航路点，合在一起就是"SSLAM DUUNK"[音近"slam dunk"（扣篮）]。可别把"DUUNK"与波士顿附近的"DUNKK"搞混了，后者可能是指创立于马萨诸塞州的甜甜圈连锁店。休斯敦附近还有名为"ROKIT"[音近"rocket"（火箭）]的航路点——展现了这座城市与航天工业的渊源，以及名为"TQELA""WORUM""CRVZA"（啤酒）、"CARNE"（肉）、"QUESO"（奶酪）的航路点，诉说着休斯敦融合各国美食的传统——抵达这里的旅客应该等不及要享用了吧！

[①] 查尔斯·舒尔茨（Charles M. Schulz），漫画家，史努比系列漫画作者。查尔斯·舒尔茨的纪念馆就坐落在索诺玛县城。——译者注
[②] 史提夫·汪达（Stevie Wonder），美国黑人歌手、作曲家、音乐制作人、社会活动家。

寻路

　　波士顿上空的航路点密密麻麻，如新英格兰苍穹中细密的星座。这里有反映着本地历史的 PLGRM（取自"Pilgrims"，指十七世纪初的英国清教徒移民）航路点，而 CHWDH［音近"chowder"（海鲜杂脍浓汤）］、LBSTA［音近"lobster"（龙虾）］、CLAWW［取自"claw"（螯）］几个航路点则端出了这座城市的知名佳肴；"GLOWB"和"HRALD"这两个航路点名取自波士顿两大报纸［《波士顿环球报》(*The Boston Globe*)和《波士顿先锋报》(*Boston Herald*)］，而 SSOXS［取自"Boston Red Sox"（波士顿红袜队）］、FENWY［取自"Fenway Park"（芬威球场）］、BAWLL［取自"ball"（坏球）］、STRKK［取自"strike"（好球）］与 OUTTT［取自"out"（出局）］则诉说着波士顿棒球队带来的喜怒哀乐；WIKID（取自"wicked"）与 PAHTI（取自"party"，在波士顿腔中，"ar"中的卷舌"r"常常会被吃掉）这两个航路点名把波士顿独特的说话方式搬上了地图；NIMOY 这个航路点名取自"Leonard Nimoy"[①]，他出生于波士顿。LYHTT 航路点位于波士顿灯塔所在港口的上方，这座灯塔是一七八三年重建的，原塔兴建于一七一六年，本杰明·富兰克林在十二岁时曾写过一首关于这座塔的诗[②]。乘客如

[①] 伦纳德·尼莫伊（Leonard Nimoy），美国导演、演员，美国电视连续剧《星际迷航》中斯波克的扮演者。——译者注
[②] 该诗作的内容是关于灯塔看守人和家人在搭船回这座岛的途中因船只翻覆而不幸遇难的故事。——译者注

果经过 LYHTT 航路点，在降落过程中或许会看到这座守护着岛屿的灯塔，这是美国的第一座灯塔，也是唯一还保留着灯塔看守员的灯塔。

密苏里州的圣路易斯有两个彼此相距不远的航路点，分别名为"ANNII"与"LENXX"，航空当局[①]无法解释这么命名的理由，说不定只是因为某个管制员恰好是舞韵合唱团[②]的粉丝。圣路易斯的其他航路点的名字的渊源就显得清楚多了，例如 AARCH 是指这座城市高耸的大拱门（Gateway Arch）。马克·吐温（Mark Twain）在莱特兄弟于基蒂霍克初次飞行七年后去世，身为内河航船领航员的马克·吐温从未飞行过，但他在《汤姆·索亚出国记》（*Tom Sawyer Abroad*）中描写过装有"翅膀、螺旋桨等一切东西"的"壮观的大气球"，还在一八六九年的信件中写道："空中航行的主要问题在于，飞行势必会让任何人脉搏加速。"光是这些理由，就可推想他会乐见他儿时的故乡——密西西比河畔的汉尼拔上方，有个叫"TWAIN"的航路点。

一条航路由许多地点（包括信标台与航路点）串连而成，因此航路本身亦可视为一种地点。日语中有许多量词，用来描述在概念上相似的东西的形态。老师可能会对学日语的学生说，

[①] 即各国的民航局，是为航路点起名字的部门。——审校注
[②] 该乐团主唱为安妮·蓝妮克丝（Annie Lennox）。——译者注

英语中也有一些类似的词。比如,"three loaves of bread"(三条面包)或者"two sheets of paper"(两张纸),所以"loaf"(条)和"sheet"(张)是英语中计算面包和纸张的量词;"sheet"遂可当成形态的概念,应用到许多扁平的物体上,例如铝箔和面皮。外国人学日语时,常会聊到自己喜欢哪个量词。在日语中,我一直喜欢"hon"(本)这个量词,或许因为这就是 Nihon(日本)的"hon"(本)。我曾到日本当暑期交换生,后来做咨询顾问期间和成为飞行员后的几趟最值得纪念的旅程也都是在日本。"hon"作为量词时,是用来描述圆柱体状、长条状的物体的形态的,例如铅笔、胶卷、道路和河川。"hon"也可以用来描述航路和飞机尾迹的形态。

飞机在两个城市之间飞行时,确切的航路常会变动。航路是指预先发布的一连串航路点与导航信标台连成的路线,固定地分布在杳无人迹、未画成地图的田野、森林和河流的上空。然后,飞行计划编制人员[1]和飞行员会根据风向、空域封闭和阻塞的情况、过境导航费,在连接两个城市的多条航路中选择一条。各航路在空中彼此相交,飞行计划中规定的飞行路径会根据最佳的风向,在这些航路的交会点上,从一条航路转到另一条航路。有些航路和北大西洋上空的航路一样,由空中交通管制部

---

[1] 隶属于航空公司的专业人员,为每一班航班编制飞行计划。飞行计划中会规定每次航班要飞行的航路以及飞行的高度、时间及有关本次飞行的其他信息。——审校注

门每天重新划定，以尽量借助顺风优势或将逆风影响降到最低。有些地区的正式空中航路很少，甚至付之阙如①，也不会每天依风向进行规划。在这类开放的空域中，飞行计划编制人员会根据空中大致的经纬度数据，自由规划每日的航路。即使飞行计划编制人员早早回家吃晚餐、熄灯睡觉，波音747也能在阳光下展开宽阔的翅膀，于高空中飞翔。

航路技术层面的精准掩盖不了隐藏其中的历史和文化意涵。北大西洋的日常航路常被称为"小径"（tracks），这条欧洲与北美间繁忙的航路密集带，日复一日地歌颂着大洋两岸通过探险、帝国、语言、贸易和文化等方式自古至今缔结着的深刻联系。非洲上空的主要交通流向多为自北向南，但是在伊斯兰教的朝觐期间②，会短暂地出现大量横跨北非到麦加的东西向空中交通。这一时节的空中交通呼应并反映了历史上伊斯兰教这一时节的人口流动。在每年这个时节，即将飞越北非的飞行员都会拿到特殊的朝觐飞行航图和飞行程序③。

以前的飞行航图多为纸本的，不久之前已转换成了电子版，可以保存在平板电脑中。先前使用的纸质航图，虽然从科技发

---

① 付之阙如，即付诸阙如，亦可作暂付阙如，指欠缺本应具有之物。
② 在每个伊斯兰教历的12月，数以百万计的穆斯林会聚集在沙特阿拉伯的麦加，参加一年一度的朝觐。
③ 指机场将飞机起飞后、降落前要飞经的航路点及高度等数据集合起来做成的一个固定程序。一个机场的起飞及降落会有多个飞行程序，供不同方向、不同高度起飞或降落的飞机选用。——审校注

展的角度来看显得落伍,却因为制图者无法将所有信息摆到航图上,飞行员也不能选择要显示或隐藏航图的哪一层,而显得饶富趣味。制图者不得不做出选择,而他们的选择恰恰彰显了天空地理的种种端倪。纸质航图会显示机场,却不会显示其所在的城市,也不会画出道路或地面上各省各州的分界。山岳的名字也不会出现在纸质航图上,更不会以山峰或等高线的样貌呈现,而只是以某地区的整体真高(距离地面的高度)标示。连国名和国界也无明显的标示。这些纸质航图最明显的特色就是,深色线条——代表连接航路点的路线,是空中世界的公路——所织成的复杂网络。

纸质航图略去的部分会随着航路而变动,航路又会依据历史而变化。一般地图(比如常见的地图集)多用长方形来直接表示地表上的某个区域,顶端代表北部,底端代表南部。不过长方形的纸质航图并非如此设计。纸质航图的方位是偏斜的,我们可以从中看到帝国、迁徙与整个人文地理的深刻轴线,就像那些最早搭飞机俯瞰大地的考古学家一样,我们也能清楚地看到地表上的人为痕迹。举例来说,从欧洲飞往香港时,飞行员依循的纸质航图的顶端不是朝向北方的,这张长方形的纸左边朝的是西北,右边朝的是东南,呈现的是长长的大圆弧,大略与欧洲和中国之间的典型航路相重合。加拿大中部与北部的纸质航图也差不多,但方位更偏斜,只适用于连接北美与东亚的航路。

人们对航路也有着各自的体认。经常往返于北大西洋的旅

长空飞渡

人,对于飞机所连接的地点会有更直观的体会;他们的每一趟旅程,都反映出了两地文化与历史的联系,并赋予这种联系新的意义。我第一次飞越澳大利亚是从新加坡到悉尼。我们是在澳大利亚西北海岸,靠近布鲁姆的地方初见的陆地。之后,我们继续沿着一连串漫长的圆弧航路,穿越澳大利亚大陆,往东南方向前进。当我在爱丽丝泉[1]看见远方的旭日初升时,我想起我第一次读到这个地名是在《哈迪男孩》[2]的故事中,从中我大略明白了,"爱丽丝泉"是指一个地方,而不是人名。

飞越澳大利亚内陆很难让我不联想到"歌之版图"(songlines)[3]——不光是飞航电脑里的航路,还是飞机上每个人想象的两座城市间的空中路线。乘客看到的航路出现在客舱屏幕上的动态地图上,也体现在他们对两座特定城市的差异、他们为何要从其中一座城市飞往另一座城市以及在两座城市之间存在着什么的理解上。那天晚上,飞机上多数澳大利亚人对这条航路的感受,肯定比第一次飞来这里的外国飞行员更深刻。

在飞行员逐渐熟悉各条航路之后,当他们飞过地景、空域或信标台时,就能感觉到两座城市间的旅程有一种特殊的节奏。沿着航路向前飞行,这种感觉就像你聆听最爱的音乐播放列表

---

[1] 爱丽丝泉,澳大利亚最知名的内陆城镇之一,由于干旱的沙漠气候和爱丽丝泉机场周围的充足空间,使得它成了最佳的飞机封存之地。
[2] 《哈迪男孩》(*Hardy Boys*),青少年侦探小说,以哈迪家族的三个男孩为主角。——译者注
[3] 指澳大利亚原住民传说中,创世先祖在大地上所走的路。——译者注

时，一首歌曲播完，继续期待下一首；也像你可能靠着直觉，近乎无意识地在一连串路标的指引下前往朋友家，然后从朋友家前往超市，最后又从超市回到自己家。飞机会依照一定的次序经过一个个空域，就像开车经过一个个城镇一样，并且沿途还能看到欢迎莅临的标示。举例来说，从休斯敦往东北飞，飞机经过的空域依次是休斯敦、沃斯堡、孟菲斯、印第安纳波利斯、克里夫兰①。从阿拉伯半岛向西北方向飞往欧洲，会依次经过吉达、开罗、希腊和地拉那②。

  从伦敦飞往洛杉矶，首先要飞越英格兰，而笨重的波音747在到达巡航高度之前，已飞过英格兰的许多地方了。接下来是苏格兰的大型城市爱丁堡和格拉斯哥，这两个城市总是会出现在飞航电脑上，但出于天气原因，即使望出窗外也往往无法看见这两座城市。再之后是位于苏格兰外赫布里底群岛的斯托诺韦，那里有一处信标台，穿越这个区域就像来到了空中尽头、英国空域的末端。若接下来看得到海洋的话，你或许会想起苏格兰歌手卡琳娜·波瓦特（Karine Polwart）的一首歌。我很喜欢这首歌，歌词是如此描述苏格兰海岸的："波涛起伏之海，犹如我们即将俯卧的大麦田。"接下来我们或许会飞过法罗群岛③，并非每条航路都会经过法罗群岛附近，而且法罗群岛比苏格兰

---

① 沃斯堡、孟菲斯、印第安纳波利斯、克里夫兰均为美国城市。
② 地拉那，阿尔巴尼亚的首都。
③ 法罗群岛，丹麦的海外自治领地，地理位置介于挪威海和北大西洋中间。

更羞怯，常用乌云遮着脸，我见到她容颜的次数寥寥可数。

接下来，冰岛的山岳和冰川成了飞航电脑屏幕上以数字显示的隆起和偶尔出现在窗外的白色景致。之后我们可能会看见大海，在某些季节也可能只能看见这遥远北地的黑夜。然后格陵兰岛会出现在我们眼前，它往往是晴朗而美丽的。经过格陵兰岛，在白茫茫的加拿大上空飞几小时后，可以看到由荒地开辟出来的田野、道路或其他有意义的熟悉景象。我们看不到美国国境，然而在飞越 90 号州际公路时，能清楚地看见这条路从西雅图一路延伸到波士顿，在大陆上刻画出明显的线条。

若从美国东北部飞往洛杉矶，我们会先看见落基山脉及道路贯穿其中的沙漠，接下来还会看见更多山脉，才能到达洛杉矶这座在大海边上等待的城市。但如果是从北边来，则会依次看见美国白雪覆盖的著名火山地标：贝克山、雷尼尔山、胡德山，还有火山湖天蓝色的火山口，然后是沙斯塔山，这座白首孤山可以说是美国的富士山，雄踞于加利福尼亚州北部，据说住着天上的神灵。无论你是从上方天空俯瞰，还是从下方地面仰望，都不会反对这个说法。

地理里程碑的变化与机上飞行员的日常睡眠和饮食息息相关。由于飞行员是轮流休息的，所以我们通常会在地球上方差不多的地方换班。以伦敦与北美西部之间的诸多航路为例，第一次换班大概是在格陵兰岛上空，因此从东向西飞经格陵兰山脉时，我就要离开操控装置，前往休息舱；同样地，当另一名飞行员自西向东飞行，看到湛蓝的大海中格陵兰山脉的白色山峰时，也要离岗去休息，而赶回来接替他执飞的飞行员也清楚，自己一回到操控装置前，就会看见这些等候在驾驶舱窗外的山峰。

在空中，连食物也能反映这个变幻的世界的节奏。天空中有些地方如同我在徒步旅行路线的转弯处遇到的空地，我每回来到这片空地，就会停下来吃午餐。这片空地是我徒步旅行路上的特殊地点，提醒我该吃饭了。从空中看到的拉斯维加斯是个安静的地方，这里总会让我联想到三明治和咖啡，因为我经常在这里（或这个时间）吃点心，然后继续忙着准备在洛杉矶降落。

在我还是飞行学员时，最初是开着单引擎小飞机受训的。有一回我独自飞行，飞到凤凰城①东北边的某个地方，迷路了。

我想靠着自己的双眼来导航。我有很详细的地图，上面有山岳、道路、居民点、无线电塔。我试图将下方的地面景物与地图对应起来，依此来判断接下来会看见什么，从而把地图与空中的世界对应起来。我不停地在天上的世界与地面的世界两者之间来回对照，然而这天下午的雾气比气象预报的更重 我头一回亲身经历飞行视线突然受到阻碍这样的事情。我虽然能

---

① 凤凰城，即菲尼克斯，美国亚利桑那州州府。

长空飞渡

看穿这薄雾,可是稍微前面或旁边一点的地方却看得相当模糊,有在起雾的日子里登上摩天大楼的人,对这种现象想必不陌生。

我赫然发现,飞机下方的视野很小,而且在有限范围内能看到的景物又无法和飞机上的地图对应上。这一刻,我的心仿佛掉进了深渊。我开始回想最后一个我知道确切位置的地方,思索从那之后到底过了多少时间,从而推算自己此刻正在何处绕圈。但我的圈越绕越大,迟早会撞到藏在飞机东北方薄雾间尖耸的砂岩色山峰。我还担心闯入凤凰城国际机场附近严格管制的空域,尽管原定的航路离这个机场很远。

我本来打算呼叫管制员,请求对方协助,这样对方会发给我一个编码[1],我把编码输入飞机上的应答机里,帮助他们引导我回家。然后我想起,在出发的机场右边有个导航信标台,位于凤凰城的东部区域。我的教练几周前曾临时起意,教过我如何使用它——这并非这种飞行训练原定的课程,但他眨眨眼说:"以防万一。"我拨通了信标台,仪表瞬间闪烁——对面有了回应。我舒了一口气,像循着小路上的面包屑(只不过这里是电磁面包屑)一样跟着指针的指引,穿过气象预报没有预测到的混沌迷雾。我往右急转,从薄雾中下降,很快便看见跑道就在前方。我放下心中的大石,满怀感激地把手放在仪表板上,然后着陆。

---

[1] 这个编码是一组 8 进制的 4 位阿拉伯数字(如 6545),由地面管制中心分配给空中的飞行员,再由飞行员输入飞机上的应答机中,这样管制员的屏幕上就会显示这组代码,帮助管制员识别这架飞机,引导它回到机场。——审校注

寻路

飞行员和飞机如何知道自己在哪里？大哉问[1]！但现在几乎没有人提这个问题了，因为大家知道 GPS 可以提供飞机的位置；不过小型飞机，例如方才提到的那种，没有配备 GPS 接收器。目前大多数飞机都在用 GPS，于是很多初始设计中不带 GPS 功能的飞机上也安装了相关设备。如今的飞机系统中加装了很多这类科技，主要是用来进行通信以及避开其他飞机、空气乱流和山峰的。这就像生物体虽然会不断进化出更高级的神经系统功能，但旧系统仍会在较低层次中发挥作用。

其中的一种旧系统即"惯性导航"（inertial navigation）系统。有了这个系统，即使月黑风高，GPS 信号、空中交通管制中心与地面信标台全部停摆，飞机仍可找到回家的路。

要说明什么是惯性导航系统，可先假设你在一辆静止的车上，被蒙住了双眼。然后，你感觉车子加速到大约能在高速公路上行驶的速度。大约一小时后，你可能会猜车子离出发点六十英里了。然后你感觉车子转了个九十度左右的弯，继续行驶了半小时，这样你可以画一个三角形，来推测自己所在的位置。和我们耳内的前庭系统类似，惯性导航系统也能感觉到加速度和旋转。

加速度由加速计来测量，这是相当简单的装置，但要精准测量旋转，惯性导航系统要借助陀螺仪[2]。陀螺仪可没那么简单，

---

[1] 大哉问，这问题问得太有水平、太重要了。
[2] 也叫"回转仪"，多用于导航、定位系统。

它本来是一种机械（陀螺堪称世界上最古老的玩具之一，也是最简单的陀螺仪），但现代飞机上使用的陀螺仪多借助的是光，而不是转盘或转轮。

这种运用光来测量旋转的工具，被称为"环形激光陀螺仪"（ring laser gyroscope）。我们知道，激光是最笔直的光线。环形激光陀螺仪的工作原理就是把激光射进一个封闭的通道里；想象一下，在一个玻璃方块中钻一条隧道，这条隧道会转弯，从而在玻璃方块中形成一个正三角形的通道，供激光通行。激光会从正三角形玻璃通道的其中一个点射向另外两个点。两道光束靠着反射器在正三角形通道里绕行，最后在通道的第三边汇聚。如果这个装置没有旋转，那么这两道光会同时抵达第三边。但如果装置旋转，其中一道光会在通道中走稍微长一点的距离，也会比另一道光稍晚抵达第三边。

以下是这种情况的一个大概类比。想象有一个无摩擦力的圆形台球桌（其实"gyroscope"的意思就是"环状观察器"）。如果你站在这个台球桌边，让两颗球沿桌边往反方向滚，滚向你站在桌子对面的朋友，理论上这两颗球应该会同时滚到你朋友面前。但如果你在把球滚出去后，马上旋转整个桌子，其中一颗球就会滚动更长的距离，也会更晚滚到你朋友面前。

伊萨克·迪内森曾写道，现存的语言中"没有充分的词汇来描述飞行体验，因此我们必须发明新的词汇才行"。航空术语有时相当冗赘，例如当我们在空中提到刹车时，要说"减速装置"（speedbrake），好像那是另一种东西。但是惯性导航系统的用语是一种高级的技术诗歌，相当于工程界的弗兰齐斯科·彼特拉克[①]之作。惯性导航系统的设计者会用到"机体坐标系"（body frame）、"本地坐标系"（local level frame）和"地球坐标系"（earth frame）这些术语；这个装置要测量"引力矢量"（gravitational vector）、"传质速率"（transport rate）、"地球转速"（earth rate）；天数的计算依据的不是太阳时，而是"恒星时"（sidereal time），它是以遥远的恒星为参考基准，来计算地球自转一周所需的时间的；负责惯性导航系统的工程师还会提到"随机游走"（random walk）和"惯性滑行"（coasting）、"北移"（northing）、"东移"（easting）和"球谐展开"（spherical harmonic expansion）等术语。

许多民航飞机的惯性导航系统的诗意，还有另一番面貌。每趟飞行之前，惯性导航系统都需要几分钟时间让自己完全静下来，在地面上专心沉思。这一颇具禅意的时刻称为"校准"（alignment），宛如紧张的飞行员在启程前通常会先冥想一番。在惯性导航系统追踪到飞机的移动和方位前，它必须先知道地球中心所在的方向、感测到的引力的方向、飞机指向的方向以及地球转动的方向。如果飞机在校准期间移动，惯性导航系统就会提示："尚未准备就绪，请勿移动。"

[①] 弗兰齐斯科·彼特拉克（Francesco Petrarca），意大利学者、诗人，文艺复兴第一个人文主义者，与但丁、薄伽丘并称为"三颗巨星"。

惯性导航系统一旦完成校准,便要扛起几项重责大任。其中一项是导航,也就是收集和整理感测到的加速度与变化——就像你在车上被蒙上眼时所感受到的那样。另一项不那么重要的功能是,辨别哪个方向是上面。飞机的姿态指的是机头在天空中的角度,这在飞行时非常重要,以至于它占据了飞行员面前的中央屏幕即"主飞行显示器"。我向进入飞行模拟机的每个宾客首先解释的就是这一点:在驾驶舱屏幕上,看似简单的蓝色天空和褐色大地的水平分界,显示的并非我们的位置,或我们前进的方向,而是飞机指向的方向(这和我们前进的方向常常大不相同)。一架飞往地球另一端的飞机,在飞行结束时和启程时的上下方向可能几乎是完全相反的。而惯性导航系统可以让我们在全世界飞行时飞机指向的方向都保持"当地地面在下"(local down)。

这些装置必须收集的精密信息相当庞杂。每当高度增加,引力就略有减少,而惯性导航系统得考量这一点。飞机是循着地球周围的曲线前进的,惯性导航系统得顾及让飞机在弯曲的航路上不偏离的各种力量。惯性导航系统还要考量校准时出现的阵风、地球球体的不完美和装置本身的温度。此外,在棋盘上往左走五步、往前走四步的顺序可以先后颠倒,不影响最后的结果;但是若想在空中改变飞机角度,那么你是先前进还是先左转,就非常重要。惯性导航系统必须仔细分析飞机旋转的细节,才不会弄错哪个方向是朝下的。

就导航装置而言，惯性导航系统不如 GPS 精准，飞行期间更是会随着时间与距离的增加而逐渐失准。经过晦涩的积分计算，小错误不断累积，如滚雪球般，最后失之毫厘，谬以千里。波音 747 有三个不同的惯性导航系统，地图屏幕可以显示这三个系统分别对飞机所处位置的判定。每个系统计算出来的位置都用小小的白色星号来显示，我们通常称之为"雪花"。我从未见过这三朵雪花在相同的位置上显示过。这些雪花也很淘气，在世界地图上明目张胆地闪动着。

不过，即使惯性导航系统出现让人不敢恭维的失准，校准的过程又相当严格，它仍有一个巨大的优势。如今，实际运用惯性导航系统时，我们常常会通过 GPS 数据和飞机高度的辅助来减少错误。但理论上，惯性导航系统一旦设定好，不需要任何外在信息源，即可知道飞机的位置、速度和指向。惯性导航系统就是会知道这些，不必看星星、地图、卫星或风景，亦不必去询问任何人或任何事。惯性导航系统也不会受到任何外部的干扰——当初开发惯性导航系统，就是为了满足导弹制导系统对精准、防干扰的需求的。

飞过伦敦北部时会看见一处教堂墓园，我有时会捧杯咖啡坐在那里。约翰·哈里森（John Harrison）的墓地就在此处，这里被称为"最后的红狮广场"①。哈里森在天文学家埃德蒙·哈

---

① 红狮广场是航海钟的发明人约翰·哈里森生前住所所在地。——译者注

雷[①]的鼓励下，发明了航海钟，解决了航海时无法确切知道东西向位置（经度）的困境。这项成就非常重要，获得了专业机构"经度委员会"（Longitude Committee）的认证。全球各地的航班在飞越伦敦的时候，经度先会逐渐减小到近乎于零；接下来，跨越本初子午线，飞过希思罗机场后，经度又会逐渐增大，并且东西经度互相调换。

若要向数百年前的舰队司令或领航员解释 GPS 是如何运作的，或许做得到。我们可以说，基本上就像朝天空发射新的星星，这些位于我们"视线"（line of sight）范围内的星星会定时发出信号，帮助我们导航。但要向先人们解释惯性导航系统反倒困难。这个装置不需要看见任何东西，你可以用厚重的布把它盖住，用锁链捆着放进箱子里，然后用手推车载着穿小镇、下山坡，它都不会搞不清楚自己的位置，也不会不知道哪边朝上。先人们或许会认为，这密封的复杂装置看起来很厉害，在黑暗的玻璃方块中竟然能闪烁着指引方向的光芒，简直比 GPS 或飞机更神奇。

在惯性导航系统和 GPS 发明之前，飞机领航员在飞越大海时，因为离无线电信标台很远，会在云量许可的情况下，利用天文导航技术来确定飞机的位置。我曾和懂得如何使用六分仪[②]

[①] 埃德蒙·哈雷（Edmond Halley），英国天文学家、地理学家、数学家、气象学家和物理学家，他成功地预言了哈雷彗星的回归。
[②] 用来测量远方两个目标之间的夹角的光学仪器。

的资深飞行员一起飞行过。现代的波音747驾驶舱上方有个把手，若驾驶舱内有烟雾，可拉下把手，直接将烟雾排到大气层中（听说很久以前，有个飞行员在通风口接了一根软管，用来当作驾驶舱里的吸尘器。不过，这可能是个杜撰的故事）。这处通风口原本是为波音747上的六分仪设计的，用来观测星空；这个专为晴朗的夜晚而设计的洞口说明，在那个年代运用天文导航技术在空中寻路是多么稀松平常的一件事。

我飞越大洋时，向来有密密麻麻的GPS引导，但刚入行时，曾偶尔驾驶过装有惯性导航系统却没有GPS的飞机，从伦敦飞往里斯本。在暴风雨屡见不鲜的比斯开湾上空，有几条航路上的飞机偶尔会偏离法国和西班牙的地面导航设施的范围。这时驾驶舱屏幕上会闪烁着小小的提醒灯，告诉飞行员飞机已经失去了与外在世界的最后联系，它现在得仰赖惯性导航系统的方向感，带领我们前往遥远的海岸。

我飞新加坡时，偶尔会和在附近工作的儿时朋友吃午餐。饭后，我会去一座花园，花园里的湖泊中央有个箭头，指向英国格林尼治天文台。格林尼治天文台的地点是一个世纪前由地球磁力测量员选定的。

地中海的航海者运用罗盘导航，可追溯到十三世纪。历史上曾有漫长的一段时间，人类只靠着简单的罗盘就能在蔚蓝的海洋上航行，在各个城市间往返；也有好长一段时间，磁力是引导人类的光芒。行思至此，不免令人赞叹。有些鸟类要靠着地球磁场来寻找方向，无怪乎飞机经常被比作鸟类——鸟类和人类不约而同地偶然发现了磁力这份来自地球的意外赠礼；这股我们看不见且知之甚少的力量，为孤独的旅人指引着方向。

不过，在现代飞机的系统中，磁力的运用也是个传奇故事。

磁北极与地理北极相隔着一段距离，这表示飞行员说的飞行方向有两种：一种是指向磁北极的"磁"航向，一种是指向地理北极的"真"航向。磁北极与地理北极两者之间的差异，叫作"磁偏角"①（magnetic variation）。磁偏角的度数在世界各地并不相同。在格拉斯哥几乎可以忽略不计，为偏西三度；西雅图是偏东十七度；而在格陵兰岛的康克鲁斯瓦格，则是偏西超过三十度。另一个复杂的现象是"罗盘倾角"（compass dip）。磁力线汇聚于地球磁极时呈垂直状，就像你握着一根长长的草，这根草在最接近你拳头正上方的位置几乎是垂直的，离拳头越远越接近水平状态。这表示站在磁北极时，正下方是北方，而正上方是南方。

水手都知道磁偏角的存在。在海上航行的领航员每天会在日出与日落时，分别测一次磁偏角，记录当地真北极与磁北极的差异。厄加勒斯角位于非洲最南端，也是大西洋与印度洋的正式分界点。这个角原名"Cabo das Agulhas"，是"针角"的意思，因

---

① 也叫"磁差"。

为五个世纪之前,葡萄牙水手发现磁北极与真北极在此处几乎一致。如今,现代飞机的飞行员在此处可任意选择使用哪一种航向。只要轻按一下小开关,我们电子地图上的整个罗盘,就会往左或往右转。如果你以为罗盘是个深沉稳重的方向定夺者,那么当你第一次看到罗盘像陀螺一样旋转时,难免会感到不安。

我们大部分时候是依照磁方位来飞行的,这多是出于历史原因。在航空时代早期,飞行员只有磁罗盘,因此和鸟类及水手一样,只能选择磁方位。所以时至今日,当管制员要求飞行员将航向调整为两百七十度(即向西)时,管制员指的不是地球表面的两百七十度(即向西)的方向,而是飞行员所处地点的磁罗盘所指示的两百七十度方向。

然而波音747和大多数飞机上的航向指示器并没有地磁输入装置。新进飞行员可能会对此相当惊讶,毕竟他们曾在飞行、学习和考试的过程中,不断经历过磁罗盘的变幻莫测和固有误差,却赫然发现,原来大多数的现代飞机根本不会感测地球磁极,并把感测到的资料输入电脑中,从而显示我们的磁方位。飞机上只有一个磁罗盘,这是个几乎遭到遗忘、在技术上也显得格格不入的备用装置,正常飞行时几无用武之地。在有的飞机上,磁罗盘还会被收起来,只在有需要时才会被拿出来——其实永远不会被拿出来。飞机系统本身产生的复杂电场会对磁罗盘造成干扰,这一点实在相当讽刺。

飞机要在不使用磁罗盘的情况下显示磁方位,就要查看磁偏角地图。飞机知道飞行员并未使用磁罗盘；不管飞行员有没有用磁罗盘，飞机都会知道自己在地球上的位置，因为它可以读到位置。这就是驾驶舱电脑所显示的信息。换言之，飞机是根据预先加载的磁力图换算出来的磁方位，而不是磁罗盘，来飞行的。如果地球的南北磁极突然逆转，或某天晚上突然停止变化，那么民航飞机的飞行员不会在屏幕上看到这个情况，但是鸟类、小型飞机的飞行员和老派背包客马上便能发现。

每当我想起罗盘与航海的漫长历史，或在秋季深夜看见北极光（太阳风捕捉到的聚集在北极的竖琴般的磁力线）时就觉得，恐怕只有磁力这么原始、这么诡异的东西，才能在最令人目眩神迷的机器时代，仍具有鬼魅般的主导力。

磁力更诡异的地方在于，我们精心编造的关于它的东西必须时常更新。磁北极宛如恒星，罗盘围绕着它旋转，并且这恒星本身也会动。它每年以数十英里的速度，从加拿大北部往俄罗斯方向移动，这个过程被称为"地磁场长期变化"（geomagnetic secular variation）。这种移动表示地磁变化图必须定期重画，飞机电脑里的磁力图也必须重新载入，即使飞机上的电脑没有侦测到任何变化。依据磁方位进行编号的跑道（例如 27 跑道大约指罗盘显示为两百七十度的跑道）有时也必须重新命名，因为数字会变动，这样整座机场的标示都得重新刷制，全球所有飞机上的图表也都要更新，如此才能跟得上地球亘久的磁力神话的最新转折。

机器

Machine

大约十六岁时，我来到马萨诸塞州乡间的一处小机场。我小时候曾随父母一同来过这里几次，边吃甜甜圈，边看小飞机在低矮的铁丝网后方降落和滑行。小机场的铁丝网是一道清楚的界线，许多热爱飞机的人都记得自己有多想跨越它。飞机停妥后，飞行员和乘客下机，走进单层航站楼的大厅。原本在天际的他们，这会儿已来到了这里。他们上了车，然后开车离去，回归到平面的世界里。

大厅设有贩卖机，还有玻璃柜，柜中货架上摆着地图和导航工具。后方告示板上写的全是大写字母，一如在美国的熟食店和小餐馆常见的那样。这告示板也和菜单一样，列出了机场提供的飞航服务及其价格，那些价格早就烙印在了我的脑海中。我去送报，去餐厅打工，为的便是存钱来这里上我的第一堂飞行课。

那时正值早秋，新英格兰清朗干爽，温暖宜人，没有蚊蚋侵扰——加利福尼亚州北部终年如此，因而吸引了不少人前往。机场周围的树叶开始出现变化，若照我母亲的说法，附近山岭的颜色看起来"更深远"了。我和教官打过招呼，买了一本玻璃柜里的海军蓝飞行日志，那是我的第一本飞行日志。随后我们到了外面，往一架白色飞机走去。我突然惊讶地发现，自己到了铁丝网的另一边。

在这天之前，我只远远地观看过飞机，或从登机桥进入过机舱。我从未碰过飞机的外部。让我惊奇的是，这架飞机散发着一种轻盈感，机门似乎比车门还薄。不过，这架飞机也有不完美的地方，仿佛当初设计时并没有考虑过如何让它在地面上移动，也没有考虑过人体舒适度这个问题。你的头可能会不时撞到看起来很昂贵的东西，飞机的轮子可能会被卡住，机翼可能会被链子绑在停机坪的钩子上。机场的设计肯定出自专家之手，而装设钩子大概也是他们的主意，以借此固定没有飞行的飞机的机翼。

教官习惯性地戴着飞行墨镜。他检查飞机时似乎对飞机再熟悉不过了，却又毕恭毕敬、小心翼翼。我后来在飞行员脸上也见过这种慎重的表情，然而更常露出这神态的，是飞机维修工程师。我跟着教官，听他耐心地解释他在绕行飞机时每一处要仔细检查些什么。他像在抽血一样，用专门的工具从机翼底下的燃料箱里抽出液体。有志当飞行员的人，在买第一本飞行日志时可以顺便买一下这个工具。他拿起那个透明的管状物，在碧空下对着阳光，观察方才抽出的液体，检查里面是否掺了水。他停下来，直直地盯着我，告诉我如果这液体里面有水的话就不妙了。我这才知道，原来水也有这样坏事的一面。二十年后，我读到父亲的笔记，那是他住在刚果（金）的斯坦利维尔（现改名为"基桑加尼"）时所写的。他为了传教搭小飞机飞过乔波河时,飞机差点在乔波河水库坠毁,就是因为前一晚燃料箱的盖子没盖好,雨水落入了燃料箱中。

教官带着我绕飞机走了整整一圈,完成了检查。他打开机门,微笑着对我比了比手势,提醒我小心,别撞到头。当我小心翼翼地爬进这架机器时,他解开了机翼。

我成为飞行员之后,偶尔会被问道:"飞行是什么样的感觉?"坦白说,我不知道。乘客看见的世界是机身的椭圆舷窗架构出来的。飞行员虽然视野广阔得多,但也被各种精密的设备、忙碌的电脑屏幕和嗡嗡作响的无线电包围着,于是飞行体验总是有飞机和无处不在的金属的介入。飞机很吵,尤其是小飞机。我只有在游泳时才会感觉到如梦境般宁静的、真正的飞翔,并不是在飞机里。

除了把小飞机固定在地面的链子外,另一条提醒我们身处机器中的线索就是安全带。这条简单的线索说明了飞行究竟是怎么回事。无论是飞行员还是乘客,我们对飞机的体验从走进这个和建筑物一样庞大的发明就开始了。要开始飞行,得先坐进飞机里,把自己和飞机联结在一起。

当然,许多飞行员爱上飞机,正是因为飞机是一架机器。飞机的英文是"aircraft",暗示着力量与技艺。乘客或许也喜欢这种力量与技艺。不妨想想看,若坐在靠窗座位拍照,拍到飞机的某个结构(例如引擎、舷窗的曲线或机翼的线条),那么这照片总是会更引人遐想。飞机上镜,不仅仅是因为拍照者善于找角度。或许飞机就是飞行的化身,那是我们无法直接拥有的经验,我们只能眺望窗外,说:"对,我们永远无法像在梦中那样飞翔。做梦当然简单,然而这才是现实。"

机器可不简单。飞行员偶尔会见识到飞机停放在室内的奇景。停在机库里的飞机看起来更加庞大,如同小型汽车停在车库里一样,显得又大又笨拙。机库里有许多梯子、平台和液压升降机,这些是用来方便人们操作的,就像要把船拉进干船坞,才能让人们看个仔细,动手处理一样。在有些机库里还可以看到已拆解的、正在进行检查保养的飞机,就好像一架真机的"分解图"——各个构件独立绘制以让人可以了解或复制的工程文件。

距那年初秋在马萨诸塞州西部上第一堂飞行课大约已过了十五年,此时我已开空客飞机有一段时日了。我刚飞到汉堡[①]上空,途中曾和不来梅管制中心的管制员通过话。我和机长坐在驾驶舱里,看着阳光普照的易北河,同名的信标台就在飞航电脑的屏幕和接收器上发着光。我因工作来过汉堡多次,但这天我没和平时一样,从内阿尔斯特湖湖畔散步到旧城的咖啡馆,而是和机长一起参观了飞机制造厂。今天我开的飞机,就是这家工厂制造的。

这次参观行程是我们离开伦敦前一小时才安排好的。我们

[①] 汉堡,德国第二大城市,汉堡包就发源于此。

打电话跟这家飞机制造厂说:"我们是空客的驾驶员,今天稍晚会开空客飞到贵厂所在的汉堡。"电话那头的人马上回答说:"很好,什么时候降落?"我们在工厂里备受礼遇,对方不仅诚挚地跟我们握了握手,还为我们准备了丰盛的午餐,提供了崭新锃亮的德国豪华房车代步。这礼遇不免使我们心虚,担心对方误以为我们会在下午离开之前跟他们签购机合约,并留下一大笔订金。

这家飞机制造厂是一个由许多大型建筑物组成的复合园区,来到这里会让人觉得喜悦、兴奋——虽然这里和飞机一样,是非凡与单调的混合体。厂内的空间规模大得超乎人的想象,却和医院一样干净。有些飞机制造厂非常大,甚至能在里面造云,好像要让每一架新造出的飞机先稍稍体验一下未来翱翔于天空的感觉。若以工作场所来说,这家工厂相当完善,和驾驶舱一样,里面到处都是令人满意的成果。在这次参观中,我第一次发现,原来在这里工作的人甚至比在空中开飞机的我们更了解飞机。早期制造飞机的工人,曾可与建造沙特尔大教堂[①]的匠师相媲美。如今,在这个工业大教堂中,新飞机正在成型;我们这个时代技艺最高超的手,正在制造着最神奇的机器。

工厂架子上有许多零件,正等待着日后被安装到新飞机上,发挥功能。有架飞机再过几天就要交付,我发现它的驾驶舱里

[①] 沙特尔大教堂,位于法国,始建于公元1145年,是同时期最大的哥特式建筑之一。

万事俱备，只差座椅了，像尚未配上对白的漫画，也像未来的无人机。随后，我看见墙边有个架子，上面摆满了翻盖小垃圾桶。这些垃圾桶经过认证、称重，每一个都是独一无二的。在每一架飞机诞生的那一刻，会有工人拿两个垃圾桶，放入驾驶舱内。在接下来的大约二十年里，这两个垃圾桶将一直在驾驶舱内接收香蕉皮、空的坚果包装袋、墨水用完的笔和来自外国餐厅的收据。

见识过堪称世界上最贵的垃圾桶之后，我们进入一处大堂，这里排列着一片片巨大的飞机机身切片——这是新型飞机的双层横截面。这些沉默的机身切片没有上漆，分开排列着，再加上周围没有工人走来走去，俨然一支庄严的队伍。这宁静更凸显了它们的复杂性与它们未来生命的尺度。虽然这栋建筑靠着现代机器和灯光熠熠生辉，宛若科幻小说中的场景，但我却觉得如同身处古老的炼铁厂或铸造厂，火光熊熊的冶炼炉就在旁边呼呼作响，工人们必须将一些珍贵的原料浇注到新的合金上，然后对它千锤百炼，这样冷却后，才可以组装成机身弯曲的墙面。

几分钟后，我们拐了个弯，瞧见有人正在安安静静地安装机翼。这让我想起了"升空"(airborne)这个词，我开始思索这架飞机将会迎来什么样的乘客。虽然眼前的景象犹如面纱被揭开，露出了人类光明的未来，但它似乎和古老甚至原始的重大仪式有着某种渊源——安放龙骨，帮它祝祷，好让它带领我们

机器

穿越世界——就像托马斯·艾略特[①]在《玛琳娜》(*Marina*)一诗中说的:"觉醒者,双唇开启的,是希望,是新的航程。"

我在英国读非洲史的研究生时,中途去过内罗毕[②],并打算在那儿待一年。我先从伦敦飞到马斯喀特[③],之后再从马斯喀特飞抵内罗毕,途中经过索马里海岸——我以前从未见过这种黄红相间的大地——这时我突然发现,这趟旅行让我兴奋的原因之一是,我要搭两趟航班,而不是一趟。飞到肯尼亚所感到的兴奋,或许更甚于在布满灰尘的档案中找到想要的资料。

母亲和我都爱读迪内森的《走出非洲》。母亲离开位于宾夕法尼亚州小镇的故乡,外出求学、工作,后来又旅居巴黎;或许她钟情这本书的原因是,这本书讲述的也是一个从小镇出发、展开漫长的人生旅程、最后又在小镇画下句点的人的故事。我最爱的部分,则是书中描写的关于飞行的段落,其中有一幕飞机飞过内罗毕附近的山丘、准备降落的场景。我不禁自问,若这本书对飞行没有那么伤感的描述,我是不是会选择研究其他地区的历史,飞到其他的国家或大陆。母亲的那本《走出非洲》是"每月读书会"寄来的,如今仍摆在我家的书架上,可惜封

[①] 托马斯·艾略特(Thomas Eliot),出生于美国的英国诗人,代表作品有《荒原》《四个四重奏》等,是1948年诺贝尔文学奖获得者。
[②] 内罗毕,东非国家肯尼亚的首都。
[③] 马斯喀特,西亚国家阿曼的首都。

面已经遗失。旁边摆的是这本书一九三七年的初版版本，母亲就是那一年出生的。她去世后不久，这个版本就到了我手里。

每天早上，我都会从我所住的小镇的北边的一间小公寓出发，步行到内罗毕的档案馆。我会带着笔记本和电脑坐在档案馆里，翻阅着一沓沓殖民时期的文件。午餐时，我会到市中心散散步，尝试各家咖啡馆的美食。内罗毕是多条铁路线的交会地；我常带着三明治，坐在这座城市传说中的火车站长椅上吃，据说从蒙巴萨[①]出发的火车如今依然会驶到这里。

一天，我早早离开档案馆，打算一游迪内森的故居和丹尼斯[②]的墓地，这两个地方都位于他俩曾一起飞过的恩贡山。迪内森来肯尼亚时，先是从丹麦搭船到蒙巴萨，然后又从蒙巴萨搭火车到内罗毕这座位于高地上的新城市。恩贡山上的导航信标台的名字和频率在现代进近图上就标示在恩贡山的附近，所有飞到这里的飞机都会带着这份进近图。我坐的旅行小巴从市中心的一家国际酒店出发。出发时，我在大厅里看见了一群刚抵达的机组人员——后来我加入了他们所属的航空公司——他们兴高采烈，咔嗒咔嗒拖着行李箱，排着队安排着其他旅程。他们的工作就是飞到这里，这令我欣羡不已。

几个月后，我决定离开内罗毕，将档案馆和研究生课程全都

[①] 蒙巴萨，肯尼亚第二大城市。
[②] 指丹尼斯·芬奇·哈顿（Denys Finch Hatton），迪内森的情人，于1931年坠机而亡。

放下。当时我还不确定自己是否想当飞行员。但是在返回伦敦的航班上，我请求机长让我参观了驾驶舱。在参观驾驶舱的半小时中，我们飞越了伊斯坦布尔[①]。向晚斜阳映照着金角湾、博斯普鲁斯海峡以及这座城市的圆顶和尖塔，景色甚为美丽。亚洲逐渐在机头下消失，前面是欧洲，伊斯坦布尔就位于这两大洲之间。"举世觊觎的城市，"机长指着底下说。他见我一头雾水，补上一句，"君士坦丁堡。"副驾驶来自巴林[②]，年纪顶多三十岁，不比我大多少。我们聊到他的职业以及我对飞行的兴趣。"哦，那你应该去做。"戴着飞行墨镜的他挂着微笑，用几乎没有口音的英语说。

我回到座位，戴上耳机，看着欧洲从一端到另一端慢慢展现在眼前。音乐让我的思维与下方的世界，比往常更像蒙太奇拼贴。如今我已不再定期写日记了，但年少的我很喜欢坐在靠窗座位上，戴着耳机写日记。偶尔，我还是会看见坐在舷窗边听着音乐、面前放着纸张的乘客——这样的旅人仍以老派的方式在探索地理，书写世界。我心想，那位飞行员说得没错，飞行是我的最爱。几小时之后，我搭上机场大巴，沿着 M25 公路顺时针离开希思罗机场。我许下心愿，决定成为一名飞行员。

但在成为飞行员之前，我得先去企业里找份工作，偿还助学贷款，并开始存飞行训练所需的学费。我以前常听人抱怨，管

[①] 伊斯坦布尔，原名君士坦丁堡，土耳其最大城市。
[②] 巴林，巴林王国的简称，是西亚的一个邻近波斯湾西岸的岛国。

理咨询的工作得经常出差。于是，我给我能找到邮箱的每一家咨询公司都投了简历，然而最先申请的五家大型咨询公司都没有给我回复。后来我才发现，我求职信的第一行就出现了一个明显的错字。我改正之后，又把简历投给更多公司，后来终于在波士顿一家小型咨询公司找到了工作；我喜欢这家公司的友善气氛，以及可以到全世界出差的机会。公司的办公室位于码头旁一座漂亮的红砖建筑里，从窗户往外望就是波士顿的旧港湾以及港湾对面的机场，景色美不胜收。三年后我从这家公司离职，到英国开始进行飞行训练，那是某航空公司赞助的课程，当时的同学如今仍是我工作上的挚友。

以课程体验来说，私人飞行员课程不仅实用，其学员还可以实际操作。我参加的则是需要住校的民航飞行员课程，那是完全不同的体验。在这十八个月的课程中，我约有一半的时间完全在教室中度过。离开校园多年的我，赫然发现自己重回书桌前，拿着笔记本，担心着考试，并和朋友们在拥挤宿舍的公共区挑灯夜战。

历史学家欧文·布林顿·霍利（Irving Brinton Holley）曾说过："要实现科技的进步，必不能缺少创意，然而我们往往会忽略创意。"我就是如此。当我重回教室时，我想当然地认为学术界甚或世界的思维与运作，都是泾渭分明的。在创意或"软"领域的实践者，会设法跳出框架去做事，或思考框架带来的偏见；他们会讨论为什么框架很重要或很奇妙、框架从何而来、为什么这个框架之下的人讨厌其他框架之下的人,以及艺术作品是如何描述这些框架的。而"硬"领域的实践者则致力于让框架不断进步,努力研究化学或数学等学科,或设计和建构更可靠的框架。

进入飞行学校后,我这辈子头一回领教了过去的观念是如何轻易被推翻的。我才上了几小时的飞行科技课,工程界的卓越创意及飞行的艺术便令我赞叹不已,让我在受训过程中屡屡大开眼界。我见识到了如何在物质或规则间建立联系,如何在一个系统中制造出像故事、诗作或歌谣一样的效果。工程师会受到物理定律的框架的局限,航空领域的限制更是严格,例如重量、可靠性以及安全要求。要满足这么多限制,恐怕连日本俳句[①]诗人也会大惊失色。

工程与生物进化的相似处之多,让我惊奇。工程师刻意推动着进化,创造出了飞机这一工业化物种的杰作。我是刚开始上飞行训练课时,初次产生的这个观念。那时我正学到一种叫"燃料冷却式滑油散热器"(fuel-cooled oil cooler)的装置。引擎里的机油极烫,而机翼里的燃料却非常冷,尤其是在经过长途高空飞行之后。因此要在飞机上安装热交换器,既可以把引擎机油中多余的热量传递给燃料,又不会把两者混合。在老师讲解这个过程的时候,我想起曾在高中生物课上学过,鲸鱼会

[①] 日本的一种古典短诗,以要求严格、轻快优雅而著称。

运用某种热交换机制，把动脉血液中的热量传递到静脉血液中。这只是工程与生物进化相似的众多例子中的一个。飞机表层就和皮肤一样，会根据周围环境的变化而自行调节；它们有循环系统；它们也能保持自身的平衡，如同生物可以保持内稳态一样。就像我们能感知到自己肢体的位置一样，飞机的飞行控制系统也对其空间位置有一种本体感觉。飞机能自我监控许多系统，还能仔细划分出通知与警示的等级，这和痛感不无类似。飞机能保存地图，并即时做出调整。飞机能感知到周遭世界的许多事物，例如温度和风，下方的土地或前方的降雨。

当飞行员踏入飞机时，飞机的电力系统大多已启动，灯光和空调已打开。电力或是来自机场——像厨房的烤面包机一样接上一个插头即可，或是来自机尾的辅助动力系统。

不过，有时飞机在机场过夜时会完全断电。在某些冰天雪地的清晨——印象中，这样的清晨总是在北欧的冬天，我们会在第一道曙光出现之前上飞机——我走上飞机，缓缓打开机门，把重若千钧的机门往旁边推到锁定—开启的位置。机内悄然无声，一片漆黑，宛若钻进了一辆被积雪覆盖的汽车，并且和汽车里一样寒冷，尚未为即将开始的一天的飞行做好准备。

然后，我走进昏暗的驾驶舱，靠着手电筒的光进行飞机的第一次逐项检查。我启动飞机最重要的几个系统，也就是会跟着电池一同启动的系统。这些是飞机最先打开、最后关闭的系统。这个过程就好像在探索一艘外星来的太空飞船，这艘太空飞船功能完善，我们逐行依照使用手册的指示，终于让太空飞船在遭弃好几个世纪后重振雄风，恢复往日的优良性能。

接下来，我启动机尾的辅助动力系统。虽然这个过程只需要短短一两分钟，但我总感觉相当漫长；我没有去多次尝试，以免电池完全耗尽。如果成功，驾驶舱和客舱将会出现各种预示着一切正常的闪烁。系统启动后，灯光亮起，冷却风扇开始嗖嗖运转，屏幕也慢慢恢复平日的样貌。许多部件开始自行测试；警告信息出现，旋即解除。电流开始在神经线路中流动，很快就点亮了遥远翼尖上的灯光，带着机上的燃料存量信息或机外此时的温度信息返回。这时，飞机醒了，准备执勤。

我父亲出生并成长于多语并行的比利时，后来为了传教，先后去过刚果（金）和巴西，最后移民美国。这丰富的地理背景，使得他必须学会使用各种语言。他要掌握每种语言文化的细腻复杂之处，例如怎么以特有的方式表达喜悦，或翻白眼之类的小怪癖意味着什么，就好像飞行员要了解自己开过的各种飞机一样。

一般人以为，飞行员什么类型的飞机都能开。通常飞行员要通过许多考试，有些在教室里考，有些则要开着小飞机到空中考——以取得诸多证照，最后才能拿到通用运输飞行执照。之后，我们还要取得型别等级（type rating），这是许可驾驶特定机种的专门执照，例如波音747或驾驶舱设计得相似的系列飞机。要取得型别等级得先上几个月课程，包括教室课程、模拟机训练以及实际飞行。飞行员换到新的机型后，通常不允许再开此前的机型。有些飞行员在职业生涯中开过十几种飞机，而我可能只会开三种：刚入行时的短程空客，现在的波音747-400，或许我退休或波音747退役之前，还会再开一种新的机型。

飞行员必备的日常专业知识，多属于所驾驶的特定机型。无论白昼或是黑夜，飞行员每天都要花许多时间在这种机型的飞机上；一旦在飞机里坐下，这里就成了他们的第二个家。飞行员与飞机的关系甚至能丰富我们自身作为乘客搭乘飞机时的飞行体验。我开波音747之前曾开过空客，如今再以乘客身份搭乘空客时，就会有一股陌生的熟悉感油然而生。这就像行经一家餐厅，而多年前，你和某人便是在这家餐厅里分的手。相比之下，我乘坐波音747时会觉得格外舒适或满足，这不光是因为我明白波音747上各种声音的含义。

飞行员与当下他驾驶的机型的关系难以一言道尽，或许用语言（比如我父亲的语感）来类比最清楚。每种机型或每系列机型都有自己的语言，而在不同的机型上，相似的装置往往会有不同的名字。学习这些语言并正确使用，是取得新的型别等级最需要下功夫的部分。如果飞行员不慎用了先前驾驶的机型的用语，这种现象叫作"机型倒退"（type reversion）。波音飞机与空客飞机的用语并不一样。举例来说，在空客飞机上，襟翼[①]

[①] 特指现代机翼边缘部分的一种翼面形可动装置。其作用是增大主机翼的升力或阻力。

机器

完全收好的状态叫作"flaps zero"（襟翼 0），而在波音 747 上，同样的状态称为"flaps up"（襟翼收上）。我刚从空客换到波音 747 时，曾有一回在飞行途中不小心对资深机长说了"请选择襟翼 0"这样的话。他在移动襟翼前转头看了看我，清了清喉咙，露出微笑，并把眼镜推到鼻梁中央，那意思显然是：这小伙子在说啥？

从技术知识来看，型别等级不像医学分科那样是永久性的，而且不同机型间的差异也没有那么明显，就好像在一个国家的不同司法管辖区，例如美国各州，可能需要不同的执照。从情感上来讲，飞行员与飞机的关系可能类似于有些人与非常珍惜的、开了一二十年的宝贝车子的关系，但不同车型的车子开起来的差异不像飞机的那么大，也不存在开了新的车型就不能开旧的车型的规定。

许多飞行员所开的机型并非其自行选择的，而可能是因为他们所任职的航空公司只有这一种机型可开。但是在许多航空公司，飞行员有几种机型可选择，尤其是在公司购置新机型、淘汰旧机型的时候。

飞行员在选择机型时，首要考量的往往是飞机通常的飞行距离。有些飞行员喜欢短途航班，因为他们常得频繁的起飞与降落最能满足自己的专业成就感，而航班越短程，起降次数就越多。短程往返的航班，也能让飞行员每晚都回家，不必去住异乡的酒店。"我很骄傲地说，地球是平的。"我听过不只一位飞行员开玩笑地这样说，以强调他们绝不会放弃短程飞行，改飞长途航班。

飞行员通常喜欢动力较强的飞机。我常听到飞行员抱怨某种早已退役的机型动力不够，甚至有人揶揄道："那款飞机能飞得起来，是因为地球的表面是弯曲的。"相反地，与我交谈过的每个开过波音757的飞行员都会不由自主地赞叹这种机型的引擎是多么有力。飞行员在比较同一条航线上新旧两种机型的耗油量后，常常会瞠目结舌，对新款飞机的效率啧啧称奇。

各种飞机的巡航速度差异其实很小。不过，有些飞机与飞行员在天空中会习惯性地想要超越其他飞机。当你保持最有效率的速度又能超过其他飞机时，那感觉岂不过瘾？

飞机的大小比飞机的速度更复杂。小型飞机上或许只有两名飞行员，三四名空服员；而像波音747这种长途大型客机上可能有四名飞行员、十四名以上空服员。如果同事人数较少，大家就比较容易打成一片；但大型飞机不仅飞行组员多，飞行员和空服员之间的物理距离也更长，有些空服员甚至得在离驾驶舱很远的地方忙碌工作。小型飞机感觉比较容易操控，开起来像在做运动。我曾问过一个驾驶小型支线飞机的飞行员对自己驾驶的飞机的喜爱程度。他眼睛一亮，告诉我说："比冲浪还畅快。"

然而在我的印象中，偏好长途的飞行员仍占多数，并且他们通常更喜欢长途航班的大型飞机。原因之一在于，他们能趁机一访遥远他方的国家和城市,逃离家乡的天气或家乡所在半球的季节,前往更舒适的地方。长途航班的飞行员到目的地后,通常也有较多的自由时间,因为航班飞行距离较长、时区跨度较大,所以规定的休息时间比较充裕。小型飞机固然也可以带你飞到你家乡附近的一些美丽城市,但那边或许与你所熟知的世界差异不大。能吸引人们搭飞机跨越大半个地球去造访的城市,必有其傲视全球的出众之处——特别美丽、特别惹人喜爱或规模特别大。

我很享受当年开小型飞机的时光。不过在那些短途航班中,我还是更喜欢其中长一些的航班。我也希望在自己的职业生涯中,至少有一段时间能够驾驶大型飞机。我从小就渴望飞到遥远的地方,越过千变万化的风景,抵达世界上最大的城市。圣-埃克苏佩里[①]有句名言常被人提起,他说飞行的理由在于"能让心灵免受微不足道的琐事压迫"。如果知道再过几个小时,只要透过窗外我就能看到四分之一个地球和许多遥远的云端国度,那么眼前的塞车或银行里排着队的人龙,就不再那么惹人心烦了。

有些飞行员有机会在职业生涯中,先对短途航班与长途航班都进行一番尝试,然后再选择更适合自己的那一种;或是在漫长的职业生涯中视情况变换选择。有些飞行员十分幸运,他们驾驶的某个型号或系列的飞机,长、短途航班都能飞,这使

---

① 圣-埃克苏佩里(Saint-Exupéry),全名"安托万·德·圣-埃克苏佩里(Antoine de Saint-Exupéry)",《小王子》的作者,法国最早的一代飞行员之一。

得他们有机会在一个月内飞各种不同的航班，前往不同的城市，他们的飞行经历甚至比许多飞行员一辈子的都丰富。空服员也是根据机种接受的训练，但他们可以同时持有多种证照。这意味着他们可以飞更多机型，前往更多地方，因此他们的世界比一同飞行的飞行员辽阔得多。

有些飞行员打趣说，飞机的外观不重要，反正他们是从飞机内往外看。即使如此，飞机的美学特质仍常成为大家茶余饭后谈论的主题。飞行员或许会说，这种客机看起来很不错，那种看起来很别扭；或者某架飞机看起来好像是工程师不断修改的产物，他们想为难以捉摸的空气动力学提出更好的解决方案，可惜效果不彰，每一次设计修改都衍生出了另一次的改进需求，而其他飞机打从制造之初就看起来很完美。飞行员初次看到一架新飞机时，常常会对它品头论足，纳闷它看起来怪怪的，到底是因为它的新奇陌生还是因为它确实难看。我们或许还会问一下资深的同事，某种深受大家喜爱的旧机型几十年前初次降落时，他们觉得看起来如何。

飞机制造厂常会把原有的机型拉长或缩短。拉长通常会使飞机更美观，而缩短却未必讨喜。不妨想象一下生活中为了强化杠杆效果而加长手柄的工具，例如你用来撬开油漆罐盖子的螺丝起子。放在飞机上也是同样的道理，飞机越长，控制机尾的"力臂"就越长，所需的机尾尺寸就越小。反过来，如果飞机变短，机尾不能和机身同步缩小，甚至还可能会变大，因此看起来就会显得非常不协调。

有的机型格外吸引飞行员或空服员，甚至一般大众也难抵挡它的魅力。我有不少同事说，他们当初就是因为想开波音747，才决定的入行。若某个同事的邮箱地址出现这几个大名鼎鼎的数字，我从不感到惊讶。我到温哥华时，偶尔会离开下榻的酒店，到附近上一上运动课。（长途旅行之后，运动有时是最好的纾解，或许是因为运动可帮助我们重新调整生物钟；又或许是因为运动后筋疲力尽，能让人睡得更好。确切原因不得而知。）课上有一个常规动作——趴在地上，四肢抬起。教练要我们做这个动作时常常会这样喊口令："抬起胳臂、挺起肩膀，像波音747起飞时那样。"

不久前，我开着一架波音747在旧金山机场滑行，在经过一段因养护而封闭的跑道时，十几个机场员工纷纷放下工具来拍我们的飞机，即使他们早已习惯近距离观看飞机。某个夏日的日落时分，当我飞过荷兰上空时，一架另一种机型的飞机飞过我们，然后无线电传来那架飞机上的飞行员对我们的波音747的口哨声和对我们的祝福："但愿你们在那架漂亮的飞机上，度过美好的一天。"

波音747的忠实粉丝常说，这个机型美得"恰到好处"。我同意这个观点，不过波音747有个看起来不自然的隆起，这样设计是为了使驾驶舱可以向上或向后移动，从而让机头可以往上掀，当作货舱出入口。即便在机头的部分有隆起，波音747

的线条仍相当漂亮,甚至因此而更令人喜爱。其原因或许在于,这会让人联想到鸟类(例如天鹅)的头部是如何与其修长的身体和宽大的翅膀相连的。波音747的首席设计师约瑟夫·萨特(Joseph Sutter)从小就喜欢鸟禽:鹰、隼、鱼鹰。有个弗吉尼亚的野生动物作家曾说过"大蓝鹭是沼泽里的波音747";萨特如果听见这番话,想必会十分欣慰,因为这表示他设计的飞机有一种返璞归真之感。

飞机能跨越地球、日行千里,相比之下,其他方面的差异就显得微不足道了,详细谈论似乎都让人觉得小家子气。空客最为人津津乐道的是它在驾驶舱的折叠桌,它让飞行员在处理文件或用餐时更加舒适;空客的杯架和遮阳板的位置也设计得比较人性化。

有些机型的窗户可以打开,这是一项非常贴心的功能,因为如果飞行员想趁着两个航班之间的空当在驾驶舱里吃点东西,可以开窗吹风透气,尤其是在从寒冷地带飞到温暖地带,休息四十五分钟再度飞回寒冷地带的间隙。有些机型的驾驶舱里设有盥洗室;波音747正是因此而得了个"套房机"的美名(我刚开始飞波音747的时候,盥洗室已是驾驶舱的标准配置了,除此之外里面还有一个令人意想不到的设备——婴儿尿布台,可惜后来为了减轻飞机重量移除了)。许多长途客机设有飞行员休息舱。在某些机型中,飞行员得穿过客舱才能到达休息舱;但是在像波音747这样的飞机上,飞行员不必离开驾驶舱区域,

机器

就可穿着睡衣,在休息舱与盥洗室之间自在走动。

如果驾驶舱仪表显示机外温度如极地一般寒冷,那驾驶舱的地板最能证明仪表所言不假——地板可能跟冰一样冷。有些机型设有暖脚器,有些没有。我曾开过未装设暖脚器的空客(我的理解是,暖脚器是一种选择性配置,就像汽车销售员在讨价还价的最后关头赠送的东西),那段时间我会在长途航班上穿很厚的袜子。我可能会在欧洲大陆燠热的盛夏、在布加勒斯特[①]的酒店里,回想起上方寒冷的高空,这时即使身处最温暖的时间与地方,我也还是得穿上滑雪袜。波音747上设有暖脚器,这么一来,北冰洋冰冻的洋面看起来就不那么可怕了;因为只要脚暖和了,所有事物看起来都会更美好。

除了暖脚器之外,新科技在飞行员的机型选择中还扮演着一个可能让人意想不到的角色。我在咨询公司工作时,总觉得人人都想用最先进的工具,例如笔记本电脑、投影仪、手机。飞机和电脑、智能手机一样,所采用的科技也有高下之分。有些飞行员总是早早使用新科技,爱用最新的设备。但大部分飞行员都更钟爱较旧的机型。原因在于,旧型飞机较少自动化或电脑化,让飞行员觉得更贴近最原始的飞行机制,更接近他们进入这个行业的初衷。每一代新型飞机,都会在现代飞行员与莱特兄弟之间再设下一道技术屏障,科技的迅猛发展也让一些飞

---

① 布加勒斯特,罗马尼亚的首都和最大城市,有"小巴黎"之称。

行员担心，一旦离开某个传统机型，可能就永远无法再施展自己的技能了。

有些访客拿着最新的智能手机进入波音747的驾驶舱，一见到舱内老旧的状况，往往会大吃一惊，忍不住说上两句。然而不少飞行员会把这种反应当成赞美，风趣地说"这可是经典款"或"虽然它还要靠蒸汽驱动，但我们喜欢这样"，同时深情款款地将手指放在四个静止的油门上。

虽然现代人已对飞机的外形相当熟悉，但仍心向往之，原因或许是飞机囊括了许多对立的事物。

如今，空中旅行已平凡无奇，许多乘客漫不经心的模样，恰与飞机本身所呈现出的优雅形成了鲜明的对比。但是在科幻电影中，每当背景音乐响起之时，往往会出现一架飞机。这架飞机与其说是机器，不如说是诗作，亮闪闪的机身让人看不出推力从何而来。拍摄者想要呈现的是飞机在文化与视觉上的线条，而不是实实在在的飞行器。大部分这种虚构的飞机不需要符合空气动力学，因此也不吸引人。

此外，飞机如此庞大，让人很难将它与令人惊叹的速度联系起来。大型飞机本身就是一个完美的场所，它的结构或空间，足以让我们在里面工作或生活。波音747的设计师萨特曾说，他的飞机是"一个场所，而不是一种交通工具"。某建筑杂志曾称波音747为二十世纪六十年代最有趣的雄伟建筑，英国建筑师诺曼·福斯特（Norman Foster）则说波音747是二十世纪他最赞赏的建筑。然而这栋建筑的移动速度之快，几乎与声音差不多。

坚固的飞机是由沉重的金属打造而成的，而它所穿越的介质（即空气）却是无形的。当我们提及飞机的重量时，往往会用缩略语，例如"今天至旧金山起飞三百四十""今晚至新加坡起飞三百八十五"；偶尔，我倏然想到这些数字后面省略的单位是"吨"，不免惊讶无比。不管波音747如何不把地球的引力当作一回事，它都太重了，重到世界上许多机场都承受不住它的重量。

停放中的飞机也体现了其与所处地点的不同。在机场登机口，飞机仿若格列佛一样动弹不得[1]，周围是来来往往的摆渡车和忙碌着的人群。然而，当它从新加坡飞往伦敦时，或许曾在地面的缅甸海[2]、德里、克什米尔、阿富汗的雪峰、圣城库姆[3]、黑海、特兰西瓦尼亚[4]、维也纳、莱茵河河畔、安特卫普圣母大教堂[5]、英吉利海峡上投下过影子。飞机停着时，会把所有它飞过的地方都凝聚起来，它虽然静止在地面上，却会让人联想到

---

[1] 在《格列佛游记》一书"误入小人国"这节故事中，格列佛只身被风浪刮到利立浦特岛上，醒来时发现自己全身动弹不得，连头发也被一根根地缚牢在地上。
[2] 缅甸海，旧称"安达曼海"，位于缅甸南部，与孟加拉湾中间隔着安达曼群岛。
[3] 库姆，伊朗国内仅次于阿里·里达陵墓所在地马什哈德的十二伊玛目派第二大圣城。
[4] 特兰西瓦尼亚，指罗马尼亚中西部地区。
[5] 安特卫普圣母大教堂，比利时最高的哥特式教堂。

它飞行时的状态。我想，我小时候看见沙特阿拉伯的航班停在肯尼迪机场时，就领悟了这件事；而在我上第一堂飞行课之前绕着小飞机走动时，再度近距离地体会了这种感觉，纵使那时的体会非常有限。

年少时第一次跟着教官绕着小飞机做检查的那段经历，不仅让我大开眼界，也对我的整个飞行生涯大有助益。每次飞行之前，都要有一名飞行员走到停机坪上，检视飞机的外部。即使是最大的飞机，也不会摒弃这项传统。我们称之为"绕机检查"（walk-around）。

绕机检查提醒我，人造世界是由各种机器构成的，这些机器越来越大。身处这些机器内的我们明知这一点，却少有机会从我们在其中的位置直接对此进行思索。绕机检查是个机会，让我们得以脱离自身所处位置。飞行员离开机场那些有着窗户、音乐、椅子和咖啡的环境舒适的公共区域，来到工作区域，心境也会跟着转换。真正的转换开始于与登机桥侧面相连的金属梯。由于登机桥需要升高或降低以适应不同的机型，金属梯会呈现出不同的坡度。波音747的机门位置较高，因而与机门连接的金属梯坡度非常陡。由于金属梯又窄又陡，纵使外面并不阴暗潮湿，也无狂风呼啸，我仍小心翼翼，双手扶着金属梯的扶手。

打开连接金属梯的沉重机门，噪声立即扑面而来，即使按照规定戴着耳塞，外面的声音仍不绝于耳。在走下陡峭的金属梯的过程中，噪声急剧增强。飞行员来到这里绝非为了享乐，目的只有一个：用一台昂贵嘈杂的机器，在另一台昂贵嘈杂的机器上执行特定的任务。离开金属梯后，当我们在地面上走动时，宛如初抵异国城市的混乱街道，必须步步为营，确保一己安全，不能去奢望和仰赖交通规则或司机的善意。

登机口附近的区域皆以油漆仔细标示，所有工作人员早已把这里的布局牢记于心。在这个区域内，某些车辆和人员能相对自由地行动。在这个区域的边缘则是另一处过渡区，通往飞机滑行道。滑行道几乎是无人区，专供飞机这个庞然大物使用——滑行。飞行员常会走到登机口区域与滑行道之间的边界附近。若你曾站在车辆疾驰的宽阔高速公路旁，就会明白那种格格不入的隐约不安——咫尺外，就是一个更大、更快、更坚固的世界，和行走在欧洲狭小街道上的感觉恰恰相反。负责推飞机的工作人员是少数能走上飞机滑行道的人。有关部门制定了巨细无遗的规则来保护这些人员的安全，防止飞机移动时伤害到他们。

滑行道是一个狂风肆虐、坚硬宽敞的地方，也是另一个陌生之地。在那里突然现身的不仅有风滚草，还有两百英尺长、四百吨重、引擎轰隆作响的飞机。当飞机来到滑行道准备起飞时，机上的乘客实际上已离开了机场这个庞大的世界；他们甚至已离开了这座城市，除了肉体感觉之外，一切都已离开。你也许会透过椭圆的舷窗勉强看到模糊的脸孔，就像搭地铁时瞥一眼窗外，看见和你平行的他人；你看见的那人已经离去，眼前留下的，是他缺席的存在。

回到登机口区域，这里有许多不会飞的机器。绕机检查时，你便会明白为什么玩具飞机常会搭配许多地面车。每架飞机就像一块礁石，周围环绕着丰富多样的庞大生态系统。飞机四周的车辆和工作人员非常忙碌，毕竟不久之后，他们就不能接近这架飞机了，因此得赶紧处理飞机升空后做不了的事情——其实在天空中，他们几乎什么都不能做。飞机遇上技术问题，无法起飞，这种情况叫"停航待修"（AOG，aircraft on ground）。

地面上有长长的行李集装箱，还有把行李集装箱装进飞机的车辆；有牵引车——这种重型车辆是负责把飞机推离航站楼的。起飞前几分钟，通常会有人把牵引车锁在飞机前轮[①]上，并为牵引车司机准备一杯热腾腾的咖啡。大多数飞机和其他交通工具不同，无法自行后退。然而后退对飞机起飞又不可或缺，飞机要先被往后推一百米才能在解锁之后有足够的推力往前飞六千英里。这实在有意思，差不多能飞越大半个地球的飞机，其实和玩具回力飞机一样简单，要先在地板上往后退才会往前跑。

餐车被剪式升降平台送到飞机上，几小时之后，将在距离此地千百英里处的云端国度，为你送上食物。油罐车把十万升以上的航空燃料送进机翼，其中大部分在你在机上吃早餐时，已

---

① 在飞机着陆和起飞时起控制转弯及支撑飞机的作用。在控制转弯上搭配有前轮转弯系统，同时飞机前轮一般会加装减摆器以减少飞机前轮的摆振。

被飞机引擎消耗完。工程师把机场专用车停在附近,开始进行检修。其他车辆载着清洁人员,或者好几袋刚送来或即将送走的毯子。水车负责送水到飞机上,污水车负责把排泄物运走。或许还有一辆可以升起工作平台的车在刷洗驾驶舱窗户,或清洗机翼上的冰。

飞行手册一丝不苟地画出了绕机检查的确切步骤。我先从机头附近开始。由于机头很高,我得退到飞机前面很远的地方才能看到。从正面看飞机所带来的体验,正如空气本身对飞机的体验一样。从前面看,飞机与动物不无类似——驾驶舱窗户像眼睛,机头像鼻子或鸟喙。如果算上机翼,飞机看起来像一只鸟;如果不算机翼,飞机则像一头虎鲸。而从两版用于引导飞机从登机口向后推的术语上,也能看出动物学色彩——美国管制员说"后推,尾部朝南",而世界其他地方用来说明同一个动作的术语是"后推,正脸朝北"。机头周围会有感测器探出,往前朝着气流弯曲。这些感测器能侦测到压力,用以协助计算空速与高度;感测器昂起的角度与决心拥抱气流的模样,和狗狗从车窗探出头的模样差不多。

驾驶舱窗户既象征着技术的大公无私,亦代表着飞行中较为人性的层面。词曲创作人詹姆斯·亚瑟[①]曾提醒我们,无人机通常不需要窗户——无人机像是恐怖片里的东西,原因不只在于

---

① 詹姆斯·亚瑟(James Arthur),英国歌手、词曲创作人。

它的高度自动化,更在于它的无脸模样给人带来的不安。夜间在地面上,驾驶舱内的屏幕和灯光会调暗,好让飞行员看得清外面的情况;而滑行时,驾驶舱窗户和瞳孔一样漆黑。后推之前,驾驶舱内的灯光可能会亮一点。有时,当我看着停在航站楼旁的飞机的机头时,不免惊叹它平滑的技术精度;随后,当我不经意瞧见在厚厚的玻璃窗内,飞行员彼此交谈或微笑时,又不免心生感动。我想象着飞行员在遥远的云端国度飞行时,进行着我所听不见的对话;在如水族馆的玻璃一样厚的窗后,将茶杯举到唇边。

若是驾驶舱窗户破损,那么检查单上第一个要做的动作——确保系好安全带——似乎就没必要写下来了。对驾驶舱窗户进行加温是为了防止窗上结冰,或让玻璃变软,以便更好地吸收鸟类撞击产生的力道。这样的多层玻璃窗不免会令人回想起过去在开放式驾驶舱的日子,现代人借助复杂的驾驶舱立面挡下了一切——鸟、雪、时速数百英里的疾风——除了光线。

视线顺着飞机线条前移,很自然就会来到机头上,然而绕机检查主要检查的是机翼。"机翼"这个词仍带着某种神圣色彩,仿佛它的简单和美丽会让人遗忘这是人类自己打造出来的。飞机只有一对翅膀,这得归功于法国飞行家路易·布莱里奥(Louis Blériot)发明的第一架可飞行的单翼机。波音747的机翼曲线沿用的就是布莱里奥的发明,机翼上有明亮的着陆灯,这也得感谢布莱里奥——他是第一个做出实用汽车头灯的人。

机器

我望着翼尖，想起是工程师们以及他们所投入的岁月，让设计与空气汇集在这尖尖的一点，使机翼听命于赋予它生命的媒介。翼尖上理当有灯光，果不其然，和船只侧身一样，翼尖上装有红绿导航灯。飞行手册有个章节专门介绍了飞机外部的许多灯光；每当我看见无线电塔、风力涡轮机或摩天大楼顶端闪烁的灯光时，总会想起这一章，思索我们要如何在我们创造的东西的主体与尖端上做上标记。

部分机型的翼尖还装设了白灯，从客舱就可以看到。起飞时，白灯犹如明亮的星星升起，在夜空中发出亮光，一路陪伴着我们。

下回搭飞机时，起飞前不妨望望窗外，寻找一下翼尖的位置——或许你可以通过上述提到的灯光找到。接下来发生的事情可以从能看得到窗外但不是靠窗的座位观察到：机翼开始工作了，即使速度很缓慢。在飞机加速的过程中，机翼会逐渐翘起。它首先在自己身上施展魔力，而翼尖——由空气唤出的升力在此处消失在风里——会翘起到最高位置。早在你升空之前，机翼就已经承接了机轮与它们下方的大地所承受的重量，包括飞机的重量和你的重量。说机翼在"翱翔"是很贴切的形容，机翼在翱翔中将我们带到天空中。飞机飞行时，若在两个翼尖之间画一条线，这条线就如同弓弦，而机身则如同挂在这张弯弓上一样。

走在机翼底下，便可发现其上方的神奇和动感与其下方的

长空飞渡

普通和平静形成了鲜明的对比。第一个令人惊讶的是它的长度。波音747的机翼长度比人类初次在基蒂霍克飞行的距离多出一倍。它的宽度也足以为下方的我遮挡阳光雨雪。但有时即使天气炎热，机翼里的燃料仍会因为先前的飞行而严重冷却，这就是所谓的"浸冷效应"（cold-soaked effect）。这时机翼下方刚融化的冰雪可能会如雨点般落在我的帽子或脸上，捎来某个高远之处的寒气。

在地面上移动的飞机，常令我联想到海豹在海滩上挪动庞大身躯的画面。奥运跳水选手也是如此，在展示完优雅的动作后，他们得从泳池里爬上梯子，这时不可避免地会露出别扭笨拙的姿态。机翼与机身下方有起落架——飞机必须支撑在起落架上，才能在地面上停稳。

诗人和工程师皆曾歌颂过莱特兄弟的自行车匠背景。有些机场员工会在停机坪上骑自行车。我常看到自行车靠着脚架支撑，躲在波音747的阴影下，而这个庞然大物靠着十八个轮胎，举重若轻地支撑着三百五十吨的重量。每当我回到驾驶舱时，总会想起我哥哥。那是因为我看见了自行车。我也会想起他最近一次帮我改装的新自行车，或后悔方才没给自行车拍一张在飞机下的照片。我们兄弟俩对自行车的热情，跟一九〇三年的那对兄弟[1]如出一辙。

---

[1] 指莱特兄弟，其1903年第一次试飞成功。

当工程师面临影响飞机重量的决定时，他们会如何处理呢？比方说，设计师想给飞机装设类似住宅厕所使用的那种坚固的脸盆，但这种脸盆比普通的要重一点。飞机上一个小地方的重量略略增加，就会牵一发而动全身，影响整架飞机的设计。这个更重的脸盆可能需要更稳固（也更重）的墙体支撑。而要承载与操控这些额外的重量，可能需要更结实（也更重）的机翼，从而使得引擎需要燃烧更多的燃料。最后，整架飞机会出现如涟漪扩散般的妥协与后果，这被称为"传动效应"。根据计算，一架飞机的基本设计每增加一千克，这架飞机在全球航行时的有效载荷就会减少十千克。

我想，飞机如此优雅的原因在于空气动力学的严格要求，而严苛的传动效应就像一个自然雕刻师，也像一把手术刀，用来处理会塞满要求轻量化的人造物的过多重量，那些我们不知道应该去除的部分。传动效应也表明，飞机上任何笨重或明显笨拙的设备之所以存在，是因为这设备非常重要，例如起落架。波音747的主起落架的巨大金属杆的每一根都和小橡树一样粗壮。起落架不仅必须要支撑起飞机的重量，还要经得起降落时的冲击，堪称巨型减震器；并且在面对异常压力时，要干净利落地从飞机上脱落，不能波及飞机。此外，起落架还必须能控制住机轮和沉重的刹车，让它们冷静下来。即使这精密无比的设备相当沉重，但靠着诸多科技装置，以及如液压动脉、关节和附属结构组成的系统，只要扳动驾驶舱开关，起落架即可自行收回，而上方如瑞士钟表一般复杂的面板便能关闭。

轮胎大得滑稽，高度超过一米，宽度超过四十厘米，或许孩子是唯一会在素描中按照这个大小把它画下来的人。每个波音747的轮胎必须承重二十五吨，和某些挖土机的轮胎承重差不多，不过挖土机的轮胎不用着陆，也不用在跑道上疾驰。飞行用的轮胎上面通常会标示出速度限制，比如时速两百三十五英里，并标有"AIRPLANE"的字样，好像是在警告人们，不可以把它装到不那么高端的交通工具上，以免有辱它的身份。这些轮胎过一会儿即将脱离束缚，在起飞的速度下快速旋转，变得模糊。等机轮收回时，刹车会让轮胎停止旋转，而轮胎转动时所产生的热量在寒冷的高空中会持续几个小时。待飞行即将结束时，轮胎旋转的速度又会突然恢复。机轮碰触地面时，轮胎不会转动，但是着陆后又会马上飞速转动起来。飞机停妥后许久，橡胶轮胎仍有很高的余温。

绕机检查飞机轮胎时，我偶尔会感觉到上一趟飞行产生的余温随风传来，方才巨大的刹车速度逐渐在微风中消散。相比之下，喷气式飞机的引擎早已出乎意料地冷却了。我们平时或许不会在生活中经常想起引擎，只把引擎视为理所当然的存在，或觉得引擎又脏又没用——好像是前一个历史时期中短暂的必需品，但我们别无选择，只得先度过前一个历史时期才能来到信息时代。不过，在现代工程领域中，飞机引擎却是最令人印象深刻的发明之一。引擎这个产生动力的庞然大物，线条简洁，悬挂在飞机宽大的机翼下。"engine"（引擎）这个词看似平凡，却捕捉到了其最初的精神，因为它源自拉丁文"ingenium"，代表天赋、特性和聪明的想法。

毕加索——他有幅画作后来搭上了一九九八年在加拿大失事的航班——曾称法国画家乔治·布拉克（Georges Braque）为"我亲爱的威尔伯"，以此表达自己对充满想象力、身怀绝技的莱特兄弟的深情。马塞尔·杜尚[1]参加早期的航空展时，曾对康斯坦丁·布朗库西[2]说过一句名言："绘画已经穷途末路。谁能比这螺旋桨更厉害？你能吗？"

飞机的螺旋桨很美。莱特兄弟认为，飞机螺旋桨不该是船只螺旋桨的空中版，而应被视为会旋转的机翼（的确，飞机与直升机有时就是用"固定翼"与"旋翼"来区分的）。然而，螺旋桨也有其局限性。螺旋桨叶片尖端转动得比内部区域快，这种物理现象也可在沙拉脱水器中看到。但如果螺旋桨变得很大、转得很快，致使叶片尖端接近或超过音速，那么其效率将会大幅下降。

我向来偏爱喷气式飞机。我在客舱时的一大享受就是，观看飞行中的喷气式飞机的引擎，尤其是在波音747的后段客舱，最能看清楚引擎和机翼。波音777客机中最大机型的引擎直径，相当于诸多客机的机身。引擎的速度能赋予机翼生命，进而带着我们飞行。然而引擎在工作时，似乎没有明显的动作，也不特别

---

[1] 马塞尔·杜尚（Marcel Duchamp），法裔美籍艺术家。
[2] 康斯坦丁·布朗库西（Constantin Brâncuși），罗马尼亚雕塑家。

费力,除非你能看到转动的涡轮叶片,或看见落在机翼上的夕阳余晖在引擎后方的喷射气流下闪动的光芒。喷气式飞机的引擎在起飞时看起来和停在地面上或工厂角落里时差不多;这一工程与空气造就的优雅结晶,将至关重要的机器运作隐藏了起来。

飞行手册上是如此定义引擎的:"具有高压缩比与涵道比的三转子轴流式涡扇发动机。"谈到"转动发动机",我往往会先想到水车或靠着曲柄启动的汽车。然后,当"启动循环"完成,发动机进入稳定怠速[①]状态,我们就会"油门前推"。发动机前方是合金打造的叶片,像火车站的时钟刻度那样排成一个圆。比波音747小的飞机,很容易检查出叶片是否结冰,甚至能触摸到叶片背面,亦即闪亮亮的辐条看不见的背面。我心中兴奋的五岁男孩此时或许会乐不可支,忍不住转起叶片;而令人难以置信的是,这么大的轮子竟然很容易转动。叶片摸起来冰凉,但并不硌手。我驾驶过一种空客机型,每回我转动叶片时都会发出"咔嗒"声。只有在速度很快时,这些叶片才会像坐在旋转木马上的人那样被往外甩,围着指定位置旋转。

大多数喷气式飞机的发动机位于机翼下方,这造成了开飞机时比较引人玩味的一个现象。想象一下,有个飞机形状的厚纸板,用图钉松松地固定在告示板上,可以自由旋转。如果发动机在飞机的重心下方,例如位于机翼下方,那么在增加动力

---

① 怠速,指发动机在空挡情况下运转,即发动机"出力不出工"。在发动机运转时,如果完全放松油门踏板,这时发动机就处于怠速状态。

时，飞机就会绕着图钉旋转，并且机头会往上抬，机尾会往下压。这种"俯仰—动力耦合"效应会产生一些违反直觉的飞行操作方式。比方说，当我们中止降落、快速爬升时，会增加动力、拉回操纵杆，并让机头朝上。但由于发动机加速，推力增加，俯仰—动力耦合很快就会变得很强，即使我们想继续爬升，仍必须反向操作，开始向下压操纵杆。这种对抗动力变化的情况，有点类似你必须控制动力很强的汽车在快速加速时往旁边偏的转向扭矩。飞行员肯定是费了一番功夫，才学会如何驾驭发动机位于机翼下方的飞机在这种情况下令人瞠目结舌的特质，然而在部分较新的客机上，飞航电脑会自动应对俯仰—动力耦合效应，这时飞行员就要放下自己的所学了。

发动机后方是核心机，也就是发动机的引擎。对这些被隐藏起来的重要机器来说，"核心"一词名副其实。这么靠近静止的引擎，犹如表演前参观空荡荡的舞台，或走在暂时禁止车辆通行的大道中央。约翰·斯坦贝克[1]曾写道，"喷气式飞机的声音、发动机暖机的声音"是如何引起他流浪欲望的"古老颤抖"的。暖机的声音就是从核心机传来的。待飞机起飞后，紧邻发动机后方的空间将会被难以想象的速度和超过五百摄氏度的高温淹没，快速旋转的热气宛如从飞船的螺旋桨进入空旷的冰冷高空。

---

[1] 约翰·斯坦贝克（John Steinbeck），20世纪美国作家，代表作有《人鼠之间》《愤怒的葡萄》《月亮下去了》《伊甸之东》《烦恼的冬天》等，获得过诺贝尔文学奖和普利策文学奖。

长空飞渡

我第一次近距离观看大型客机时,惊讶地发现国旗有时在飞机两侧是对称的。例如在飞机右侧,美国国旗上的星星位于国旗的右上角,而不是左上角;澳大利亚国旗上的南十字星在国旗的左边,而不是右边;新加坡国旗上的娥眉月变成了亏眉月[1]。这就和军人左右两肩的徽章对称设计的理念一样,表示在飞机飞行时,国旗迎风飘扬。

国旗的样子提醒我们,飞机起飞之前,就在以多种方式回应风了。飞机虽然停着,但发动机叶片已经在转动了。发动机叶片虽坚韧无比,却非常轻盈,是专为风和最平稳的转弯而设计的,即使一丝微风也能捕捉到,和花园里的活动吊饰一样,迎着风轻快地转动着。对发动机叶片这种人造之物而言,顺风而动是最轻松的休息状态。

刮风天从航站楼往外看,一排停着的飞机的方向舵(机尾的垂直面板)因失去动力,差不多全偏向一侧,就像一排树木在狂风的吹刮下,树枝全朝着相同的方向摆动。机尾不仅看起来像船帆,连工作方式也像船帆。为了抵消起飞加速时从左吹到右的侧风,飞行员不能像一般人想象的那样朝左飞,反而应该朝右飞。风吹在巨大的机尾上,让机头绕着风打转,这种现象称为"风标效应"(weathercocking)。如果你在一个微风习习

---

[1] 月相变化的顺序依次是:朔、新月、娥眉月、上弦月、盈凸月、望(满月)、亏凸月、下弦月、亏眉月(残月)和晦。

机器

的日子登上飞机，或许离开登机门时会觉得飞机有点前后摇晃，那多是因为机尾被风吹动了。

飞机有时候要称重，以确保起飞时所需的动力计算准确。飞机称重是在机库中进行的。称重时，机库的门务必关好，因为就算是午后一抹轻柔的微风，也会导致飞机轻轻往上抬，把飞机从摆在地面的秤上拉离。

那是二〇〇七年十月的某一天。一个月前，我最后一次驾驶空客，九点二十二分从纽卡斯尔①出发，约一小时之后，即十点二十一分降落在希思罗机场。我的飞行日志从那一行起，就转到了不同的机型，并开始使用不同颜色的墨水。那趟飞行后几周，我开始上波音747型别等级的训练课程，后来又完成了课堂训练与各种考试。这一天，我第一次进入波音747驾驶舱，不过这驾驶舱后面并未连着飞机。它就像一个小房间，四周是一排排屏幕，支在一个空旷的房间的千斤顶上。这是"全动飞行模拟器"(full-motion flight simulator)。这一天，我开始接触模拟机课程，进行虚拟飞行。我第一次披挂上阵、真实飞行的时间已经排定　个月后，我就要从伦敦飞往香港。

模拟机不仅有环绕式屏幕，能重现驾驶舱的广阔视野；还能模拟驾驶大型客机时的盲区。飞机很高，机头很圆，因此我们

---

① 纽卡斯尔，英国英格兰东北部的港口城市。

无法看到飞机下方与正前方的任何区域。如果我们在滑行时默认机头下方的区域没有东西,纯粹是因为以前看到过那个区域。

在驾驶舱,我们完全看不见后方。管制员在给我们下达滑行指令时,必须考虑到这一点。比方说,管制员可能会要我们往前一点,让后方的飞机可以转弯。一般懂得行车礼仪的汽车司机只要看看后视镜,就会自然而然这么做,但是在某些机型的驾驶舱内,飞行员丝毫看不到机翼。从我在波音747的座椅上,只能勉强看见四个引擎中的一个,以及一边机翼的一小部分。

我们也看不见大约在我们后方三十米的机轮,以及机轮后方约三十五米的机尾。由于看不见飞机全长,再加上机翼非常大,在地面上操控飞机比飞行时还困难。这犹如拖着长长的木板行走:你必须调整对自己大小与形状的认知,预先考虑该怎么移动和转弯。有时管制员要我们报告是否已离开跑道,这时我们必须谨记,纵使在驾驶舱的我们已离开跑道区,但整架飞机几乎仍在跑道上。飞行手册里巨细无遗的图表常令我想起达·芬奇的《维特鲁威人》①。图表显示了飞机在地面转弯时,飞机尾端扫过的角度和范围。飞机转弯时,常会用到一些好听的专业术语:"尾部半径"(tail radius)、"舵角"(steering angle)以及翼尖"摆动到最大弧度"。

模拟机必须尽量反映这种物理现实。前方滑行道的灯朝我过

---

① 《维特鲁威人》(*Vitruvian Man*),达·芬奇在1487年前后,用钢笔和墨水创作的素描作品。

来，然后消失在机头下。模拟机也会根据我的速度，在一段距离与时间后颤动，表示虚拟机轮碰到了虚拟灯。

飞行员在提到过去的飞行时代时，可能会打趣地说："在庞提乌斯[①]还是个飞行员的时候……"每当听到这句话时，我都不免想起，驾驶舱的屏幕会把分布到整架飞机末端的线路信息汇集起来，这类屏幕被称为"综合显示器"（synoptic display 或 synoptics，也叫"多功能显示器"），这个词的意思是"一同观看"，这可能会让人想到"总览"（synopsis）一词。起落架的显示画面可显示胎压、刹车温度和起落架门的位置，另一个显示画面是空调专用的，以此类推，每一个显示画面代表一个系统大类。

像波音747这种旧型飞机，"导航显示器"（navigation display）上的计算机地图所显示的信息，出乎意料地简洁。通常飞行员只查看接下来十五分钟到一小时飞行要经过的航路点，有时或许还会参考一下附近的几个机场与无线电辅助设备的信息。

波音747上没显示的甚至连驾驶舱电脑也不知道的信息，就是其他地图上几乎都会显示的信息。驾驶舱内的计算机地图，不会显示某个城市、某个州、某个省或某个国家的位置或名字，更不会显示道路或铁路等更细节的信息。它不会告诉你地面上是葱郁的森林，还是荒芜的沙漠，甚至不会告诉你那是陆地、

[①] 庞提乌斯·彼拉多（Pontius Pilate），判处耶稣钉十字架的罗马帝国官吏，他的姓氏 Pilate 与 pilot（飞行员）音近。——译者注

湖泊还是冰川。波音747的电脑识别不了河流，千山百岳一概化为禁止进入的无名空域。地球上的地貌在空中并不重要，已被天空的纯粹消泯无踪。波音747的计算机地图不会顾及兴趣广泛的使用者或地理爱好者，亦不在乎艺术效果，在这地图上没有极乐世界，也不会在边缘画上一条蠢蠢欲动的龙。

在环绕世界的飞机的驾驶舱中，无法把地图缩小到可以看见地球曲线的比例，虽然这功能在乘客可查看的动态地图上越渐普遍。不过，我在开空客时，有个同事告诉了我一种复杂的方法，可以借助这种方法看见地球另一端的航路点。我第一次见识这种方法是在德国北部上空，而我们的对跖点[①]在太平洋，新西兰东南部的某个地方。如果我们的做法没有错，只要找到这种航路点，它就会出现在我们的屏幕上，就好像我们可以透视地球看到它的另一面。这个与我们位置相对的标示点，之后会出现在我们的动态地图上，而其他固定于这个半球地面上的机场、信标台、山岳等，全都会往下移。

当我们进入模拟机时，所有的移动都会暂停。在教官启动它之前，我们必须系上安全带，就像在真飞机移动之前那样。在巡航顺利的情况下，我们系的安全带和乘客系的安全带一样，只是一个负累；但在飞机起降时，被我们胸前的星状扣环扣在一起的五条安全带会把我们稳稳地固定在座位上。教官会跟我

---

① 对跖点，也称对趾点，是地球表面上关于地心对称的位于地球同一直径的两个端点。

们示范氧气面罩的用法,那氧气面罩像是专门养来救命的鱿鱼,把网状的带子拉开后,可罩住整个头部。波音747的驾驶舱顶部有个舱口(但是模拟机没有),还有一些把手,叫"惯性卷筒",你可以用你的体重把缆绳慢慢从卷筒中拉出来,然后拉着缆绳一路下降到停机坪,一如从三层楼房的屋顶下来。

在模拟机的训练课程中,还安排了驾驶舱出现烟雾的突发状况,这时我们要将驾驶舱上方通风口的把手拉下,把烟雾直接排到外面的大气层中。以前的驾驶舱内常会有香烟的烟雾。我坐在位子上时,惊讶地发现就连模拟机的大型侧窗窗框里也有烟灰缸,只是现在不再使用了。我二十岁左右时,有几年吸烟史。在飞机上抽烟虽不是什么好事,但我得承认,想到以前的飞行员能坐在波音747宽阔的驾驶舱玻璃窗前吞云吐雾,心里会不禁兴起一丝羡慕。美国诗人菲利普·莱文(Philip Levine)在《飞行之诗》(*The Poem of Flight*)中写道:"一手拿烟,一手拿着创造地图。"

几年后,我开上了真正的波音747。一天,我打开烟灰缸盖,赫然发现缸底贴了张凯蒂猫的贴纸。我不知道是谁贴的,也不知道那人为什么要贴;只能猜这应该是在从日本返回的航班上贴的,而且应该是在驾驶舱禁烟之后,因为贴纸上看不出烟灰的污渍。我开过四十几架波音747,不记得哪一架波音747上贴着这张凯蒂猫了;直到某天飞行进入平稳阶段(这时地面的风景通常是荒凉的),我闲来无事,打开烟灰缸盖,再次发现了这个意料之外的偷渡者。

驾驶舱里那些控制重要附属装置与系统的开关，竟然小得出奇，这实在是令人惊讶。我初次得知开飞机和开车不一样，飞机上没有点火钥匙孔时，不免觉得奇怪。模拟机用的是电脑登入，有时还需要经过复杂的重启，比驾驶真飞机更困难。引擎是靠几个拇指大小的开关启动的，通常一次启动两个。在这个世界上，恐怕没有多少开关这么小却能精准操控与它相差巨大的庞然大物。只要按下这小小的开关，就能开启复杂且经过仔细校准的后续程序。

小虾米控制大鲸鱼的现象，在自动驾驶仪及其相关系统上体现得最生动。长途飞行有很大一部分要依靠自动驾驶仪。待飞行即将结束，该关掉自动驾驶仪时，飞机才再度恢复生命。只需快速按下操纵杆上的一个小开关，自动驾驶仪就会马上完全断开连接，这时飞机重获自由。我再度掌握操纵杆，稳稳地转动它，看着地平线宛如一个二维游戏板一样偏向一边，世界的巨大面板在我手中升起、倾斜——世界上没有其他事物能带给我这种感觉。

但是每当我带着亲友或老板的客人参观模拟机时，通常让他们比较惊讶的是自动化系统——我不必碰操纵杆，只要三四秒钟就能让飞机飞向北极，然后反转指令，飞往南极——而不是起飞或降落的体验。

在垂直方向上，自动驾驶仪上有许多不同的功能，例如垂直导航（VNAV）分为"垂直导航航迹"（VNAV PTH）、"垂直导航高度"（VNAV ALT）、"垂直导航速度"（VNAV SPD）等[①]。即使在水平方向（也就是飞机向左转或向右转）上，自动驾驶仪上也有多到令人惊讶的选单。由于飞机在执行自动驾驶仪的指令时，可能会沿着机头到机尾的长轴线，往左或往右滚转，因此这些功能又统称为"滚转模式"（roll mode），这是莱特兄弟仔细观察鸟类（尤其是秃鹫）之后发明的一种转弯方式。最简单的滚转模式之一是，让飞机转向某个特定的航向，然后一直维持这个航向，直到飞行员选择另一种模式。选择航向的转盘称为"航向选择器"（heading selector），只要转动这个五便士硬币大小的转盘，就能让波音 747 转向。

有些类型的云会产生湍流。飞行员若看到窗外有这种云，想尝试避开，只要在航向选择器上微调几度即可。转动这个转盘，感受三百八十吨的飞机往某一侧滚转，看着地球随之倾斜，那种感觉十分刺激。有时候，第一个弯还没转完，航向又变了，这时我们必须把航向选择器往反方向转。无论是在模拟机上或是真飞机上，我的拇指和食指几乎一动也不需要动，只要转一下这个转盘，全世界都会乖乖地跟着飞机倾斜、翻转。

十二月初，距离初次参观模拟机已过了大约一个月。这时，

[①] VNAV 是自动驾驶仪的功能之一，控制飞机沿给定的路径（VNAV PTH），以一定的速度（VNAV SPD），下降到指定的高度（VNAV ALT）。——审校注

我首度以飞行员的身份，以飞行为目的，进入真正的波音747。和在模拟机中飞行不同的是，这一次我需要带上行李和牙刷。这一次我不是在空旷的机库里，步行穿过分离式桥面，走进架在千斤顶上的小房间；而是穿过满是旅客的航站楼，走下登机桥，进入飞机的主机舱——此时，飞机上已装好货物和食物。我登上楼梯，走进我的新办公室。在模拟机里待了那么多个星期之后，我终于看到了飞机驾驶舱后方的其他部分，那一刻真令我吃了一惊。

我们载入前往香港的航路，我以前在飞航电脑中载入的航路里程只有这次的四分之一。长途飞行的飞机——例如从伦敦飞香港——不会知道，或许没有其他两个城市能像它们这样跨越这么长的地理与文化距离，紧密地联系在一起，虽然它可能会从两个城市间频繁的往返中稍微猜到。

机长提醒我，此时我们应使用全功率起飞。这操作或许违反直觉，但可以降低噪声。额外的推力能帮助我们抵达可以更快降低功率的高度，飞机噪声所影响的水平范围也会因此缩小。波音747很少使用全功率——比我们实际需要的更多的功率——起飞。许多飞行员说，引擎的声音在推力较高时实际上更低；最高的推力或许能被我们感受到，却未必能被我们听出来。

我们起飞后，波音747快速穿过夜空，并像其他往东飞行的飞机那样吞没了整个隔日。因此我们到了第二天傍晚，才飞到大屿山岛①附近,排队往北边的双跑道赤腊角机场②降落。若飞行员之前飞过降落难度超高的启德机场③,就会称赤腊角机场是"新机场"。我们一开始看到的是摩天大楼和在下方的云雾中隐约掠过的渡轮,然后是山顶上的灯光,接下来是更宽阔、更墨黑的水域。就在这片新土地上方几千英尺的空中,我用右手大拇指关掉了自动驾驶仪,左手大拇指关掉了自动油门,这是波音 747 在降落之前通常会断开的巡航控制装置。那一刻,我兴奋不已。浅浅的潮湿黄昏下,看不到大自然的地平线;跑道上的灯光似乎在阴暗的天空中飘浮,然后渐渐变得清晰。

当天稍晚的时候,我们来到酒吧,资深机长请我喝啤酒。他问我感觉如何,我没有回答,于是他笑着在我眼前挥了挥手。我道了歉,立刻从我是如何离开伦敦的震惊中醒来,回到眼前的香港。毕竟我们离伦敦那么远,又那么久。我不停地回想昨晚真飞机滑行到跑道时的情景。即使我在模拟机上已多次体验过,但还是没有料到这两种在生理上与视觉上一模一样的体验,其实际差异竟然这么大。我仿佛听见了管制员批准我们起飞的声音,也听见了机长以标准方式用无线电回应管制员的声音。然后他伸出双手,掌心向上,微笑着——因为他知道这一天于我而言意味着什么——对我说:"马克,交给你了,让我们展翅高飞吧。"

---

① 大屿山岛,位于中国香港的西南面,是中国香港最大的岛屿。
② 赤腊角机场,指现在的香港国际机场。
③ 启德机场,前香港国际机场,于 1998 年正式关闭,同年赤腊角机场启用。

空气

Air

一般提到空气，我们往往视之不存在，认为它代表着空无。人们常说"来无影去无踪，和空气一样"。其实空气是有重量的，这一点似乎很难想象，因此伽利略发现空气的确切重量震撼了科学界。一般而言，若将海平面的空气装在边长一米的立方体中，这个立方体中的空气重量约为一千二百克，比一升水还重。下回你躺在野餐垫上，仰望飞机留下的尾迹，不妨想象有个直径为十二毫米的圆柱（约和虹膜直径差不多）从地表延伸到外太空，这个圆柱内的空气就约为一千克出头；而边长为一米的野餐垫上面就有十吨空气。

空气和混凝土一样是真实存在的实体，这听起来违反直觉，和诸多科学发现一样深奥难懂，例如粒子会同时存在于两个地方，或宇宙绝大部分是由看不见的暗物质所构成的。日常生活中鲜少有事物能提醒我们，空气压在我们身上，就如同水压在水族箱底部一样；每天醒来、起身下床，我们就要穿过感觉不到的厚重。

美国作家大卫·福斯特·华莱士（David Foster Wallace）讲过一则故事：有条老鱼问两条小鱼，今天的水感觉起来如何？但是小鱼摸不着头绪，浑然不知水为何物。

飞行不断提醒我们去追问：空气感觉起来如何？空气奇妙而

生动。每当我着陆后走出飞机，在户外的天空下散步，就知道自己已把自然界所有最令人赞叹的活动都留在了上空。若不是飞行，我们在地面上秉持的许多设想或许不会受到挑战，例如空气是空无的。待我们在空中飞行，才知道事情并非如我们所想。大型客机上安装"大气数据计算机"（air data computer），其来有自。飞行员至少要懂得四种速度以及多种气温、距离和高度。这不是玩弄术语，也不是只对极端经验才会有的好奇心，而是我们赖以为生的物质的真相，是通过飞行告诉我们的真理。

当然，飞行爱好者或许该庆幸空气不容易直接看到。空气是感觉不到的，这使得飞行格外诱人。想象一下，阳光穿透清澈的水，鱼群如飞行般优游水中，那画面令人心旷神怡，许多人也因此爱上了游泳或潜水。无论是飞鸟或是闭上眼在梦中翱翔天空的我们，一旦远离低空世界，就不仅摆脱了地心引力与场所的控制，还摆脱了世俗肉体与拘束。飞行如此优雅，一直以来代表着超脱凡俗，最简单的原因就在于飞行不需要依赖水或轮子，亦不需要岩石、草地或任何能感觉到的事物。

有时，我会搭乘长岛铁路的列车，往返于肯尼迪机场附近的牙买加站与曼哈顿的宾夕法尼亚站。人们在日常生活中往往会没来由地固守许多惯例，我在这段路上也有个习惯。我每次前往机场时，无论风雨都会多走一段路到第七大道，再进入车站，如此便能呼吸到最多的新鲜空气。

空气

但每当我返回城区时,则会尽量在站内行走,以防外面下雨或下雪,或尽可能在有空调的环境里逗留。为了延长在室内待的时间,我会穿过新泽西公共运输公司的穿堂,从三十一号街出口离开。我偶尔会在这里瞥一眼车站的瓷砖墙壁上引用的沃尔特·惠特曼的诗句——"这便是地球沐浴其中的寻常空气"[1]。在另一首诗中,惠特曼赞扬火车是"嗓门凶猛的美人",说它"飘向辽阔的草原,越过湖泊／冲向自由的天空,无拘无束,快活强壮"[2]——由此不难想见惠特曼又会怎么形容搭飞机时的感受。惠特曼所说的空气共和国,值得我们偶尔花点心思细细观察。

思及空中旅行,最先想到的应是一段距离。想象一下你的飞行路线——不是像我们平常以为的那样沿着地球延伸,而是切穿地球上方的天空中我们共有的空气。你是在被自己的飞行路线切出的近乎带状的狭窄大气层中穿行和呼吸,是引擎把大气压缩成厚厚的东西支撑着你。你的飞行路线在大气层中切出了窄而长的一部分。

你可以使这共同的空气发生变化。你留下的飞机尾迹就是足迹,当然还有引擎燃烧以及你呼吸时留下的其他东西。引擎

---

[1] 该句诗摘自 2016 年上海译文出版社出版的惠特曼的《草叶集(译文名著精选)》中的《自己之歌》,译者是邹仲之。
[2] 该句诗摘自 2016 年上海译文出版社出版的惠特曼的《草叶集(译文名著精选)》中的《致冬天的火车头》,译者是邹仲之。

产生的涡流和湖面的涟漪一样真实,有时可直接从如舞蹈彩带般飘扬的飞机尾迹中看到,而机翼掀起的不可名状的风,把它们吹向苍穹。当飞行员遇到另一架已消失在视线中的飞机所留下的尾迹时,可能会指着那看不见的空域说:"有人来过这里。"("有人"可能是我们自己;当你用小飞机练习转弯时,若能感到一种穿越颠簸的尾迹的满足感,就代表你能在天空中水平绕圈。)你在飞机上呼气,飞机又会将你呼出的气呼出。你的呼吸就这样遍布整个世界。

你也可以把空气想象成一个球体。每当我如此想象空气时,便会想到从太空拍摄的地球照片。我们不妨把发光的蓝色大气当成包围着由岩石和水构成的地球的第二个球体。我们可以穿越和看见大气层这个球体——它不仅仅是空无的。把空气想象成球体也揭示了这样一个真理:空气是我们共有和共享的(正如惠特曼《自己之歌》中具有超验色彩的那段话所言),它靠着动植物、火山与海洋的呼吸来交换和平衡。把空气当作球体,这提醒我们,我们是生活在这个世界之上,而不是生活在这个世界之中。我们生活在大气层中——这闪亮亮的空气行星,包裹着岩石和水。

你也可以从深度来看待空气。一六四四年,气压计发明者托里切利(Evangelista Torricelli)就曾这样说过:"我们沉潜在空气之洋的底部生活。"几个世纪后,爱默生(Ralph Waldo Emerson)也提到过包围着我们的空气之洋:"上方的空气之

空气

洋……低垂的云朵搭成的帐篷。"机场的气象预报会特别提到"地表实况"(surface actual):来自地球表面、空气之洋底部的最新消息。

若把嘴巴放在空塑料瓶上吸气,瓶身会扁掉。或许我们以为,这是因为吸气时瓶身侧面被往内拉,实际上并非如此。真正的原因是,你吸走了瓶内避免被大气挤压、维持瓶身形状的空气。空气中藏着两个相扑手,在瓶子的内外以相等的力气互推,因此瓶子能维持其形状;如果瓶内的相扑手不在了,瓶子就会被压扁。我在高空飞行时打开的瓶装水,飞机下降后会变扁起皱,就和把它扔进海底深处的情形一样。空气之洋中的空气像水压着深海中的生物或潜水潜得太深的人一样压在我们身上。我们在空气之洋的底部行走,并且和华莱士讲的那则故事中的小鱼一样,浑然不觉水的存在。偶尔我们会登上飞机,在空气之洋中如游泳般飞翔。

空气是有深度的。我曾在十一月五日英国烟火节那天飞过伦敦上空,也曾在七月四日美国国庆节那天从一端的海洋横跨美国大陆,到另一端的另一处海洋。花园与烤肉架上空的烟火的高度,和高入云端的大气层相比实在不算什么。每一簇漂亮的烟火,都仿佛是在我脚下的水池底部绽放的硬币大小的朵朵"花火"——日本如此称呼烟火。

在高空中经过无线电信标台的正上方时,导航电脑就会显示我们与信标台的距离为零。我们自认为已经到信标台了,但一

长空飞渡

查看接收器的原始数据,上面可能显示我们离信标台还有六七英里远——这里所谓的"远"其实指的是在信标台上方的距离。想象一下,若航行于很深的海洋上方,在经过海底的水灯上方时你会发现,水灯的光越往海面,亮度就越暗。通常大型客机的飞行高度,和全球海洋最深处的挑战者深渊[①]一样深。

我想到了距离我家七英里的某个地方。在地面上跨越这段距离,快速步行需要两小时,以时速六十英里的速度开车需要七分钟。空气看似虚无,却无所不在。

思考空气所施展的力量,能帮助我们更了解空气。在一个温暖的夏日,我打开车上的音乐,将胳臂伸出疾驶的车窗外。我随意变换着手的角度,胳臂不停地上下摆动,几乎没有任何阻力。我掌心向下——像翅膀,也像快速在湖面上划动的滑水板;然后手一转,又掌心朝前,并将胳臂迅速收回,靠在车窗的窗框上,就像滑水板或船桨突然转动,以运用快速流动的水的全部力量。

后方机舱的乘客(而不是飞行员)可以在飞机转弯时,清楚地看到机翼背面的小块面板(可能有好几块)上下摆动。这些面板称为"副翼"(aileron),即小翼。副翼是英国古典学者兼发明家马修·博尔顿(Matthew Boulton)的心血结晶,他在一八六八年为自己这一前瞻性研究的专利取名为"空中运动附

[①] 挑战者深渊,指太平洋马里亚纳海沟最深深约 11000 米处的地方。

件"。想想当一个机翼的副翼往下而另一个机翼的副翼往上时会发生什么。虽然在现代电传操纵系统的飞机上,实际情况复杂得多,但简单来说,副翼往下的机翼可更用力地让空气往下偏斜,从而有效增加该侧机翼的升力,使整个机翼随之上扬;而另一边副翼往上的机翼所产生的升力较少,机翼会随之下降。一边机翼上扬,另一边机翼下降,这就是"倾斜转弯"或"滚转"——飞机转弯的一种方法。

想象一下,只要稍微改变你在风中伸出的手的角度,就能轻松驾驭一辆自行车或汽车——就像哈特·克莱恩(Hart Crane)所说的那样,"让狂风偏斜""朝风的侧面挥刀""星星间的新马拉松"。靠窗的乘客望出去,看到机翼与世界各得其所,整架飞机随着副翼的轻轻拍动而滚转——再也没有比这更好的画面能证明这看不见的空气的存在了,但大型飞机上的飞行员看不到这些。

飞行有个吊诡的现象,尤其是现代高空快速飞行:虽然一架飞机接触空气的程度(完全置身于空气中)比一艘船接触水的程度更深,但飞机很快就能把大部分空气抛在后面。许多关于空气污染的信息提醒我们,围绕地球的大气层非常薄,它对地球而言比苹果皮对苹果而言还要薄。更令人震惊的是,这层薄薄的大气层,其厚度还在迅速变薄。空气并非在大气层中均匀分布。水无法被压缩,但空气和水不同,它积聚在空气之洋的底部，积聚在自身的重压之下。

如果我再想象从太空看地球的画面，或许会想到，地球的直径大约八千英里。爬升三英里——大约是大部分客机巡航高度的一半——等于几乎没有离开地球。但地球有一半的空气位于这个高度的下方。你仍然可以在这里呼吸，尽管有些困难——大多数攀登乞力马扎罗山的人都不用氧气罐。乞力马扎罗山将近四英里高。再往高处，进入七英里高的巡航高度时，约有五分之四的地球空气已在飞机下方。喷气式飞机虽未进入太空，但就脱离支撑一切的大气层的程度而言，倒也相差无几。

随着高度的升高，大气层的空气会快速变稀薄。这一现象与航空界中与空气有关的另一个更加不寻常的真相有关，即高度本身就是一个不确定的概念。

即使飞机尚未起飞，高度的概念也不是那么简单。地球并非规则的球体，这是事实。必须对这种不规则的形状进行拟合，才能用于导航，而无论使用何种听起来权威感十足的模型（例如 1984 世界大地坐标系，简称"WGS84"），皆须在驾驶舱图表上仔细标示。高度参考的是"平均海平面"，但海平面只是约略估计，毕竟它会随着潮汐、季节以及你所处的位置而发生变化。

机场的海拔高度差别很大。例如，墨西哥城的机场海拔约为七千三百英尺，阿姆斯特丹的史基浦机场位于海平面以下。飞行员可能会开玩笑说，从墨西哥飞伦敦的航班是在下坡，事实的确如此。即使是机场本身，甚至是我们认为必须是平坦的跑道，也明显是有高差的。达拉斯机场官方公布的海拔高度为六百零七英尺，但里面有条跑道的起点高度比这低了近一百英尺。在蒙古国乌兰巴托机场，同一条跑道两端有两百多英尺的高差，相当于二十层楼的高度，或者是一架竖立的波音747的高度。

作为空中的生物，飞机很适合通过测量气压来计算飞行高度。海拔最低的地方，空气最重，堆积着最多的空气。"气压高度计"（barometric altimeter）认为，气压高（空气重量重）的地方，海拔高度就低。我们知道，空气就像垒在我伸出的手上的书一样沉重而真实。假设高度计在地面上感觉到了十本书的重量，它会把这个数字转换成相应的高度。然后，随着飞机的爬升，飞机上方的空气会越来越少，如同手上的书越来越少。当高度计感应到空气重量和气压的减少时，这表明飞行高度增加了。

然而这个简单的等式存在一些问题。任何设备都不可能精准无误，更何况它还安装在移动的飞机外。除了这种"仪表误差"（instrument errors）之外，另一个问题在于高度计是如何把气压转换为高度的。它用了一个被称为"标准大气压"的公式。这是一个理想天穹的平均模型，也是在空气这个领域中通用的世界语，还是我们居住的星球上高度、气压和气温相互关系的典范。但是，无论是哪一天的实际情况，都不会完全符合标准大气压。

这些误差可能很大。想象一下，你来到秋天的山顶上。高度计记录下压在它上面的空气的重量，并依此精确计算出这座山的高度为一万英尺。但冬天在同样的情况下，寒冷会导致空气密度增加从而下沉。大气层中更多的空气堆积在山下，于是山顶上的高度计上方的空气较少，压在高度计上方的空气重量较轻。这就降低了高度计周围的气压。高度计只知道空气重量变轻，所以它报告的高度比山真实的高度高。

纵然大型客机精密复杂，飞行员仍须手动对山的高度进行"寒冷天气修正"。比如，我们通常以一万两千英尺的高度飞过一万英尺的高山；但如果天气很冷，我们就会把这座山的高度计作一万两千英尺，并以一万四千英尺的高度飞过。这不免让人误以为，花岗岩会在冬天长高——当寒冬降临大地时，山的高度会升高，直至春天到来，山的高度才会下降。

高度计更基本的问题在于，随着时间和天气的变化，同一个地方的气压会发生变化。地球上不同地方，气压也不同。想象一下，假设一架飞机停在地面上，这时一个低气压系统来到机场上空（通常，高气压与好天气有关，低气压则与坏天气有关）。高度计感觉到它上方的空气重量变轻了，却不知道是低气压系统的到来导致的，还是飞机开始在空中爬升导致的。

同样地，当一个高气压系统进入后，高度计会感测到更多的空气重量。那么这到底是因为天气的变化还是因为飞机的下降呢？高度计无法分辨。我经常会登上一架前一晚在机场过夜的

空气

飞机,这个机场其实与海平面等高,然而所有的高度计要么说我在海平面以下,要么以为我已经在慢慢地往天空飞。如果气压快速变化,那么即使我们停在登机口,水平或垂直方向都静止不动,高度计所显示的高度仍会在我们眼前上升或下降。

为了修正上述变化造成的异常,飞行员需要根据当地天气情况对高度计进行调整;我们会给高度计设一个新的起始点,这样它就可以根据当时的气压,更准确地计算出我们的高度。飞行员一坐进驾驶舱内,首先要执行的一项任务就是进行"气压设定"(pressure setting)。当我们设定气压时,高度计的指针会旋转,以为飞机正从地面爬升,或正朝地面下降。在进入驾驶舱的头几分钟做这些调整时,我心里会轻轻舒口气,因为早晨的空气与地面终于都各得其所了。

管制员会跟我们确认是否正确地完成了最新的气压设定。气压设定正确了,飞行员才能知道自己距离地面的高度,而在某个区域飞机之间要想保持安全的垂直间隔,也要根据给定时间的大气状况先进行气压设定。当气压发生变化时,管制员会通过无线电向"所有电台",即所有飞机宣布气压的变化。一旦得知气压的变化,附近的所有飞行员都会调整他们的高度计。所有接近希思罗机场、亚特兰大机场或迪拜机场的飞机,其高度计显示的高度会马上改变,同时上升或同时下降。气压设定非常重要,因此我们会遵循正确的步骤,以确保飞机上的多个高度计都设定正确。如果设定的气压不同,飞机会提示我们"气压不一致"（BARO DISAGREE，"baros"意为"空气的重量"）。

在我当民航飞行员的第一年里，至少有十几位机长推荐我读一九六一年出版的《空难追踪案》（*Fate is the Hunter*）一书，甚至有两位还送了我这本书。这本书的作者是飞行员欧内斯特·甘恩（Ernest Gann），讲的是旧航空时代许多令人感动的故事。其中一篇故事讲到，一架被冰雪覆盖的飞机在向山上降落时，甘恩若无其事地问机长："现在适不适合把乘客的行李扔下飞机，以让飞机飞得更高。"后来，甘恩又描述了一场在大雾弥漫的水面上惊心动魄的降落经历。那次，他被迫在冰岛降落，因此试图将飞机飞到足够低的高度以寻找冰岛的位置，但又不能让飞机低得碰到看不见的海面。虽然飞机的高度计还能正常工作，但他不清楚当地的气压，因此无法确定飞机真正的飞行高度。最后，一位同事在机尾放下一根缆绳，等着感受缆绳在北大西洋浪涛滚滚的海面上被钩住的感觉，因为甘恩刚命令他的同事："当你感到缆绳被拉扯的时候，就大声告诉我。"

这些故事清楚地表明，当你接近地面或水域飞行时，务必要依照当地的气压来调整高度计。但出人意料的是，在两个机场之间漫长的高空飞行途中，现在的飞行员不再会依照当地的气压来进行修正了，而是会把高度计调到"标准值"——这是根据标准大气压设定的，也是全球通用的地球大气模式。这么一来，我们就无须再理会某一天的实际天气状况——亦即随着时间、地方的变化而变化的真实大气层状况。

忽略当地的气压,等于忽略真正的高度。所有在高空飞行的飞机,都要接受这种不精确的状况。无论你面前的客舱屏幕显示的高度为何,也不管驾驶舱的高度计显示的高度为何,这些都不是真正的飞行高度。这是因为你不知道你下方世界的气压为何,就算知道(例如可从附近机场的气象报告中得知),我们的高度计也不是依照这个来设定的。

更有趣的是,飞机在以标准大气压为基准的高度飞行时,会同时不断地调整测量误差,这些误差会根据不同时间飞机周围的真正气压以及飞机所处的不同天气状况而有所上升或下降。我受训时曾经历过这样难忘的一刻:我忽然意识到,一架飞在三万五千英尺高空的飞机,和世界上另一处高度计也显示三万五千英尺的飞机,其实并不在同一高度上;即使某架飞机的高度计一直显示其在某个地方的三万五千英尺的高处盘旋,其真实的飞行高度仍会随天气的变化而稍微上升和下降。

由此,你可能会联想到在一片浩瀚的海洋上随海浪上下起伏的船只。这海面将全球各地的水域连为一体,但在海面上的所有船只其真实高度却各不相同。参考标准大气压而设定的高度就像这海面:薄薄一层空气被挤压而呈现出高低起伏的波浪状,在世界与空气上方隐隐发光。高空飞行的飞机,以垂直或水平方向沿着这起伏的空气,从此刻的本地,航向彼时的他方。

驾驶舱显示的高度是"飞行高度层",而不是飞行高度——

长空飞渡

与飞机所处的真实高度并不一致,但两者的差异无论是在乘客面前的动态地图上还是在驾驶舱的高度计上都没有显示。飞行高度层虽不等同于我们口头所说的真实高度,但在航空这一使用单一时区时的行业,却是众望所归。飞行高度层是水平的、人为规设的,是天空全球化的一种体现。虽然它内含的不精准可能令人咋舌,虽然有些新型客机允许飞行员使用 GPS 获得的高度,但飞行高度层对飞行员来说既安全又能帮助他们到达目的。飞机的很多功能都是参考标准大气压设计的,而共通、固定的高度计设定,可以确保相邻飞机彼此保持适当的距离。

最后,大型客机飞行员还要学会一个有关高度的概念,即"无线电高度"(radio altitude) 抑或"雷达高度"(radar altitude)。无线电高度计发射电波到地面,然后根据信号返回所需的时间来计算飞机所处的高度。无线电高度计只管它正下方可测量到的空间有多少英尺——我们经常可以在驾驶舱里清楚地听到这个数字。在低空飞行时,它能精确地克服气压与机场周围山丘海拔的变化的影响,至少在垂直方向上,无线电高度计可在自动降落时一定程度地代替飞行员的双眼。无线电高度计非常精准,连信号在飞机上的线路中传送所需的时间都考虑了进来,但奇怪的是,在被风吹过的又湿又长的草地这类有覆盖物的地面上,无线电眼可能会"失去锁定"(lose lock),亦即失去追踪能力(直升机飞行员比波音747飞行员更常遇到这个问题)。

空气

要计算我们与正下方的距离，最精准的仪表就是无线电高度计。但精准度高也会带来问题。有时在很高的高空，它接收到的反射并不是来自地面，而是另一架飞机。虽然气压高度计显示我们在三万八千英尺的高空，但如果三万七千英尺的高空有一架飞机在我们正下方，那么驾驶舱的无线电高度计就会音响提示"一千英尺"，这样的数字应该是飞机降落前才会出现的。无线电高度计发射的电波，应该是被地面反射回来，而不是被高空中的另一架飞机反射回来。

无线电高度计的设计师，还必须思考一个看似简单的问题：零点在哪里。换言之，飞机从哪里开始计算高度。从无线电高度计在快降落时的工作原理来看，为了精准确定零点的确切位置，无线电高度计不应安在机身底部，更应安在起落架伸出后的机轮底部。但事情可没那么简单。在波音747着陆的时候，起落架——本质上相当于减震器——因为没有被压缩，会比在地面上时更长；此外，飞机的机头会往上翘（许多民航飞机不仅在爬升时机头朝上，在整个巡航过程的大部分时间以及最后降落时也是如此。由于飞机整体是机头朝上、机尾朝下的，所以餐车要加装刹车踏板，从飞机后面走到飞机前面比从飞机前面走到飞机后面更吃力）。

在飞行中，我们可能会想知道飞机最低点的高度。无线电高度计开始计算高度的起始点，并不是高度计本身，也不是飞机在地面时机轮的底部，而是飞机开始离开地面时——当飞机自由翱翔在空中时——机轮的底部。

可是飞机在着陆时,机头会降低,飞机的重量会施加在起落架上,使它受压。这时波音747的无线电高度计,会以为自己在地面以下飞行。当飞行员走进停着的波音747,调整座椅,打开屏幕灯光,进行起飞准备时,无线电高度计会这样告诉我们:"飞机位于地表以下八到十英尺。"即使用最精密的仪表来测量飞机离地面的高度,其结果也不一致,因为会受到飞机是在降落还是在起飞的影响。

某年十月,我和友人前往冰岛。我们从雷克雅未克[①]以顺时针方向在岛上驾车,经过连日的秋季暴风,于某天深夜来到冰岛偏远的东南角。在英国,若想象自己在海边码头,这样的天气似乎很合理,好像只要经过几处报摊和转角的咖啡馆,就能看见风景画家威廉·特纳(William Turner)画笔下翻腾的大海。我在冰岛开车时,感觉自己并非在海边(虽然大海一定就在附近),而像在飞行。我从未如此明显地感受过风对车的影响。我只不过是想让车胎与路面接触,就得不停地对方向盘施力,并根据道路的方向及夹杂着雨水的侧风的方向,左右转动方向盘。每一阵强风都能让我们偏离半个车道。

有时飞机在跑道上起降,也会碰上强风。在地面上,飞机通

---

① 雷克雅未克,冰岛共和国的首都,也是冰岛第一大城市及第一大港口。

过机轮或飞行控制系统来控制方向,或两者并用。当飞机在地面上的速度增加时,会有更多的空气流过飞行操纵面,从而使飞机的控制效果提高,就像在加速的汽车上如翅膀一样伸出窗外的手。这样会造成一种奇特的效果:飞机起飞时,你感觉自己既像在空中开车,又像在地面飞行。在冰岛度过一夜后,我心想,如果在冰岛的租车上加装一些类似飞机上的装置,例如方向舵,开起来应该会轻松一点——让车子能够认识并适应一些意料之外的空中情况。

从地面上观察,会以为"风"是小区域的事件,它搅动了原本静止的空气:一阵微风拂过大地上某个固定的点,吹过我们上方。但在高空中,空气就是飞行的参考系,且永没有静止的时候。一旦离开地面,我就不再把风视为经过身边的气流,而视为如河流与洋流般带领我们向前的力量。

假设我们要制作一种"速度地图",上面只显示每小时移动速度超过一百英里的东西。于是,你会看见在这张速度地图上有火车,有德国的许多汽车(它们用速度画的线条就是德国的高速公路网);你还会看见许多正在逐渐加速的飞机(它们会在起飞之后出现在这张速度地图上,然后又在降落减速后从这张地图上消失)。不过最明显的是高空急流(jet streams),亦即环绕地球的强风。我可能会问同事:"今晚的高空急流在哪里?"或跟同事说:"我们一路上都在对抗一股强烈的高空急流。""jet streams"中的"jet"一词衍生自风的流动特质,而非我们最常联想到的喷气式飞机。不过,要真正理解高空急流,一定得等到飞机起飞之后。如今,"jet"一词既指引擎的类型,也指风的模式,两者携手造就出地球上最伟大的旅程。我最近飞过的最快的高空急流的速度是一百七十四节——谢天谢地,幸好是顺风(节是风每小时移动的海里数;一海里相当于一点一五英里,一百七十四节相当于每小时两百英里)。

飞机在两座城市之间的路线会受到许多因素的影响,例如部分空域可能比较拥塞或暂时关闭(原因往往是有军事活动)。此外,各国收取的过境航路费也是影响因素之一(时间或里程更长的路线可能更具成本效益)。另一项考量是航路上的天气状况。但如果不考虑这些因素的话,飞行计划编制人员和飞行员的主要任务是:在高空风中航行;让飞机能正确借助或避开大气河流的流动方向,躲开会严重拖慢飞机在地球上空的飞行速度的暴风雨。

许多欧洲与北美之间的航路会经过北大西洋上空,而这里每天都会发布最能运用风势的新航路图,一套供西行航班用,一套供东行航班用。西行航路每天都可能会往北偏一点,在拉布拉多海岸的上空盘桓,以避开往南蔓延的东风。而同一天晚上返回欧洲的东行航路可能会更偏南一些,以寻找往东的高空急流,尽管几个小时前飞机还要绕行躲避它。通常,风会拉开两座城市往返航路之间的距离,因此同一天从伦敦飞往洛杉矶的航班和从洛杉矶飞往伦敦的航班,其航路可能毫无重叠之处。

空气

"大圆航线"（great circle）是两个地方之间的所谓直线，就像一根将地球表面的这两地连接起来的绳子（在我所任职的航空公司的办公室的飞行计划电脑旁有个地球仪，这个地球仪上就有这样一根绳子，那是以前得手绘大圆航线的时代留下的）。

在北欧向西飞往北美的航班上，乘客偶尔会从飞行动态地图中，惊讶地发现自己竟在那么遥远的北方：通常在格陵兰岛的上空，有幸坐靠窗位子的乘客可一睹地球上首屈一指的壮阔海洋、冰川和山岳的奇景。这些航路多是奇妙的大圆航路。不过，西向的航班通常会飞比大圆航路更北一点的航路，以避免被怒吼的逆风浪费时间和燃料；而同样的风对夜间返航的飞行员来说则是好事，因为能帮助他们在大圆航路以南顺利飞行。有时我从伦敦飞往北美西岸，为了避开拥挤的空域会驾驶飞机先略朝东北方向（而不是朝西北方向）航行一段时间。因为此时飞机最重要的工作是躲避西风，之后才能继续沿着我们的航路飞行。

飞机在大气河流中往返，而大气河流本身也在地球上空徘徊。这些大气河流或强或弱，扭曲着离开它们平日逗留的地方，慵懒地在寒冷的高空中飘过。两座城市间最短、最省油的航路会不停地改变，因此两座城市间的最佳航路可能每天都会不同。有时我飞往纽约，在欧洲最后一眼看到的是北爱尔兰，但隔周飞往相同的城市，却是从兰兹角（英格兰最西南端）离开的欧洲。如果高空急流离开它们原本应该待的地方，那么通常宁静的天空或许会有几小时或几天突然变得热闹非凡。飞行员就像冲浪者，追逐着最有利于飞行的天空浪潮。地球上的自然力量，左右着运用最先进科技的旅程，以生物学的简洁引导着我们的迁徙。

飞机也会因为风而改变其垂直飞行的路线。飞机在飞行途中的每一处都有最佳高度，这主要是依据飞机重量推算而来的。飞机的燃料消耗后，重量减轻，最佳高度会随之上升。在理想的天空环境中——没有其他飞机和变化的风向——飞机可能会在整个飞行途中不断爬升，直到快抵达目的地时才下降。但是风速的垂直差异常常会阻碍飞机到达理想高度，因此我们可能要早早爬升到一个飞机运行效率很低的高度，因为找到高空急流的中心对我们来说更有价值。当然我们也可能会为了避开高空急流而下降。最近我从伦敦飞往迈阿密时，大西洋的逆风不仅风势强劲，且范围很广，无法通过水平的方式避开它。因此，在飞行的最初几个小时里我们先爬升到了三万七千英尺的高空，然后再下降到两万九千英尺的高空——几乎是放弃了最初爬升高度的四分之一，这种高度的变化足以让人耳朵发痛——后来我们又再次爬升，最后才下降；我们宛如在空气之洋中浮浮沉沉，寻找着垂直方向上的路。

飞行文件和飞航电脑会帮助我们计算出垂直路线。在我们的驾驶舱里也有纸质表格，称为"风速高度换算表"（windaltitude trade）。这名字会让人想起曾把船只吹向新大陆[①]的信风（trade wind），然后船只向北弧线航行，乘着不同的风和洋流返家。这道弧线与飞行员和飞行计划编制人员每天在同一水域上空所部署的风呈几何状相呼应。另一个在不同高度飞行的飞行员可能会问我们此刻感受到的是什么风——有时被称为"定点风"——这信息将帮助他们决定是爬升、下降还是留在原来的高度。

与高度一样，民航飞机也会时时刻刻根据飞行环境，来计算最有效率的速度。或许有人会和我以前一样，以为最有效率的速度是恒定的，无论飞机是在逆风、顺风或无风中飞行。但经过复杂的计算之后发现，逆风对飞机运行效率的折损，远大于相同风速的顺风所带来的好处。因为顺风越强，飞机能从中获益的时间越短；而逆风越强，飞机受影响的时间越长。正因如此，飞航电脑会建议飞机加速到并非最有效率的速度，以缩短飞机在逆风中的时间。而顺风时，飞航电脑会建议你放慢速度，让飞机在顺风的情况下多停留一会儿。

风对于飞行计算很重要，因此有些飞行手册会提到一种新的距离：航空里程（air distance）。航空里程将飞机在风的影响下沿着地面飞行的距离也计算在内。作为长度单位，它和空气一样是流动的，可以说是飞机在空中飞行的里程数。只要有风

[①] 新大陆，美洲的别称。

（几乎一定有），不管是逆风或顺风，那么从伦敦飞往北京的航空里程，就会和沿着一模一样的航路从北京飞往伦敦的航空里程不同。而这两个航空里程，都与两地之间的地面距离不同。

有时，当我在地面上将航路载入飞航电脑后但尚未输入预期风向风速前，飞航电脑会发出警告，指出飞机除非动用其神圣不可侵犯的最后备用燃料，否则不足以完成计划的路线。然后，当我把有关风的信息输入飞航电脑后，飞航电脑想了想，就放心了。虽然地面的距离没变，飞机也尚未移动，但航空里程已被风改写了。

《海鸥乔纳森》的作者理查德·巴赫（Richard Bach）写过一篇文章"我从未听过风声"（I've never heard the wind）。今天的许多飞行员也没听过。虽然风引发了自然界最精彩的物理现象，决定着我们旅途的路线和长度，但它大多数时候只以驾驶舱屏幕上的数字和像风向标一样转动的小小符号（遗憾的是，只是一个小箭头）的形式存在。风是飞行途中飞行员与空服员对话中常提到的话题，就像火车晚点或早上堵车一样。我们并不介意在去程中遇到逆风，因为这通常表示，第二天回来的速度会比较快。但我们不会在飞行中直接听到风声或感受到风。

高空急流偶尔会产生湍流，尤其在边界处，但它们通常很平顺，给人的感觉恰恰与它的特质相反。我记得在时速六百英里、风速两百英里的情况下飞行时虽稍有颠簸，但仍比在泥土路上开车时更稳。通常,最快速的风会和玻璃一样平顺。假设飞航电脑显示风速为五十节——这对民航飞机来说稀松平常,然而在地面上,这样的风速(每小时五十八英里)就会上新闻了,恐怕只有冰岛例外。这种风速使我们无法在地面上站立,说话也得用力喊才能盖过风声。

海洋文化仍沿用各种古老的风名,例如地中海沿岸的"布拉风"①"西洛可风"②与"坎辛风"③。现今英格兰仍有一种风叫"山头风",这种风因偶尔会从坎布里亚郡的奔宁山脉西坡呼啸而下而闻名。"新教风"把西班牙的无敌舰队吹离英格兰,因而成了东风的代名词(一个世纪后又出现了"天主教风",因延后了奥兰治亲王威廉④抵达英国的时间而得名)。美国也保留着几种风的名字,例如加利福尼亚州南部的"圣塔安娜风"和"钦诺克风"⑤,甚至还有一种虚构的风叫"玛丽亚风"——源自描述淘金热时期的音乐剧《漆好你的马车》(Paint Your Wagon),歌手玛丽亚·凯莉(Mariah Carey)的名字与发音便是源自这部音乐剧⑥。夏威夷原本也有数百种风的名字,有没有本事列出一个地

---

① 布拉风,阿尔卑斯山吹向地中海的寒风。——译者注
② 西洛可风,撒哈拉沙漠吹向地中海的热风。——译者注
③ 坎辛风,北非和阿拉伯半岛的干燥南风。——译者注
④ 奥兰治亲王威廉(Prince William of Orange),后来的英王威廉三世。——译者注
⑤ 圣塔安娜风与钦诺克风皆为焚风。——译者注
⑥ 音乐剧《漆好你的马车》中有一首歌叫作《他们叫作风玛丽亚》(They call the wind Maria),其中玛丽亚的发音与"Mariah"相近。——译者注

方风和雨的名字,能考验出你是否为真正的当地人。

假设某天早上抬起头,你看见一条尼罗河或亚马孙河——颜色略呈一种闪闪发光的海军蓝——在你家乡天空的北边蜿蜒盘绕。当你出门吃午餐时,它已移到了天空的南边。除了太阳之外,这条大气河流是地球或天空最具戏剧性的特征。事实上,正是从多瑙河、密西西比河、长江等江河中孕育出了人类的城市、文学作品乃至整个文明。有家飞机制造厂甚至用英国河流的名字给所生产的喷气式引擎命名,例如斯佩河、特伦托河和泰河,河流的平直与活塞发动机的参差形成了鲜明的对照。

若前科学时代的人能够看见高空急流,或许会好好地对它歌颂一番,并根据高空急流的形象编造出完整的神话。总有一天,飞行会和今天众人眼中的航海一样过时,不过目前飞行仍算是很新奇的一种体验。现在为天空写文章、播下航空的种子,还不算太迟。

高空急流是环绕地球的东西向大型带状气流,然而我们仍可以为不同区段的高空急流赋予不同的个性,就像英国有些河流或街道在中途换成其他名字一样。美国大陆上方的高空急流可以命名为"威利·波斯特风"或"波斯特风",以纪念美国独眼飞行员威利·波斯特(Wiley Post)——他是第一个独自环球飞行的人,高空急流的发现部分归功于他。波斯特在一九三五年于阿拉斯加坠机身亡,享年三十六岁,同行的幽默大师威尔·罗杰斯(Will Rogers)也与之共赴黄泉。在纽约的

空气

乔治·华盛顿大桥上有座老式航空信标台，名叫"波斯特与罗杰斯"，便是在用灯光纪念他们，这座信标台曾是飞机西行航路的标志。"飞往罗利[①]的航班，"从西边返回的飞行员可能会说："托波斯特风的福，今天晚上只用了不到四小时就抵达了。"此外，吹过北大西洋的风总是一如既往地从北美吹向欧洲，我们可以称之为"同盟风"，以纪念其在第二次世界大战跨大西洋补给行动中所做的贡献。

我有时负责绘制风向图，那是我甘之如饴的工作。波音747驾驶舱内原本有许多纸质地图，现已被电子地图所取代，但仍保留着一套纸质一次性世界地图，有时我们称之为"进程图"。我小时候在飞机客舱看过这种地图的复印本，上面画着代表飞行航路的深灰色之字形线条，这些线条在蓝色大海与黄色大地上盘绕。我很久以前搭飞机时曾向空服员索要过这种地图，现在还留着一两份。

这种地图上一般写着日期和航班编号，还有飞行员的姓名和职位等。在绘制进程图时，我仿佛进入了另一个时空——在波涛汹涌的大海中，我用油灯或沉甸甸的铜制导航工具压住纸张，伏案工作。我喜欢用深绿色或蓝色的墨水，在两个相距遥远的航路点之间画一条线——只有笔或飞机才能这样跨越国家、山岳与海洋。如今我们可以用电脑生成的地图来告诉我们航路上

[①] 罗利，北卡罗来纳州首府。——译者注

的主要风向，但有些飞行员仍会在地图上画出风向以及他们预测将会出现湍流的区域。

不想浪费纸张的飞行员会把地图保留下来，用与去程不同颜色的墨水，重新绘制返程航路的主要风向。但在飞机降落之后若有人到驾驶舱来参观，尤其是孩子，我们很乐意把这地图送给他们带回家。总有一天，这仅存的纸质地图会从驾驶舱消失，成为早期喷气式飞机时代的最后纪念。但目前，这些地图还在，上面绘制着瞬息万变的风向。这手绘的地图不仅要依照每天的风向画出独特的航路，还要画出阻挡我们或陪伴与带领我们前进的无名大气河流。

对高空飞行的飞机而言，高度和距离不是一个简单的概念，温度和速度亦然。一般来说，飞机爬升得越高，机外气温就越低，就像山区通常比平地冷。一架飞机爬升到高处，周围环境通常严苛，机外气温可能会降到零下五十七摄氏度。

温度会对飞机产生诸多影响，例如引擎效率，而结冰也可能影响到引擎与越过机翼的气流。然而要测量温度可不容易。气象学家警告，在寒冷气候下会发生"风寒效应"，亦即风会使寒冷的天气感觉更冷。由于移动速度很快，飞机不仅会经历风寒效应，还可能会经历"风热效应"。空气快速撞击温度计时会突然停止，从而被压缩并急剧变热——我哥哥很熟悉这种效应，他总是会依我的要求帮我修自行车轮胎，而他在给轮胎打气时就会碰到这种情况。这是冲压温升（ram rise）造成的，表示位于气流中的温度计显示的温度往往会比周围气温高出许多。

在协和式飞机[①]上，冲压温升会让机头和机翼前缘的温度上升到一百摄氏度以上，这个温度在海平面地区足以使水沸腾，并导致飞机在飞行中被拉长二十五厘米。波音747的飞行速度不到协和式飞机的一半，冲压温升的影响和缓得多，但气流中的温度计所显示的温度仍比周围气温高出许多——通常高出三十摄氏度。飞机在高速飞行时所感受到的温度称为"全温"（Total Air Temperature，TAT）。全温和静温（Static Air Temperature，SAT）不同，后者是指空气未被压缩时，飞机周围空气的温度。

把静温视为真正的或实际的温度，这很合理，并且我们可以从静温与全温的差异中找到一个虽不符合量子物理学原理但令人满意的对比。量子物理学主张，测量行为可能会扭曲或改变你想要测量的东西。不过，测出更高的温度并不是测量方式出了问题，因为飞机的前部，例如机翼和机头前缘，是所谓的"停滞点"，全都和温度计一样会出现升温效应。

对超音速飞机的设计师来说，这些固然会带来问题，却并非一无是处。想想看一般飞机机翼中的燃料。燃料在寒冷的高空

[①] 协和式飞机，一种由法国和英国联合研制的中程超音速飞机，1967年12月11日第一架协和式飞机试飞成功，2003年11月26日一架注册编号为F-BVFC的协和式飞机执行最后一次飞行任务后退出民航业。

中长时间飞行时会急剧冷却,但我们不能让燃料冷却得太厉害。通常燃料的冰点大约是零下四十度(这个温度不需要用"摄氏"或"华氏"来表示,因为这是摄氏温标与华氏温标的交会点)或以下。机外空气的静温(环境温度,动态地图上或许会显示)通常低于这个温度,但全温(飞机感受到的、被风加温过的温度)却比这个温度高得多。从飞机的速度和空气的物理性质来看,若燃料变得太冷,最简单的加热方式是稍微飞快些。

飞行不仅仅颠覆了一般人对距离、高度和温度的定义,更扰乱了多数人对速度的直观感觉。在日常生活中,我们对速度只有一个概念:我们在地面上移动得有多快。如果你问飞行员,他们的飞机飞得有多快,他们可能会先停顿一下,然后回答:"看情形。"

在空中,关于速度有四个重要概念。第一个是"指示空速"(indicated airspeed,亦称"表速")。你可以把这速度想象成你在开车途中把手伸出窗外所感觉到的空气的速度。除了最严格限制的情况外,指示空速和"真实空速"(true airspeed,亦称"真速")差异很大,后者是飞机相对于周围空气的实际速度。第三个是"对地速度"(ground speed,亦称"地速"),即你在地球上空的速度,或许最接近我们对地球上的运动的理解,却和飞机的飞行没什么关系,其时速通常与指示空速或真实空速相差数百英里。最后一个是"马赫数"(Mach),这是飞机相对于当地音速的真正空速。

这些速度彼此之间的关系很奇特，最好将每一种速度都视为一个单独的运动概念。在驾驶舱里，这四种速度会在不同的地方或不同的时间显示。飞航电脑可能会自动缩小其中一种速度的显示字体大小，以表示这种速度变得不那么重要；或改变某个开关控制的速度类型；甚至在进入新的飞行阶段时，流畅地切换成另一种与之更相关的速度类型。

数学家有时会质疑，数学领域的成就究竟是他们自己创造的，还只是他们发现的。我也会自问，空速是被创造的还是被发现的。我很想回忆起在学飞行之前，自己所猜测的"指示空速"的意思是什么。我或许会问自己，为什么要称之为"空"速？光称速度不够吗？为什么要加上"指示"二字？这么一来，这个词的意思岂不是更模糊了？但这个词也更精准地道出了其性质，仿佛它所指称的量并不真确，或"速度"一词不适合用来描述让我们在空中飞行的东西。

将手伸出车窗外，或许就能明白"指示空速"与"真实空速"之间的差异。假设在海平面地区某个无风的日子里，我以时速五十英里的速度行驶，或许会感觉到空气对我手施加的压力。而假设我在高山山顶的道路上行驶，虽然我仍以时速五十英里的速度行驶，但因为那里的空气较稀薄，撞击我手的空气分子较少，所以手在气流中感觉到的压力较小。我的时速仍是五十英里，手感觉到的时速却只有四十英里。这时我们可以说，我的手的真实空速为时速五十英里，但它的指示空速仅四十英里。

飞机上装的空速表（airspeed indicator）就像伸出车窗外的手，空速表从飞机侧面伸到气流中，以测量空气分子撞击在它上面的压力。空速表会从中扣除掉不移动的空气的压力——空气的背景重量，即伽利略发现的空气本身所具有的重量（顺带提一下，高度计测的也是相同的空气的背景气压值）。指示空速可视为速度施加于空气的压力；真实空速与指示空速之间的差异，大概就像车辆行驶时，你的手在车内与车外感觉到的差异。

因此，指示空速不是一般的、以地面为参照的速度，而是一种速度感，一种在空气中运动的感觉。把"指示空速"改为"空气力"（air-force）或"空气感"（air-feel）或许更贴切些。过去有些飞机把空速表装在驾驶舱之外，那是一块小小的面板，会随着气流而偏转，进而影响其下方显示的数字刻度。这个装置并不比那些原始的气象站更复杂——这些气象站只在板子上挂一颗石头，然后加一句这样的说明："若石动，则风吹。"

指示空速最能切合飞行员的需求，因为它能决定机翼产生多少升力。正因如此，飞机上有很多用来侦测空速的冗余系统，并且飞行员要确保空速表没有失灵或存在更严重的问题——各个空速表显示的空速不一致——这也是飞机上最重要的检查项目之一。指示空速也解释了为什么在狂风中降落时，常会听见引擎的声音忽大忽小。开车时，若突然有一阵强风迎面而来，你伸出车窗的手会感觉到这阵突然吹来的风,因为指示空速增加了。同样地,飞机遇到狂风吹袭时,空速表上的读数也会急剧增大。于是飞行员会降低飞机的动力来应对这种情况,让空气感回到目标值,等风势变小、风速放慢,飞行员才会再次增加动力。

当飞行高度低时,指示空速和真实空速差异很小,而随着飞机的爬升,两者间的差异会急剧扩大。为了获得与飞行高度低时相同的升力,在高空飞行的飞机必须加快速度,以确保有相同重量的空气流过飞机。在高空中,飞机的真实空速可能是五百节——比指示空速显示的两百七十节几乎快了一倍。飞机爬升时,若空速表上的数字维持恒定,飞机实际上是在不断加速,这道天空魔法只有在飞机下降时才会解除。

"对地速度"考量了飞机在空中飞行时风对真实速度(true speed)产生的巨大影响。它不仅考虑了我们在空气中的运动,还考虑了空气在地球上空的运动。顾名思义,对地速度最接近我们对速度的传统理解,因此在飞行动态地图上,显示的通常是对地速度。想象一下,在湍急的河流上有两艘船朝着相反的方向行驶。两艘船在河面上的速度(真实速度)是一样的,但它们在河床上或河岸上测到的速度却不一样。逆流而上的船必须对抗水流,因而从河岸上看起来航行得较慢;顺流而下的船有水流的助推,因而从河岸上看起来航行得较快。

假设在空中的相同高度,有两架往相反方向飞行的飞机,一架顺着强烈的高空急流的方向飞,另一架则逆向而行,那么两架飞机的指示空速可能是一样的,因为撞击机翼与空速表的空气分子数量一样,它们对空气的感觉也相同。两架飞机的真实空速也可能相同,因为它们穿过空气的速度一样。然而两架飞机的对地速度可能相差每小时三百英里,因为从地面来看,机外的空气会加快一架飞机的前进速度,拖慢另一架飞机的前进速度。如果顺风足够强劲,喷气式飞机的对地速度甚至可以超过空气静止时的音速,但飞机本身并未以超音速飞行。

对地速度固然和飞行无关,但在飞机开始升空时却非常重要。在起飞阶段,虽然指示空速决定飞机何时可以飞起,但对地速度却决定飞机何时可以冲出跑道。海拔高、气温高的地方空气较稀薄,因此飞机需要更长的跑道或更大的引擎推力,或两者兼具,才能更快地加速,让机翼集结出所需要的空气感。若指示空速同为一百七十节,在海拔高的丹佛[①]或气候炎热的利雅得[②]起飞的飞机,比在与海平面等高的波士顿起飞的飞机在跑道上跑得更快,因而会在飞机可以起飞前就跑完跑道。正因如此,从中东出发的长途航班通常会在空气较凉爽的深夜起飞。

风也会增加飞机起飞或降落的难度。一旦我们离开地面,流动的风会形成自己的参照系。因此,热气球在稳定的微风中飞行时,会觉得周围的空气宁静而美好。从水平方向来看,这时

---

① 丹佛,美国科罗拉多州的首府。
② 利雅得,沙特阿拉伯的首都。

空气

热气球的指示空速为零、真实空速也为零,而对地速度则与风速相等。同样地,飞机飞行时的参照系是流动的风。但从地面上来看,风吹过飞机,就像吹过树木的枝丫或系在地面上的气球一样。

的确,飞机上的空速表无法分辨空速与风速,因为对感测器和机翼而言,两者是一样的。在一个微风吹拂的日子里,当你在机场上迎风滑行时,空速表上的读数会变大,但只要转个弯,逆着风滑行,空速表上的读数又会变小。即使当飞机机轮静止时,空速表也记录得到空速,就像你在刮风天把手伸到停着的车窗外一样。从航空的角度来看,这样停着的飞机其实已经在移动了。

这推翻了一般人认为的顺风必定有利的观点。顺风固然是给飞机的赠礼,但只有在离开跑道时才有利。当风像托起气球那样托起飞机时,飞机在空气中的速度会和空气在地面上的速度叠加。在我们起飞之前,最不希望碰到的就是顺风。如果飞机在风速为十节的顺风中以十节的速度沿着跑道滑行,那么它的空速就是零。显然飞机跑完整条跑道所期待的是逆风。而停着的飞机在风速为十节的逆风中,即使不动,也已经是在起飞了。

飞行员不仅喜欢逆风起飞,也喜欢逆风降落,因为在降落时,顺风会使飞机的对地速度增加,从而加快我们跑完跑道的速度。逆风的好处解释了为什么航空母舰会迎风或加速,这样做是为了寻找有逆风的环境或自行营造有逆风的环境,以满足飞机起降的需求。当然,一般陆地上的跑道能双向使用,许多机场甚至有多条跑道,以应对风向的改变。如果风向明显改变,到达与离开机场的航班会稍微延迟,因为管制员要逆转进出机场的交通流向。你看不见的空气运动就是这样影响你如何抵达一个城市的;当你第一次从天空中来到某座城市时,风之神便是这样决定让你看见何种城市样貌的。

还有一个飞行员必须考虑的速度概念——"马赫数"。这个词在我听来,仍和初次听见时一样具有未来感。马赫数是指飞机的速度——飞机穿过空气的"真实"速度,而非飞机在快速穿越稀薄的空气时所感受到的"指示"速度。它是飞行速度与当地空气中的音速之比,是一种特殊的速度,没有单位。

我第一次学到"音速"这个概念时(应该是在学校),以为音速只对人类有意义,因为人类是通过声音来沟通的,因为音速解释了为什么远方闪电时我们会先看到闪电再听到闪电的声音。但我后来明白了,将飞机的速度与贝多芬的音乐或雷鸣传入我们耳中的速度相提并论,是有原因的。我们对音速的关注也绝非偶然,因为无论是铁、橡胶或木头,都能传播声音(皆比空气传播声音的速度要快)。而我们所说的"声音"其实是一种朝我们传播的波,无论那是歌剧演唱者的声音、淅沥沥的雨声,或是喷气式引擎发出的声音——乔尼·米切尔曾赞美这声音是"狂野忧郁的歌曲"。

一艘船的移动速度若比水离开它的速度还快，就会产生艏（读"shǒu"）波（bow wave），艏波类似于超音速飞机所产生的冲击波[①]。鸟漂浮在水面上时感觉不到接近它的船的艏波，就如同它在飞行时听不到超音速飞机接近它的声音一样。压力积聚后会在空中形成瓶颈，这就是我们在地面上听到的音爆（sonic boom）。我们飞行时注意马赫数，是希望不要超过音速的限制，因为音速是我们赖以为生的空气的重要特质。

自协和式飞机退役后，现在的民航飞机的飞行速度都在一马赫以下（一马赫等于一倍音速）。但在高亚音速下飞行的飞机，机翼顶部的空速可能会达到甚至超过一马赫。这会导致飞机在超过音速前就形成冲击波，进而使得飞机周围的压力分布不均。民航飞机为了不打破空气动力学设计的限制，其巡航速度通常在零点七八至零点八六马赫之间。波音747的巡航速度通常是零点八五马赫，也就是音速的百分之八十五，读作"点八五""八五马赫"或"八五"。如果我们快要追上前方的飞机了，管制员可能会说我们快要和一架飞得较慢的喷气式飞机追尾了，要求我们"减速到八四"。

波音747飞行速度很慢时，不会显示马赫数。但当飞行速度加快到一定程度时，就会进入飞行员所说的"马赫范围"——这是迄今为止衡量速度最重要的标准。当飞机在爬升过程中加

[①] 冲击波，指任何波源的运动速度超过其传播速度时的状态。

速到马赫范围内时,马赫数会自动出现在飞机的屏幕上,取代飞机在低空以较慢的速度飞行时显示的对地速度。当我们在下降过程中减速到马赫范围外时,屏幕上的马赫数又会变回空速。管制员在设法隔开减速到马赫范围外的飞机时,必须给出两种不同的速度,以便让飞行员能够以高低不同的两种速度飞行。"从八二马赫开始下降,"管制员可能会说,"然后以两百七十五节的速度飞行。"

从流体力学来看,马赫数一个更有趣的特质是,它会流动。音速会随着气温的变化而变化,因此就像高度或指示空速一样,相同的马赫数在不同的时间和地点可能代表的速度也不同。这种变动不仅无损马赫数的价值,反而更显它的重要性。以固定的马赫数飞行的飞机,在周围空气较冷时移动得较慢,在周围空气较暖时移动得较快。但在马赫数不变的情况下,空气动力学条件将会保持不变。换言之,声音是会流动的,而我们在天空的更高处的旅行也会受到声音的流动的影响,一如我们对音乐的想法一样多变。

水

Water

我搭上天蓝色的波音747，坐在左边靠窗的座位，准备前往比利时的亲戚家度过夏天，但在此之前，我要先飞到阿姆斯特丹，和一个家族世交住几天。这时的我十四岁，第一次在没有父母的陪伴下，自己搭飞机。

我把这位家族世交视为我最年长的朋友，原因有二。我从小就没把她当成真正的大人，认为她不仅是父母的同辈，也是我的知音。但她对我的重要程度不仅于此。因为她，我父母结识了彼此。她在新英格兰出生长大，二十世纪六十年代末随丈夫前往巴西萨尔瓦多市研究当地的贫穷问题时，认识了我父亲。那时，我父亲已考虑前往美国，甚至有在美国落地生根的打算，是这对夫妇帮助他下定的决心。可能是因为他俩是我父亲仅熟识的两个美国人，所以父亲离开巴西之后，就去了他们所在的波士顿。有一回，父亲在波士顿的罗克斯伯里街区演讲，分享他在巴西的工作情况时，遇见了我母亲，那是马丁·路德·金遇刺后的周末。

过了约二十个年头，我这位忘年之交移居荷兰，于是我独自飞往这个国家。前一天晚上，父母已开车载我从马萨诸塞州到了纽约的肯尼迪机场。出发前，他们帮我在车道上拍了张照片。照片里，我站在我家的绿色丰田汽车前，手里抓着护照；而此

长空飞渡

刻飞机开始降落,我又在背包里摸索着护照。再过半小时就要抵达阿姆斯特丹了,这位朋友会在史基浦机场停好车,在入境大厅等我;她知道这是我初次独自搭飞机。

我一边眺望着窗外,一边听着我的新随身听,这是我头一回在飞机上听音乐。多年后,一边听音乐一边盘旋在大地上空,成了我每次飞行最宝贵的时刻,尤其是在飞机起降之时。后来,我还学会了利用暂停或倒带功能,将地面上生机盎然的树木的大小与剩余的飞行时间相匹配,以确保在正确的时间播放相对应的歌曲,或刚好在机轮碰触跑道时播放完所有歌曲(这是我最希望出现的情况)。

那天早晨,我有幸坐到了靠窗座位,并一路有音乐相伴,只可惜天候不佳。约一小时前旭日初露时,远在旭日下方的世界还晴朗无云;而此时飞机却被密密实实的云层包围着,不见其蓝色踪影。舷窗外既看不见天空,也看不见大地,没有任何景物能表明飞机即将完成新、旧阿姆斯特丹之间的飞行[①],或告诉我关于目的地的任何信息。只有飞机在薄雾中发出的声音以及偶尔轻微的身体震动提醒我,我一夜的栖身之处正移动着。

飞机先是划破高空的云层,然后进入其中,云层的顶端是一片无瑕的白。然而此时我们却在越渐深暗的灰色中滑翔,这一天才刚开始就呼应着飞机不断下降的高度而变了样。我想起一

---

① 新阿姆斯特丹是 17 世纪荷兰人在曼哈顿岛南边建立的殖民地,1664 年改名为纽约。——译者注

水

位科学老师曾告诉过我，云和我们想象的不一样。云不是气态水，气态水是看不见的。云是由冰晶或液态小水珠构成的。水蒸气会从一杯茶中冉冉升起，但我们看不见，唯有冷却成液态小水珠，我们才能看见，就像厨房中的水汽云。

不知在多远的下方，有一艘船出现。我眨眨眼，不明白这艘船为何看起来像径直朝着舷窗驶来，似在穿云而上。过了一会儿我才明白，船之所以会这样，是因为这架波音747正在我看不见的海面上，以陡峭的角度倾斜转弯。不多久，云又变厚了，那艘船消失在我的视线中。飞机不断下降，来到白浪滔滔的灰色海洋上。我看见了我们方才置身其中的云海与下方海洋相接的线条，这是荷兰的海岸线。在任何时代，我们都可以从云层之上或在云层之中，飞越任何地方。但在云层之下的这一天，在这个国家的上空，我发现我所搭乘的飞机，只不过是从世界各地远渡重洋，来到荷兰的众多船只之一。

渴望成为飞行员的人或许没有料到，在飞行过程中会如此近距离地接近水。我们以为，水和空气是不同的概念，其间的差异就和地平线一样简单明了。然而飞行员见过的水比任何水手见过的都多。地球表面约百分之七十是海洋，长途飞行员飞越的大地有不少被冰雪覆盖着，这个世界任何时候都约有三分之二被云遮蔽。因此，在飞机上看不到水的时刻少之又少。

瑞典哥特堡附近，层层雾气笼罩着灰扑扑的海面。清晨的云萦绕着苏格兰的山丘,一路延伸到翻腾的大海。亚热带巴哈马的海水,在蓝色的边界中倒映着虹彩的光芒。大部分的北极大地藏在无所不包的冰雪底下,与密实的云或冰封的海几乎融为一体。飞行员在空中穿越的漫长距离和时光里,目之所及尽为水,甚至在整趟旅程中都与水为伍。

在地面上,只有水能在自然状态下呈现出固、液、气三态,并形成科学家所说的"水圈"(hydrosphere)。在天空中,水圈环绕的世界如轮子般不知疲倦地转动,形成了一个最基本的循环。鲁米[①]曾写诗云:"愿你的太阳照到我的雨滴,你的热让我的灵魂如云般腾起。"水分子会和你一样在空中逗留,平均而言,它们的这段空中假期可能是九天。

当飞行员最好的理由之一就是,有机会脱离被云层笼罩的世界。若你来自寒冷灰暗的地方,这一点格外诱人,因为你知道你工作时几乎天天见得到阳光。我若在即将启程飞行的早上看见阴天,感受也会与平日不同,因为不久之后我就会到云的另一边,届时云只是我脚下的背景,只是区区一张遮住了更明亮的世界的幕帘。在每一个灰暗的冬日天空,被云雾笼罩的城市都会在太阳的炙烤中翻滚、上升、位移甚至消亡。那是个光明的世界,水能随心所欲地变换形态,我们在飞机上的绝大多数时光便是在这个无拘无束的世界中穿行。

[①] 鲁米(Rumi),13世纪波斯诗人,在波斯文学史上享有极高的声誉。

森林或草地可反射约百分之二十的光，而有些云则可反射百分之九十的光。一般来说，唯有当飞机下的世界从清晰可见的大地变成云，或飞机下降到阳光刺眼的云顶，或飞机到了巡航高度却仍在云中（这种情况很少见）时，我才会拉起周围所有的遮阳板，以防从大窗户射进来的明亮光线引发头痛。在那些情况下，大窗户和日光灯表面的毛玻璃一样单调，只有亮晃晃的白。或者我会戴上太阳镜，抵挡那令人无法逼视的壮阔的天水。在天空中，太阳镜或许改称为"云眼镜"更恰当。

沙漠鲜少有云遮盖，因此在长途航班上能看见的地貌大多是沙漠，这往往会让人误以为地球十分干燥，即使实情不然。然后，一座城市出现在沙漠中，在这座城市的附近往往会有水域，例如湖泊、水坝、河流，周围还有起起伏伏的绿色植被；水如血液般神圣，在干涸的大地上蜿蜒。当我们在底格里斯河[①]、恒河和密西西比河这些生命之河的上空盘旋时，会看到余晖洒在这些河流上，像闪闪发亮的缎带。文明在河岸上闪烁，犹如即将出现在夜空的星星。巴格达[②]、瓦拉纳西[③]、孟菲斯[④]都是傍水而生的文明，也是水散播的光芒。

DC-3 飞机[⑤]可以说是上一代的波音 747。飞行员在这种飞

---

① 底格里斯河，中东著名河流。
② 巴格达，伊拉克首都，跨底格里斯河两岸。
③ 瓦拉纳西，印度著名历史古城，坐落在恒河中游。
④ 孟菲斯，美国田纳西州最大的城市，密西西比河河港。
⑤ DC-3 飞机，1935 年问世的双螺旋桨飞机。

机的驾驶舱里偶尔得穿雨衣雨鞋,因为它们飞得很低,窗户又会漏水。现今飞机的飞行高度已能摆脱低矮世界的天气的影响,因此通常比早期飞机的飞行平稳顺畅得多。大部分时候,天气雷达会扫描前方的航路,雷达的射线能穿透云层,并"送回"一幅降水分布图——这里的降水指较大的水珠——然后和航路显示在同一个电脑屏幕上。一场从地面升起的暴风雨在屏幕上会呈现出层层堆叠、分层设色的池子的形状,每层颜色代表着不同的风暴严重程度,从里到外依次是:红色、琥珀色、绿色;并且暴风雨的水平剖面图会直接显示在航路的明晰线条与信标符号上。

我们在飞行时会远远绕过暴风雨,但纵使距离遥远,夜间的闪电仍会照亮驾驶舱。这时可转动"暴风雨"旋钮,这么一来,驾驶舱内的灯光会自动达到最高亮度,从而使远方射过来的夜间闪电不再让人目眩。我常飞的航路地图多以水的存在与否来区分,例如阴云密布的欧洲上空、黄昏时晴朗辽阔的撒哈拉沙漠上空、暴风骤雨的西非上空。

在阳光下,从云间倾泻而下的雨看起来和太阳光束差不多。在驾驶舱内,不时可以看到暴风雨来袭,云层形成、上升或消失;也可以透过云层看到刚形成的雨降落在海面上;还可以在飞过冰川的尽头时看到古老的雪玻璃在阳光下碎裂,滚入湛蓝的北国海洋中。当我俯视着大海时,常会发现海面上有白色的条纹,却分辨不出那些条纹是风劈碎的来自深海底下的海浪,还是冰云。

无论纬度为何，海洋上的云通常比陆地上的多。但即使在海洋上空，浓密的云层也可能忽然消失。当我们穿越辽阔的云之国度来到它的边缘时，就能在地球的蓝色明镜间徜徉。阳光透过空气分子散射，掉落在海中，在水分子间翻滚，形成了特殊的蓝。这蓝既属于上方的天空，也属于下方的海洋；既自由，也令人沉思；这蓝是"狂野的蓝""深邃的蓝""揪心的蓝"。从我们在天空中航行的飞机上来看，海的蓝和天的蓝天衣无缝地交会在一起，若没有地平线，实在难以分辨何者是水，何者为天。

美国诗人弗洛斯特（Robert Frost）年少时曾去过北卡罗来纳州的海岸，大约在莱特兄弟在那里[①]试飞成功前十年。后来，弗洛斯特在《基蒂霍克》（*Kitty Hawk*）一诗中，提到了在北卡罗来纳州的海岸度过的时光，以及从那里展开的飞行：

……那一夜，我偷偷
溜到无边无际的

[①] 莱特兄弟于1903年12月17日在位于北卡罗来纳州的基蒂霍克镇以南6千米的屠魔岭镇完成了人类的第一次飞行。那时屠魔岭镇还不存在，所以其附近的基蒂霍克镇因莱特兄弟而闻名。如今屠魔岭镇是莱特兄弟国家纪念馆所在地。——审校注

长空飞渡

> 海滩，整个
> 大西洋的海浪都在拍击着它……
>
> 我们已飞越了
> 无垠之境
> 如同以往
> 把无垠纳入我们的掌握……

有什么地方比海滩更适合展开飞行呢？海岸如同跑道、大海恰似苍穹，而飞机在水面上放下机轮，从开阔的水面上降落到坚实的地面上，皆是为了回归陆地。

我们忘了"好船棒棒糖号"①其实是一架飞机的名字。因此，当飞机用的电从由机场供应变成由飞机本身供应时，老一辈的机长可能会说，我们已切换到"船上电力"（ship's power）。飞行时，我们会说"本船位置"（own-ship positions）。机长仍和船长一样被称为"skipper"，甚至直接被简称为"Skip"，例如"Hey, Skip"。身为副驾驶的我，职称和船上的大副（first officer）一样。空服员中也有和在船上一样的"purser"（事务长）。我们称飞机或船的前部为"forward"，后部为"aft"；机舱和船舱都是"cabin"，厨房皆称为"galley"，船只舱壁与飞

---

① "好船棒棒糖号"（Good Ship Lollipop）也是一首歌曲的名字，该曲是美国知名童星秀兰·邓波儿（Shirley Temple）在电影《亮眼睛》（*Bright Eyes*）里演唱的歌曲。

机隔板统称为"bulkhead",货舱同为"hold",船的横舵柄与飞机的操纵杆均是"yoke";此外,"舱单"①(manifest)、"顶风转向"(tacking)、"舱口围板"(coaming)都是飞机和船上的共用词汇,而飞机配平与船舶调整吃水线都用"trim"。我们在计算飞机数量时会用"hull"(船体)作为单位。如果某个同事不确定我是仍在开空客A320,还是已换到波音747,会问我现在在哪个"机队"(fleet,亦为"船队"之意)效力。我们在地面上低速前进时,会用"转弯手轮"(tiller,亦为"舵柄"之意)让飞机转向,它很小,参观驾驶舱的人未必会注意到它。飞机上还有"方向舵"(rudder,亦为"船舵"之意)。

飞机用来装设天线或排水管的突出部分,叫作"杆"(mast,亦为"桅杆"之意)。测量指示空速的探针叫"皮托管"(Pitot tube),发明者是十八世纪的水利工程师亨利·皮托(Henri Pitot)。他研究过罗马渡槽、测量过塞纳河流速,但肯定没料到他的心血结晶,日后会飞过巴黎与世界各地的天空。"pilot"原本是指领航船只的人。典型的飞行员制服也沿用了海军的传统,其设计是由海军飞行员胡安·特里普(Juan Trippe)选定的。特里普创办了泛美航空公司,并把自己的水上飞机称为"Clipper"(有"快速帆船"之意)。波音747主设计师的目标是:他设计的飞机要有大型轮船的宏伟大气,"一次飞行就能征

---

① 指进出境的船舶、飞机、列车、汽车等运输工具的负责人或其代理人向海关递交或传输的纸质或电子载货清单或数据。

服海洋"。早期的管制员在定位地图上的飞机时,用的是制成船形的小砝码。根据航空规定,动力飞机必须给滑翔机让路,就和"轮船必须礼让帆船"一样。

飞航电脑可以设定"正切点"①(abeam point),以告诉我们何时会最靠近某一个地点。"我们在罗安达的正切点。"这句话的意思是,这时飞机与安哥拉首都的机场距离最近,而过了正切点之后,距离会越来越远。有时我发现自己在给司机指路时会使用"正切点"一词,比如我可能会对司机说:"当你在红色谷仓的正切点时,就会看到车道。"

我很喜欢听别人用"鲱鱼骨"或"鲭(读"qīng")鱼"来形容云纹图案,因为这样听起来天空就宛如海洋一般。飞机"左舷"(port)与"右舷"(starboard)的用语也和船的一样。而"posh"(漂亮)这个词,据说出自"左出右归"(port out, starboard home)的传说——以前从英国驶向印度的船只,其左侧船舱因背阴而较受大家的青睐,回程则正好相反。这说法显然只是玩笑话。不过这句话在某些驾驶舱里倒是得到了响应。飞机上的许多系统都是重复的,我们可以通过左右转动旋钮来选择飞机要使用哪一套系统,通常两套系统都要定期使用。我刚开始驾驶波音747时,标准做法是离开伦敦时用左边的系统,回来的时候用右边的系统,即所谓的"左出右归"。这几个传说中的字也清清楚楚地印在飞行手册上。"右归"至少在飞往希思

---

① 指在航空器左侧或右侧,与航空器航迹呈90°角的点。——审校注

水

罗机场时是个不错的规定。因为如果吹西风的话,坐在机舱右边的人能看到伦敦最美的景色。副驾驶就总是坐在机舱右边,俯瞰丘吉尔口中"雄伟的帝国之城",以此作为在等待成为机长的漫长岁月中的一点慰藉。

一名飞行员离开座位时,偶尔会半开玩笑地对另一名飞行员说"You have the conn",意思是船交给你了,现在驾驶"舱"由你掌控。我们在对讲机中回应客舱机组人员时,会用一些比较轻松的词替代"驾驶舱",这些词都具有航海色彩:"我是舰桥[①](bridge)的马克"或者"我是轮机舱[②](engine room)的奈杰尔"。有个开小飞机的朋友告诉我,他今天不打算飞,因为他家附近的山风很大;他说天空会有湍流,风"就像河里流过岩石的水"。我们会把从山上下来的湍流称为"山岳波"(mountain wave)。南北向航班经常会跨越热带辐合区(Intertropical Convergence Zone)——这是一个接近赤道的地带,信风在这里汇聚,上升的潮湿空气会加剧我们必须时时警惕的暴风雨;而我们下方海面上的水手则称这个地带为"赤道无风带"(Doldrums)。

可惜的是,飞行时并未使用"英寻"(fathom)来表示高度。不过,我们仍用"节"来计算速度,飞行途中留下的痕迹称为"尾流"(wake)。我们上飞机时,会先查看厚厚的技

---

① 舰桥,军舰的大脑,是操控军舰和指挥作战的地方。
② 轮机舱,军舰上的引擎室。

术"日志"(log)。如果日志上记录的内容不多,就是"空船"(clean ship)。这些用语都在提醒飞行员,在被蓝色大海分隔的城市间领航船只是一项古老的工作,而水对我们飞行员的影响力,不亚于为提供我们飞行用语的船只。

二〇〇二年九月,我住在牛津郡北边的基德灵顿。那时我已离开咨询公司,正在接受飞行训练,并且训练也已接近尾声。我完成了民航飞行员执照的所有书面和空中考试,只是在最后关头出了点小岔子。

飞行训练分为目视飞行(visual flying)与仪表飞行(instrument flying)。目视飞行是指我们望向窗外,依循地图上的山脉、道路、铁路,或靠记忆,看我们要往何处去。仪表飞行是指靠飞机上的仪表引导,在云中安全飞行。和许多欧洲飞行员一样,我也被送到美国亚利桑那州进行目视飞行训练,那里的天空通常晴朗无云,很适合目视飞行,那里也有足够多的牧场,让英国教官能和在家乡一样,使用灵感可能来自爱尔兰喜剧《神父特德》(*Father Ted*)的教学方式:"操纵杆往前推,牛就变大;往后拉,牛就变小。"我完成目视飞行训练之后就返回了欧洲,这里的天空通常灰蒙蒙的,很适合用仪表飞行。

仪表飞行训练阶段最基本的操作,就是仪表进近(instrument approach)。我们通常会依照地面无线电的指示,朝跑道降低高度,然后在飞机着陆之前改成目视飞行。我们在着陆时会往窗外眺望,就和在没有云的时候一样——前提是要能看到跑道或跑道上的灯。在某个或许是距离地面几百英尺的高度,飞行员必须判断前方的能见度足不足以让我们将仪表飞行改成目视飞行。如果无法判断,例如天空仍阴云密布,或有降雪、大雨、浓雾等,挡住我们看向跑道的视线,这时就要放弃着陆。这就是进近失败(missed approach),这时我们或者复飞(go around)——再试一次,或者进入等待航线(holding pattern)以待天气转佳,或者改降其他地方。

训练时,即使是在西北欧,也无法奢望厚厚的云层底部恰好是着陆的最低高度。为了模拟这种天气,教官得费点功夫,让学员看不到外面的世界。飞行虽然是高科技行业,仍偶尔要采用一些稀奇古怪的土方法。教官会在驾驶舱的学员座位旁,临时安装半透明的隔屏,或要求我们戴上视野限制装置,例如类似遮阳帽的半遮式眼罩。在拉上隔屏或戴上眼罩时,我们只能看到仪表板,完全看不到外面的世界。在某个高度,教官可能会把前面的隔屏移开,让我们的视线足以应对着陆;也可能会让隔屏置于原处,强迫我们重飞一次。在双引擎飞机上,我们放弃着陆并爬升的那一刻,教官还可能会将其中一个引擎的推力降低到怠速状态,模拟引擎失灵的情况,让飞行过程难上加难。

在最后一次仪表飞行考试中,在我接近最低高度、准备降落布里斯托尔机场的跑道之际,考官起身准备移开其中一个隔屏。

因为我恰好可以看到前方的跑道,并且以为他马上就会把隔屏移开,于是我继续下降了一两秒钟。但他没有移开隔屏,而是转过头对我说:"你犯了仪表飞行的大忌。你在没有适当的视觉参考的情况下,在最低高度以下还继续进近。"我大受打击,只得将飞机掉头,回到牛津机场。

隔天,我重考了一次这个部分,这次好多了。我想,终于可以拿到飞行执照了。为了这一天,飞行员不知耗了多少时间进行仪表飞行训练。不过隔天教官又打电话过来说,我要拿执照还有点问题。虽然我已完成了所有考试,但是我飞行日志上的时数还不够。他说:"我们得飞起来,我们得飞到天空中,至少三小时十三分钟。"

"要飞去哪里?"我问。"悉听尊便。"他微笑着对我说。对于有志成为民航飞行员的学员来说,由于课程时间紧迫,学费昂贵,很少能听到这样的话。我起飞的那天各方面条件都十分有利:有飞机,有温暖的夏末午后,还有英格兰南部的万里晴空;没有固定的行程;我甚至获准邀请一个朋友作陪。

我们爬升到蓝天中,往南飞向海岸,沿着英吉利海峡边缘前往伊斯特本、黑斯廷斯、多佛。"你去过坎特伯雷吗?"教官问。"没有。"我答。于是我们向西北方向倾斜飞行,近得能看见地面上的大教堂。午后的热气催生了积云。我们继续往北朝泰晤士河口飞去。飞过泰晤士河口,海洋就在我们的右边,而我们的左边则是泰晤士河,她的上游蜿蜒消失在伦敦的雾气中——

几年后,这会是我在空中再熟悉不过的景色。我们接着又飞越了艾塞克斯与萨福克,然后朝诺福克及可能位于海对岸的荷兰的沼泽地前进。①

几架来自附近军事基地的美国战斗机与我们平行而飞,这就像保时捷在和前轮大、后轮小的古董自行车竞速一样。战斗机速度极快,从我们机旁呼啸而过,不仅凸显出我们的速度有多慢,甚至让我们以为自己在倒退飞行。

回到牛津之后,我看到在午后的阳光下,松软洁白的云海汹涌翻腾,在整个英格兰东南的天空散开,就像蒲公英布满田野,恣意盛开。或许这是我在天空中最愉快的半小时了,我忽左忽右地倾斜飞行,在空气、阳光、大地悄悄留下的云隙间玩耍闪躲。

我试着确认这在云中穿梭的感觉像什么。就视觉效果而言,有点类似科幻电影中穿越小行星带,但比那轻松一点。然而与云朵的这种互动,更像是滑雪下坡时的腾空而起,能快速地左右切换,即使在柔软的雪堆中急转弯,仍感觉像是在往前滑行。我转头看着朋友,她带着笑容,双手竖起大拇指。教官显然也乐在其中。我们降落之后,他说与尚未受正式训练或考试影响的新手飞行员一起飞行,对他来说也是难得的美好体验。

从那天之后,贴近云层飞行所带来的快乐常常令我惊奇。最

---

① 伊斯特本、黑斯廷斯、多佛、坎特伯雷、艾塞克斯、萨福克、诺福克均为英国地名。

长空飞渡

小的云可能不过几十米宽，比我开的小飞机大，但比波音747小。或许大脑设计出了一种功能——为了催人快速穿过危险重重的地方，当人在轻盈的白色云层间跳跃时，能感受到顽皮的超越快感。那物体虽轻盈无比，视觉上却重如群山。

飞进云里的乐趣更大。直接飞入汹涌的云层之中，仿佛它们是虚无的，或者我们自己摆脱了肉体的局限，这对新手飞行员来说是完全不同层次的飞行之乐。我们靠近可能比飞机小或可能比城市大的云；云犹如天空的湖泊，其边缘在白色的岸边翻滚。接着，我们就进入了全白的虚无中——应该说近乎虚无。飞机进入云层中时会颠簸一下，发出短促的隆隆声，仿佛在告诉我们天空环境的变化，也解释了为什么会有云的存在。然后我们飞出云的另一端，世界再度出现在眼前。

我最喜欢蓬松的积云；积云能冲到九重天外，仿佛在空中行走。积云是洛可可式①绘画的常客，也出现在纽约公共图书馆或凡尔赛宫的人造天窗上。纵使是最活泼的积云，看起来亦雍容华贵——当你透过飞机窗户看着云在移动并以几不可察的速度慢慢膨大时，你会更清楚地感受到这一点。在云间移动的感觉有点类似赏鲸，鲸鱼这个巨大慵懒的生物受到稳定的光线的引导，好似住在早已被我们遗忘的时光之流中，察觉不到像人类

---

① 洛可可式，18世纪产生于法国、遍及欧洲的一种艺术形式或艺术风格，具有轻快、精致、细腻、繁复等特点，被广泛应用在建筑、装潢、绘画、文学、雕塑、音乐等艺术领域。

这么小而敏感的物种。

当然，波音747不会一直逗留于顽皮的夏日积云中，让新手飞行员玩个开心。除了起飞与降落的短暂时光，我们多是从上方俯瞰云朵，这时云朵带来的乐趣仿佛令人难忘的故事或笑话，总是在让人意想不到的地方来个大逆转。从巡航高度来看，积云——像孩子们画的连在一起的括号或圆弧——离世界非常近。但就像我们在飞机上看到的烟花一样，积云也离地面很近。

每当我们俯视这些通常在我们头顶之上的云时，便会明白今天"局部地区多云"是从地球的角度而不是天空的角度来看的。我想，我退休后最怀念的，将莫过于这片和家一样熟悉的、平凡的天空，这片总是引人遐想的天空；而世界则位于水做成的这片屋檐下。

白天热气累积时，陆地上空通常会形成云，而开阔的水域上空却不会。开波音747第一年夏天的某个午后，令我至今难忘。那一天，我从伦敦出发，向西飞往纽约。康沃尔郡、德文郡、萨默塞特郡和南威尔士海岸的上空白云朵朵，但这些地方附近的海域却和它们上方的天空一样湛蓝无比。这样一来，云就成了大地被上升的温度所描绘的一幅自画像，也像一把倒置的天空沙漏，计算着下午流逝的时光。这种云景通常在岛屿星罗棋布的海面上形成，仿佛天空打造的群岛。

有时候，积云在远离陆地的海面上方形成，并在湛蓝的海面上投下小小的阴影。海上的积云如草原上独自伫立的孤树一般，不禁让人纳闷：它为何会出现在此呢？理由是，大气不稳。

"contrail"是"condensation trail"的缩写，意为"飞机尾迹"，亦被称为"人造云"。在最繁忙的天空中，飞机尾迹能占天空的百分之五。当飞机飞过云的顶端时，飞机引擎所产生的热气有时会在云上切出一条沟，因此与在晴朗天空中留下一道白色痕迹相反，这时飞机是在白色天空中画出一道晴朗的线条，这种罕见的景象叫作"反飞机尾迹"（anti-contrail）。

有时，我们在驾驶舱可以感觉到一阵忽大忽小的风，把前方飞机留下的白色尾迹吹散了，打乱了它整齐的原貌。这阵风借着自由翻滚的白色曲线，在蓝天上诉说着自己的存在。其他时候，稳定的高空微风会带走飞机尾迹，三两下就把飞机经过的痕迹全带向天空的一个方向，远离我们原本的航路；飘移的飞机尾迹成了飞机制造它的时间标记。在地面上，你可以观察到这种随风飘散的飞机尾迹——当一架飞机飞过高空时，它的尾迹会在你的视线范围内快速掠过任何高处物体，例如电线杆或树枝。

无风时，飞机尾迹会在原处驻留一会儿，因此在忙碌的航路上，偶尔会出现飞机尾迹像竹篱笆一样整齐地排列的情况。在月夜，如果只有一上一下两架发着光的飞机，各自拖着鬼魅般的尾迹飞过，那么其中一架的光点与路线就仿若另一架的倒影，最后双双消失于地平线。

若来到美国西南部、格陵兰岛、伊朗等景色壮丽的地区，或任何我从未见过之处，却发现那里整个儿被云遮住了；或在整个飞行期间，飞机下方的世界都阴云密布，难免会感到失望。然而这种日子也会提醒我们，阴云并不代表封闭，仅仅代表分隔。飞行常客甚至飞行员可能会忘记，要毫不费力地跨越这道界线、飞到更高的天空，是一种全新的体验。我们可以从最阴暗的早晨、最无趣的会议、邮局前排着最长队的人龙，爬升到光明无比的高处。

一方面，如果飞机重量重、爬升慢，或者云上方的界线不分明，那么飞机从白云当中升起时就会像被慢吞吞、懒洋洋的浮力抬起，才得以来到这一高空区域。另一方面，如果飞机爬升速度快，云上方的界线分明，那么飞机在飞往上空时就如同一块游泳浮板，虽然被用力往下按，但一旦放开，它就会冲到表面。云和空气中的扰动与飞机上升有关；飞机冲出云层通常也意味着冲出湍流，进入晴朗而平顺的天空，而天空的晴朗正是源自它的平顺。

飞行员的职业生涯就像每一次在阴天的飞行。刚开始学飞行时，飞行员要懂得避开云，然后学习如何借助仪表从云中穿过，接着再学习如何驾驶大型客机从云上方飞过。我清楚地记得刚开始接受仪表飞行训练时的情况。那是我第一次获准飞进云层，而不是在云层周围滑行或留在地面[①]。那也是我第一次真正和从

[①] 初学飞行时，如果天空中云量大到一定程度，学员就不允许升空。——审校注

长空飞渡

世界各地飞到英格兰东南部天空的大型客机共享无线电频率，那是我第一次呼叫"伦敦管制"。

令人惊讶的是，在世界上空堆叠的云竟然有那么多层，每一层都以各自的色调与光芒展现着自己的个性；我们一层层往上爬升，宛如从雾霭缭绕的大楼里一层层往上爬，每一层都与其他层有着奇妙的差异。较高的云层可能薄得近乎透明，通常能看到它下方的云层。高处薄薄的云层快速移动着，它的形态既能自由变幻，又符合数学规则，犹如在坚实的沙滩上轻扬的沙子，也像车头灯照射下靠近深色路面上方飞舞的雪花。在不同的高度，云层以不同的速度移动——云层是水做成的大块面板，彼此滑过，每一块皆大如天空。

最底下的云层或许就是海洋。海洋也许是由飘浮在云雾之下的冰山的尖角切割而成的。坐在靠窗的座位能看到许多奇景，这些景象感觉既抽象又真实，几乎与我们想象中的无异。

想象一下，在阴天常常被我们遗忘的绝美红色夕阳。有时在黄昏时分，飞机在云层中爬升，从单色调的低矮世界爬升到红光漫天、令人目眩的平滑苍穹。在爬升的过程中，好似世界的色彩开关在关闭后又重新开启；仿佛在天空中，红色本身就是一种云，也是水的另一种形态。

美国画家乔治亚·欧姬芙（Georgia O'Keeffe）害怕飞行，却念念不忘从飞机上看到的云。她用一种宗教信仰般的虔诚描绘过这些云："即使在寻常无奇的情况下飞行，也能看见如此奇妙的美景，如此难以置信的色彩，以至于你以为自己置身梦中。"有段时间我没有飞行，在某个寒冷的十一月黄昏，我冒雨外出采买食物，途中购物袋提手几近断裂，那时我就试着想象在街道上方的云上可能会有一座光之湖，以此来安慰自己。

当我们以正常的视觉速度下降或抵达时，能越来越清楚地看见某个地方的特殊之处，对这个地方的想象空间也会跟着缩小。我们姑且称这种现象为"抵达效应"（the arrival effect），它发生在垂直与水平两个层面。当我们飞抵陆地上方时，世界会在垂直方向上发生变化，因为我们在下降的过程中可以看到越来越多的细节。同时，城市之间的空间在水平方向上也发生着转变。旷野变成农场，农场变成郊区，贯穿郊区的道路则通往城市。垂直与水平方向上的加速变化共同凝聚出的细节，正是从天空来到一座城市的意义。

地差感的发生，是因为我们对自己身处何处的感觉，赶不上飞机的飞行速度。当我们接近一座城市时，若天气如琴酒般澄澈清朗，则可能会暂时掩盖我们的地差感，因为这样我们可以看到窗外逐步发生的变化，但这种变化过程可能会让我们误以为自己能感受和理解它。唯有云开雾散，地方乍现，我们眼前所见的事物才会与自己想象中的事物一致。原本闭着的眼睛，此时可以睁开了。

在初次独自搭乘飞往阿姆斯特丹的那趟航班上，由于那天是阴天，在飞机降落的过程中，我几乎从靠窗座位上看不到什么景色，因而大失所望。然而，好不容易才在窗外现身的荷兰——大海、船只、海滩上被风吹拂的行人、早高峰时通往阿姆斯特丹的湿漉漉小街、绿色的田野、温室的屋顶板——多年后仍萦绕在我的脑海中；若那天是晴天，我或许不会记得那么清楚。我渐渐爱上了云的赠礼：先只露出一点点，经过漫长的一段时间后，才让我们看个分明。

每回我飞到一些热带城市，例如新加坡，总会被那里午后直冲天际的巨大云团包围。我们要先降到这个世界里，飞到水汽柱的周围，之后才能看到城市的摩天大楼或跑道，就好像我们须得先通过云之大门，进入新加坡的云间大道，才能抵达下方的混凝土大都会。

伦敦希思罗机场的周围环境和典型气候，意味着我们在长时间被白色和灰色的云层包围之后，再次回到这个世界第一眼看见的通常是呼唤我们去往世界各地的市中心、城市码头以及崭新的摩天大楼——它们如同寻常的忙碌早晨里在云下等待的巨型桅杆。

我们把这样的航行视为理所当然，毫不稀奇。我们跨越了千山万水，才来到这如白色花岗岩般的云世界的表面。然后我们穿过云层下降，看见整个伦敦像文字密密麻麻的报纸，摊开在地板上。天水抹去了整趟旅程的地理特色。但在飞机破云而出之后，某个城市出现在眼前之际，你就会明白，这不是漫长旅程之后必然会看到的景象，而仿佛是伴随着体育馆周围高高耸立的、发出明亮刺眼的灯光而来的电击声：这里是伦敦。

若从雾气下方的地面来看，低处缭绕的雾气几乎把整个世界都湮灭了。但若从雾气上方的天空来看，雾顶多是覆盖在大地上的一层薄纱，看起来十分低浅，好像地面上的人只要一起身就能从中脱离。

沿跑道测量的能见度称为"跑道视距"（runway visual range），而视程仪（transmissometer）就是用来在跑道旁边测量能见度的。它的两端看起来像两个从地下冒出的潜望镜，旋转着寻找彼此，并紧盯着对方。机场在选址时，是否常起雾乃是一个重要考量，因此视程仪可能在机场兴建前就已架设好了。有个机长告诉我，谣传某个地方准备兴建机场，于是附近的居民就给视程仪罩上一个垃圾袋，制造出那里经常有浓雾的假象，导致远端的工程师以为，这是全世界最不适合兴建机场的地方。

虽然雾常常会导致飞机起降延迟，波及一整天和整个区域的航班，然而同一时间，雾上方的天空却依然一片晴朗。当我们还置身于灿烂的阳光里时，就要为在雾中降落做准备。只有在飞行的最后几秒里，飞机才会下降到滚滚雾浪中，这时世界与跑道全部消失，就好像有人在机头上罩了一块灰布。

有时候，跑道上的雾分布得并不均匀，因此我们要在评估完跑道上不同地点的能见度之后，才能决定是否进近。有一回我

长空飞渡

飞爱丁堡，飞机降落时还阳光灿烂，但是在滑行至跑道三分之一处时却进入了一片白雾之中，再滑行几百米后又是阳光灿烂，这真是令人疑惑不已；这经验和在金门大桥[①]上开车或骑自行车很相似。

不久前，我在起雾的秋日早晨飞抵伦敦。我们准备在南跑道降落，因为那里刚装设了更亮的照明系统。管制员引导我们先飞过希思罗机场，往东飞向伦敦市中心之后再折返，进行最后的进近。当我在机场上空倾斜飞行时，看见雾只遮盖了跑道一部分，宛如碎浪般缓慢地随风移动。那时的跑道一如穿越时光的隧道，从史前沼泽去往未来的太空时代：跑道的一半没入雾中，模糊了下方的灯光；另一半则明亮清晰，欢迎着从空中返航的飞机。

机上还能看到另一种壮丽景致：黎明前被晨雾笼罩的灯光。这灯光并非来自跑道，而是城市。起雾的清晨，雾飘浮在不断蔓延的大地灯光上，时而厚实，时而轻薄。这时的雾就和水面上荡开的涟漪一样，又如在大地上季节性快速移动的冰川[②]；缓缓流动的水或许有着最原始、最神秘的力量。薄雾如失焦的镜头一般影响着我们的视线，即使是最清晰的灯光，它的边缘也会被模糊掉。道路模糊成一条条光带，而成群的房舍在雾中好

[①] 金门大桥，美国境内连接旧金山市区和北部的马林郡的跨海大桥，位于金门海峡之上，是美国旧金山市的主要象征。
[②] 冰川移动的速度很慢，常以厘米/昼夜或千米/年为单位。

似夜间绽放的花朵。整座城市的灯光像被初雪覆盖的小树上挂着的圣诞灯串。

仪表飞行训练结束后,我参加了考试,当我下降到某个高度时,就必须判定能见度是否达到着陆的标准,需不需要飞离跑道。但在装备最精良的飞机上,并且当所飞往的机场的设备也是最好的时,若遇见起雾,还有另一种选择:自动着陆。当我们看不清楚时,这是很好的替代方式。

当我们自动着陆进近、穿越一片灰色的雾时,世界好像变安静了。这一方面是因为我们在驾驶舱很专心,另一方面是起雾常会让人联想到秋天的脚步近了,因而感到宁静。这份宁静不仅仅是一种感觉,而且确有其事。在雾中降落时,因为飞机之间的间距比较大,所以在每个无线电频率上说话的飞行员较少。雾蒙蒙的天空近乎静止,不像高空云层总是用颠簸或湍流提醒我们身处空中。被雾包围的驾驶舱似乎纹风不动,只剩下高度计在转动。起雾,可以让驾驶舱的窗户像被贴着剪裁成合适大小的灰色纸张,也是飞行模拟机把飞行员训练成高手的绝佳机会。的确,我们在模拟机上练习在浓雾中降落的次数,可能比在真飞机上遇到这种情况的次数更多,以至于在现实世界中,即使是雾气最浓的日子,我们也很容易忘记身后并没有拿着写字板坐着的考官。

雾中进近的宁静之所以能让我们感觉回到地面,还有一个乘客不知道的原因:飞机发出的语音提示。飞机发出的最清晰的语音提示是宣布无线电高度计探针记录的高度的声音。无线电高度计会向它的正下方发送无线电波,利用无线电波返回所需的时间来计算高度。当我们越来越靠近地面时,这"呼叫"会提醒我们;而我们离开地面起飞时,却没有这种高度呼叫。

我开空客进近时,听到的第一个语音提示是一个低沉的男声发出的"TWO THOUSAND FIVE HUNDRED"(两千五百英尺)。波音747会在相同的高度用女声先自行报上设备的名号"RADIO ALTIMETER"(无线电高度计),代表无线电高度计已经醒来了,能看见下方的地面了。这番自报家门之后,无线电高度计才会开始正式倒数,那威严的口吻让我想起了宣布火箭发射的声音。报出的高度间隔会越来越小,呼叫的频率会越来越高,这表示着我们越来越靠近地球。接下来就是"ONE THOUSAND"(一千英尺),然后是"FIVE HUNDRED"(五百英尺)、"FIFTY"(五十英尺)、"THIRTY"(三十英尺)、"TWENTY"(二十英尺)……"TEN"(十英尺)。不一会儿,飞机就着陆了。

在无线电高度计倒数的过程中,还有另一个重要的语音提示。在看不见跑道和跑道灯的情况下,我们可下降的最低高度为"决断高度"(decision altitude 或 decision height)。这个垂直方向上的节点非常重要,因此当飞机接近它时,高度计会在驾驶舱宣布"FIFTY ABOVE"。这并非指我们在地面上方五十英尺,而是指在决断高度上方五十英尺。接下来便是"决定呼叫"（decide call）——波音747会响亮而坚定发出"DE-CIDE（决定）"的语音提示，听到这个声音后飞行员就要立刻"DECIDE"是选择降落，还是留在天空。

我初次听到决定呼叫时尚未成为飞行员，而是以乘客的身份坐在驾驶舱，等待飞机降落，那时我还是刚进入商界的社会新人。后来我想，生活中的许多场合也应该先设定好这种呼叫声，例如大学专题研讨室或企业会议室。如今，若我在日常生活中对一些小事举棋不定，自己心烦意乱时，便会模仿波音747独有的腔调对自己咕哝道："Decide！"我有些朋友尽管不是飞行员，但听我说过波音747的决策方式，所以每当我优柔寡断时，也会对我说："Decide！"他们用波音747提示我做决断时的声音提醒我，这让我联想到了，每一次在降落前的那一刻，我都盼望在雾气与混沌中，看见进近灯在前方发光。

自动着陆之后，务必记得解除自动驾驶。若没有解除自动驾驶就离开跑道，飞机会试图让操纵杆回到之前的位置。因为飞机不明白，我们已经决定改变原本的计划了；它只知道务必遵照上一道指令，帮助看不见前方的我们找到跑道，并对准跑道中线。

在浓雾中，滑行比飞行困难得多。在容易起雾的地方，例如冬季的德里，机场会派出小型引导车，车上标示着"follow-me"（跟我来），引导我们离开跑道。这时管制员会下达指示："跟着'follow-me'。"引导车司机通常比要被引导的飞行员动作灵活，常常没多久就消失在前方的雾中。这时，我们可能连滑行道的标志都看不到，更别提其他飞机了，因此会直接让飞机慢慢完全停下来。这么一来，引导车司机很快就会发现波音747没跟上，掉过头来找我们。不久，我们就会看到引导车的头灯在雾中向我们返回，这次我们会拜托司机开慢一点。

从天空来看，水是碎裂的、抽象的，几乎没有边界。一个地方的风向与洋流、潮汐与船只尾流共同打造出了水面波光粼粼的效果，使水面具备不同的反射率和质地，然而我们无法感知其大小，亦无法看出在平静的水面之下有着何种暗流涌动。从高处看，水仿佛金属一般，是诗人玛丽·奥利弗（Mary Oliver）称之为"水之银"的一种稀有金属，阳光照亮的机翼常常像是由这种水之银切割而成的。

从空中可以看到海面上层层如扇贝般的蓝色波纹，那是没有受到任何阻挡的波浪。这波浪在扩散到遥远的海岸之前，不会破碎，而是会穿过宽阔的海面，宛如从舞台流泻而出的音乐或星星散发的光芒，一派自然。下方海面上的波浪多是风吹起的，风仿佛空气的操纵杆，能让空气造出更大的浪。有个科学家曾告诉我，海风会把浪吹得比平时更高，就像气流会抬起飞机机翼的上表面一样。想到海浪与机翼是靠着相似的空气原理被抬起的，我不免会心一笑。云有时仿若条纹状的雾气在天空中穿越，那景象提醒我们，大气层中也有浪。

水

如果你曾在海岸附近徒步旅行或开车过，或许有时你会从茂密的森林或道路的拐弯处冒出，那一刻世界豁然开朗，蓝色的穹窿与浩瀚的大海在你眼前展开，然后在遥远的地平线会合。我想，许多旅人之所以会前往世界上阳光最充足、最陡峭的海岸，正是因为在那里能体验到在蔚蓝的海天之间被风吹拂的感觉。

英国飞行员会经常飞越英吉利海峡，他们每回飞过英吉利海峡上方时，都可能想起休伯特·莱瑟姆（Hubert Latham）。他是第一个尝试飞越英吉利海峡的法国飞行员，并因此成为第一个把飞机降落在海上的人。我曾在晴朗的夏日早晨从欧洲大陆出发前往伦敦，当飞行高度下降时，我看见在英吉利海峡上，一艘航空母舰率领着它的战斗群，朝西南方向驶往大西洋。海上的太阳照亮了每艘舰艇后长长的白色尾波，那是一个国家及其海军力量的象征。我们把窗外的景象指给乘客看，而飞机降落之后，有些乘客也会停下去往他处的脚步，和我们畅聊这些海上舰艇。"蓝水海军"（blue-water navy）一词指的是一个国家的长途远洋船舰，这和部署于某个区域或近海的海军力量不同。无数早晨，当我起飞准备跨海长途飞行时，总喜欢这样想：今天又是一个蓝水之日。

飞机离开港口城市的机场后，若立刻朝海的方向飞行，便会进入海天之间。如果我们的目的地也是沿海城市，那么最后我们又会从海天之间回归陆地。若在飞行高度下降途中，飞机多位于水域上方，空中旅人就会觉得归途的风景特别单一。在陆地上空飞行时，我们眼前的景色是会发生变化的，例如先是原野，然后是道路，接下来是工厂。但飞越海洋时，我们看到的景色则基本不会变。在二十多分钟下降的过程中，海水从一片抽象的蓝变成立体的浪，从风平浪静直接到波浪起伏。

  我的干女儿曾告诉过我，她想要一个地球仪，因为地球仪可以提醒她，地球上的海洋只有一个。我在飞行中若看到不止一处海洋，便会想起她，还有她说的话。我从伦敦飞往洛杉矶时，虽要经过几个海域才能跨越大西洋，但只要一想到目的地旁就是一片更辽阔浩瀚的海洋，就觉得大西洋也没那么大了。偶尔在这样的航程即将结束之际，我们会在太平洋上空短暂地飞行一段时间再折返洛杉矶——那几英里的距离，跟这趟飞行的里程一比，根本算不了什么，顶多算是飞行员的临时起意之举。这片海洋正是这座城市坐落于此的理由，也是我们离开伦敦的理由。落地后，我可能会去海滩，但我清楚地意识到自己正面朝着西边或挂念着西边；而接下来一整天往西的里程，只不过又把我们带回了起点。

  经过往西飞行的漫长一日，当太阳终于西下时，站在靠西的海滩上，你可能会看见一道从太阳直接射向你的光线，在水面上闪闪发光。在飞机驾驶舱或靠窗座位也经常能看到这种景象，这时阳光会跟着你移动，把你和太阳下的地平线相连。我们有时把这称为"太阳反辉"（sun glitter）。但我觉得这更像是一条

水

路,一条把你的眼睛与夕阳相连的光之路,或许称它为"太阳之路""太阳尾波"会更贴切些。

月亮也有"月亮尾波"的现象。最壮美的月亮尾波并非出现在把我们与月亮相连的大海上,而是夜间飞行时某个湖泊星罗棋布的地区,例如加拿大北部。若飞机与月亮下方是坚实的大地,那么月亮尾波根本就不会出现。但若飞机与月亮下方的地面上有湖泊,月亮尾波就会在湖泊中间闪烁着黄白波光,摇曳生姿。月亮尾波随涟漪在水面上荡漾,直抵遥远的湖对岸,届时光与湖将同时没入黑暗中,直到下一个湖泊出现,宛如五线谱上传出铮铮乐音的音符。

在过去,大陆的边缘是旅客休息或改乘另一种交通工具的地方。如今拜长途客机所赐,旅客可能在不知不觉中便跨越了陆地的这道门槛。陆地与水的界线原本造成了物种之间、生态系统之间、国家之间和语言之间的差异,但如今在飞机的影响下,这界线变得无足轻重了。

有时,我会告诉乘客,我们何时会跨越海洋,抵达遥远的彼岸,例如我们何时将在爱尔兰或纽芬兰上空"初见陆地"(make landfall),好像只要我们放眼望去便能看见陆地。然而,这个词不太适用于空中飞行。因为在飞机上,即使飞行员宣布了这一时刻,我们仍要飞过怪石嶙峋的海岸——这海岸是早已没落的帝国边界,宛如新英格兰的古老石墙,墙后早已是荒烟蔓草，杂木丛生；这海岸是我们未经细细思索的旅程中的一道细微裂缝。

我高中时有一年暑假是在日本过的，当时住在金泽市——一座濒临日本海的美丽城市，以金泽城与其附近的兼六园而闻名①。当时，我在当地的一所大学学习日语，并寄宿在一个日本家庭。若那时有人问我未来是否想定居国外，如果想的话要定居哪里。我会回答说："想，我要定居日本。"（后来，当我有机会从开短途客机转成开长途客机时，能飞到日本实现当初的梦想，是我毫不犹豫做出决定的原因之一）。

后来，我奔三的某年初夏——那时我已在商界摸爬滚打了一两年，但尚未成为飞行员——咨询公司的上司听闻我年少时曾待过日本，就把服务日本客户的新项目指派给我，于是我就飞往大阪。从波士顿飞大阪的航班要先经停达拉斯，之字形航路是航空枢纽的逻辑，也是现代空中旅行中最令我印象深刻的有趣特色——原本新英格兰和日本之间的最短航线并不需要飞越得克萨斯州北部的平原，可是飞机却在这里经停了。在从波士顿到达拉斯这段航程的最后半小时里，我一直凝视着窗外，看着飞机即将接近一个比法国还大的州，之后又看见波光粼粼、满是帆船的达拉斯湖。那是我这辈子第一次到得克萨斯州，那

---

① 金泽城、兼六园均为日本金泽市的知名景点。

天早晨看到的种种景色，都让我惊奇不已。

我在巨大的机场里找了间咖啡馆，在那里用笔记本电脑工作了几小时，随后兴奋得像没见过世面似的，第一次登上MD-11——一架大型三引擎客机。上了飞机后，我继续工作，午餐也是在飞机上面吃的。我还和邻座的年长男子聊了会儿天，他说他从二十世纪六十年代就开始在日本做生意了，不久就要退休了。我也和空服员聊了会儿天，问他们会推荐大阪的哪些餐厅。一名飞行员出来和乘客打招呼，我趁机问了他些大阪新机场——关西机场的情况。我告诉他，我喜欢新机场的代码"KIX"。他笑了，说那是座盖在海湾上的人工岛机场。曾做过海军飞行员的他告诉我，那感觉就像降落在一艘豪华的航空母舰上。几分钟后，我们分别回到各自的电脑屏幕前工作。我们各自过着不同的日子，我想。

在我重新打开笔记本电脑之前，先望了望窗外，看见飞机正飞越令人眩晕的多山海岸线。森林与黄褐色的崎岖山顶交错，看不出有人居住。后来飞行员告诉我："这是加利福尼亚州的大苏尔海岸线。我们今天飞行的航路稍微偏南，要飞越整个太平洋。"

像这样飞越一整片大洋的机会并不多见——我们在这趟旅程的某一点与陆地说再见之后，一直等到旅程接近尾声时才再次见到陆地。即使是从美国东海岸通往欧洲的航路，亦即所谓的跨大西洋航路，也泰半是在陆地上空。虽然我们也把从伦敦

长空飞渡

通往西雅图的航路划归跨大西洋航路——从文化角度来看这无可厚非;但是就地理与视觉感受而言,这趟旅程大部分经过的是山石之地:先依次是英格兰岛、赫布里底群岛、冰岛、格陵兰岛;然后是全球第五大岛巴芬岛①,岛上有著名的奥丁山和索尔山;接着是与巴芬岛隔着冰封的、狭窄的弗瑞赫克拉海峡相望的加拿大大陆,这是西北航道的一部分;之后再经过加拿大地盾、落基山脉、喀斯喀特山脉,最后才到达西雅图。这是一趟壮阔的旅程,但几乎没有越过海洋。

在岛屿之间飞越的行程其气候与规模都更让人舒适一些。我曾以乘客身份,从雅典飞越爱琴海,抵达罗得岛州②。途中所经海上岛屿星罗棋布,每当我望向海面,便能看到海浪拍打着陡峭的海岸。希腊群岛宛若被敲碎的加利福尼亚州,跟碎玻璃一样散落在蓝色的大海上。不光是海水,连天空也蓝得不可思议,只是这片蔚蓝会沿着其他海岸线碎裂。不难想见,这些碎片般的海岸是如何造就一段历史、一个国家乃至一个神话的;国家,并非光靠陆地就能构成,还需要边界。我从没看过其他航班上的乘客像这趟航班上的乘客这般如此痴迷于下方的景色。

开普敦位于非洲的西南隅。北半球只有五分之三是水域,但

---

① 巴芬岛,加拿大第一大岛,加拿大北极群岛的组成部分。东隔巴芬湾和戴维斯海峡与格陵兰岛相对。
② 罗得岛州,全名为罗得岛与普罗维登斯庄园州,是美国最小的一个州。

水

是南半球约有五分之四是水域，因此开普敦是名副其实的海岬[①]之城——荷兰语与南非荷兰语称其为"Kaapstad"，科萨语称其为"iKapa"。开普半岛是在地质构造或侵蚀作用下偶然形成的，是有着坎坷历史的地理枢纽，也是基督教世界的尽头。开普半岛提醒人们，最好的地名能从上空俯视时看出来。五个多世纪前，也就是在葡萄牙探险家巴托洛梅乌·迪亚斯（Bartolomeu Dias）沉船遇难前的十二年[②]，他第一次绕过半岛上的好望角，那时他称它为"风暴角"。

经过漫长一夜的飞行，第二天早晨，我吃了些麦片、喝了点咖啡，开始与同事们为降落开普敦做最后的准备。那时的欧洲春意正浓，而开普敦却正值秋天，雾气灰蒙，大风不止。开普敦机场的主要跑道基本上是南北走向的，离城市东边的福尔斯湾海滩不远——但在这样的天气里，没有人会去那儿游泳。那天有来自北边的阵阵强风吹袭，因此管制员让我们先越过机场和城市，继续向南飞过非洲，然后在海上的某个地方掉头往北飞回开普敦。

管制员指示我们下降到很低的高度，通常这代表着他们打算很快就会让我们返回机场。但不知为何，或许是另一架抵达的航班上有乘客身体不适，或许是在跑道上发现了一只动物，我

[①] 海岬（读 jiǎ），又称陆岬，是指深入海中的尖形陆地。
[②] 巴托洛梅乌·迪亚斯于 1500 年 5 月 29 日逝世，据此推算他发现好望角的时间为 1488 年。

们再次接到的指示是继续往南飞。

当飞过好望角时,我们在云隙间短暂地瞥了它一眼。这个在历史上赫赫有名的海岬,在飞航电脑的屏幕上只用一个方块状地形符号来标示,与其他海岬并无不同,甚至连名字都没有。然后,我们来到了海上。前方就是南大洋的前端;再往前看不见的则是狂风吹拂的苍茫冰海,这个纬度被称为"四十度咆哮风带"(Roaring Forties);再过去就是南极洲。好望角虽不在非洲最南端,却比悉尼或圣保罗更接近南极。这次突如其来的漫长绕行,想必把乘客带到了他们从未到过的最南端,也破了我自己的纪录——这一纪录直到我飞到布宜诺斯艾利斯才被改写。

这段航程在狂风的吹拂下有些颠簸。飞机所过之处一会儿倾盆大雨,一会儿又灿烂阳光,如此往复无常。我虽然之前没有这样的飞行经验,却忘记了这其实是我家乡司空见惯的天气状况。如果你在地球上空的任何纬度或经度下降到三千英尺的地方,最可能看到的就是这种景象:波涛汹涌的云海上如排列着艘艘战舰,放眼望去,不见陆地的踪影。

我们近距离经过一艘孤独的货轮,我仔细地打量了一下这艘船,看着它在如房子一样高的大浪中像跷跷板一样倾斜着。终于,我们收到了转弯的指示:先往东,再往东北。最后一次急转弯时,我们锁定了在雨雾中往上钻的无线电信号。我们满怀感激,循着那信号,回到了非洲。

水

我在酒店小睡片刻之后，外面的雨势已歇。在和机组人员共进晚餐前，我有足够的时间开车去好望角逛逛。这是一个地势高的热门景点，在上面能俯瞰大海的美景，因此常会遇见我航班上的乘客，只不过这天天色铅灰，倒是没有碰上一个。我走上灯塔，斜靠在四周的石造瞭望台上，看见雾中的峭壁上有海鸟在嘶鸣，这时的风给我的感觉也完全不同以往。我凝视着下方拍打着海岸的浪涛，以及远处阳光和影子拼出的蓝灰相间的万花筒；此时，下一波雨势已如风滚草般，向陆地逼近。

灯塔旁有一根柱子，上面有许多箭头，箭头的一端是圆环，套在柱子上，另一端指向某个遥远的城市，并标出了那座城市与这里之间的距离。刚降落的飞行员和刚抵达的乘客，可能会有点纳闷地看着这棵"城市之树"，产生一种格外强烈的地差感。其中的一个箭头指向南极洲，而大略与之相对的箭头则指向伦敦。这让我想起了木制船及好望角那早已被人遗忘的"风暴角"别名，好奇这一天稍早之前是否有人站在灯塔旁看见我们的波音747在海角末端与大陆尽头倾斜转弯，或听到饱受风吹的云间传来的引擎轰鸣声。

我父亲一九五八年六月离开的刚果（金），先飞到开罗，在那儿待了九天之后再前往比利时。在比利时完成深造后，他就被派往巴西——这一趟旅程是搭船。

但是在此之前，他先搭了火车。因为在安特卫普只有他一人要搭船,所以航运公司问他介不介意去汉堡搭船,这样船就可以少停一站。他在笔记中写道:"汉堡的港口、河流都笼罩在一月冰冷的雾中,上船的第一晚,雾笛彻夜响个不停。在斜斜穿越大西洋的漫长旅程中,有一晚浪特别大,把餐厅桌上所有的餐具和器皿全扫翻到地上。服务生二话不说,就重新把所有的东西都清理干净并摆好,然后把一罐重重的水压在桌布上,以确保刚整理好的桌面不会被再次掀翻。"

从欧洲飞往巴西的航班,常会在大西洋中部的上空碰到湍流。偶尔在夜里,我会看到下方的海面上某艘孤船的灯光,仿佛误入地平线以下的星子。我在驾驶舱内寻找我正在开的这架波音747的名字。通常飞机会以城市来命名,名字有时会写在一块小匾上。我记得父亲搭的船叫作"圣塔艾琳娜"(Santa Elena),运营商是汉堡南美轮船公司(Hamburg Südamerikanische Dampfschifffahrts-Gesellschaft)。父亲学了一辈子语言,听到这样一个名字,他很高兴。因为这家公司并没有采取当时流行的新式拼写方式,把三个连续的字母"f"去掉。他学过葡萄牙语,曾写道:"葡萄牙语的元音似乎喜欢像德语的辅音一样,紧紧地挨在一起。"

我母亲从美国前往巴黎时,搭乘的是"法国号"轮船——这艘船曾是历史上最长的客轮,由大西洋造船厂制造。这个名字让我不禁想,如果有一天飞机制造厂也能以同样的方式命名该有多好。这样,工程师就可以说"我在西雅图天空码头工作"

或"我在图卢兹的天空制造厂工作"。二十世纪五十年代末，在欧洲和美国之间乘飞机旅行的人数超过了乘船旅行的人数。我母亲一九六四年返回美国就是搭的飞机，那是她第一次坐飞机。

很多人把飞机当成轮船的替代品，这种想法不尽正确。定期客船几乎消失了，然而若把航空业视为一个国家，那将会是全球第十九大经济体[①]。但是，现在的货轮和油轮数量比以往任何时候都多，它们在飞机的护航下，稳步地穿梭于世界各地的城市之间，这表明航海时代的语言和传统并未结束，只是退出了大众的想象。其实船比飞机更能提醒我们，最好将信息科技和全球化视为两种不同的革命，它们只是偶尔会有重合。实物商品的贸易绝不是虚拟的，并且如今海运贸易量与日俱增，远远超过空运贸易量。航空公司的飞行员比任何人都更清楚这一点。

波士顿无论是在历史上还是现在，都是一个港口，一直都相当繁忙。我住在波士顿时，常常会步行去我就职的咨询公司位于港口北区的办公室。几年后，我成了一名飞行员，当我第一次开着波音747朝机场降落时，透过飞机的挡风玻璃首先看到的是有许多游艇穿梭其间的港口，然后才是机场跑道。

那一刻我明白了，波士顿的古老港口在飞向这座城市的现代化飞机的驾驶舱里，以另一种形式存在着。当我们计算飞机在看不见跑道的情况下能下降的最小高度时，我们有时还必须

[①] 这个数字历年不同，据2020年发布的报告，航空业创造的GDP在全球经济中占第十七位。——审校注

长空飞渡

要考虑另一种空中障碍——在机场附近航行的船只的桅杆或其他部件。

今天的云层并不低,我们很早就看到了最高的帆船。当我们低空飞过帆船的正上方时,庞大的波音747会让下面甲板上的人大惊失色,但那时在驾驶舱的我们已看不到下方的船了。船帆也是一种空气动力学装置,是另一种形式的翅膀,或许我们飞过船上方时掀起的风会吹到帆布上;而我们在空气中留下的白色尾迹与那古老的帆船留下的蓝色尾波也相映成趣。木材、金属是我们共同的方言;在这座城市或许有个人正眺望着港湾,看见这机翼飞过猎猎飞扬的船帆上方,这是波士顿自诞生至今很常见的一幕景象。

我曾定期飞伊斯坦布尔。如果机场交通繁忙,管制员就会让我们继续往马尔马拉海①飞。在飞机上,我们可以清楚地看见马尔马拉海上的船只,这些船一动不动,像拜占庭宫殿外等待召见的朝臣。在没有月亮的夜晚,水化身为一面镜子,映照着上方的一片漆黑。我们只能看到散落在船上的灯火,它们既像夜间盛放的花朵,又像夜间在平原上蛰伏的动物的炯亮双眸。

飞机着陆后,我们会去酒店,那是海滨的一座有着黑色玻璃幕墙的摩天大楼。从高楼透过烟熏色的玻璃窗往外望去,这些

---

① 马尔马拉海,土耳其内海。

水

船灯宛若悬挂在天空中，形成了一扇通往博斯普鲁斯海峡[①]的船灯大门。

在许多语言中，"airport"（机场）相当于"air-harbour"（空中港口）。太熟悉英语的人或许无法立刻听出"ports of the air"（空中之港）或凤凰城的"Sky Harbor International airport"（天港国际机场）用了重复修辞——这座机场虽然位于被沙漠包围的内陆城市，但从天空来看，这个名字相当贴切。

北海有许多驶往鹿特丹港的船，和我年少时在飞往阿姆斯特丹的航班上所看到的一样。船像是进入了云端，成为最先映入我眼帘的东西。最能代表荷兰的，莫过于随时有大量船只驶入飞往史基浦机场的飞机机翼下，这些船只诉说着这个国度的特色与方兴未艾的商业。"史基浦"（Schiphol）一词的词源是"Ship-hol"，也和船有关，而我们即将在这低于海平面的天空之港着陆。

位于欧亚大陆另一头、与阿姆斯特丹相隔遥远的新加坡，是斯坦福·莱佛士（Stamford Raffles）爵士为了挑战荷兰帝国的海上霸主地位所创建的城市。（莱佛士出生于牙买加的海上，不知在一七八〇年的牙买加碰上这情况需要填写什么文件。如果有人在飞机上生产，我们得在驾驶舱填一份文件，上面说明孩子出生的格林尼治时间及飞机当时所对应的地球上的大致位

[①] 博斯普鲁斯海峡，一般指伊斯坦布尔海峡，是沟通黑海和马尔马拉海的一条狭窄水道。

置。)每回我落地新加坡，附近水域的航海交通规模之大总令我大开眼界，竟有这么多船在那儿经过与停泊。从空中便能明白地看出莱佛士发现了什么：放眼世界，这里显然是这个星球上最适合用来建贸易站、港口乃至于发展大城市的地方。

当我从上空俯视新加坡时，并不怀疑我之前读到的信息：全球约有四分之一的贸易及比例更高的海运石油，要经过马六甲海峡。而能通过这处闻名遐迩的浅水海峡的最大船只类型也被命名为"马六甲级"（Malaccamax）。有时我飞新加坡的前几天，才刚飞过波斯湾的一个城市。那城市的上空有时大雾弥漫，不易看见下面的水域，使得那儿航向四面八方的油轮看起来似乎在飞行，宛如电影中又大又笨的太空船。当我看见某艘船驶近新加坡时，就会想，或许我曾在别处飞过这艘船的上方；或这架波音747油箱中要用的燃料，没准就在正下方那艘稳稳航行的船上。

在靠近机场的新加坡海峡上，到处都是船，使得你很容易就忘记这是在水上。这景象好像有人在厨房的地板上撒了好几百个火柴盒。你告诉自己，一定是误会了，那么窄的水面上不可能容得下数量那么多的船只。船的上空是诞生时代与之相距甚远的飞机，而飞机此刻已接近航程终点，正在全球最拥挤的水域上空盘旋，准备降落在樟宜机场繁忙的跑道上——这画面与下方忙乱的贸易活动相互呼应着。不知世界上还有哪个城市的历史，能与我们这个时代在空中一瞥的景色如此完美地契合。

水

在新加坡，就和在波士顿、哥本哈根或百慕大一样，我们的驾驶舱程序不仅在用语上和船舶上的一致，而且还能够提醒下方水域的船只高度。返回伦敦的航班可以说是我飞过的最长的航线了，起飞时不可避免地要满载着货物和燃料，并且起飞动力也要设置得比其他航线的更足些，这是因为新加坡附近水域的船只高度较高，飞行员要牢记，船只航行的路线和我们进入天空的起点会交会。

雪和飞机或许算不上好朋友，但比起和机场的关系，算是亲近得多。根据我的经验，雪对飞行的阻碍并非发生在飞行期间，而是发生在地面上——着陆后或起飞前的滑行道上。我有几次在雪势不大的情况下按惯例着陆，却在前往航站楼的途中被迫停了半小时以上，完全无法前行，原因要么是滑行道结冰严重；要么是我们无法分辨跑道与草坪，就像在北极高空中，往往无法看出哪里是结冰的大地的尽头，哪里是结冰的海洋的起点一样。机场是一个多风的开放空间，很难确保跑道和滑行道的清洁，尤其是在降雪停止、强风开始肆虐时。

英国诗人塞缪尔·泰勒·柯尔律治（Samuel Taylor Coleridge）在《古舟子咏》（*Rime of the Ancient Mariner*）中写道：饱受暴风摧残的船被推向南极洲"雾与雪的大地"，那里"与桅杆一样高的冰，从船的旁边漂浮而过"。这种海上浮冰或船上结冰的画面，诉说着最极端的航行经验——我们在水上航行了那么远，连水的形态都改变了。飞行员要了解各种形态的冰，当他们学到"雾凇"（rime）时，可能会想到《古舟子咏》诗名中的"rime"（亦为"韵文"之意）；飞行员还会学到"白霜"（hoar frost）、"活性霜"（active frost，霜正在形成时的状态）及令人畏惧的"明冰"（clear ice）；还会学到"冻毛雨"（freezing drizzle）、"冰珠"（ice pellet）和"冻雾"（freezing fog）。每个词既普通又精准。"霰"（snow pellet）落地后常会弹起，有时会粉碎，但"雪粒"（snow grain）不会。这又让人想起了操场上的游戏："湿雪"（wet snow）可捏成雪球，但是"干雪"（dry snow）一捏，就会分崩离析。

我在凤凰城附近进行目视飞行训练时，正值晚秋初冬。为了充分利用白天，我们在黎明之前就开始进行飞行前的准备。即使凤凰城是以温暖而著称的城市，在寒冷的沙漠夜间，机翼上仍常会结出厚厚的霜。等到旭日东升，阳光照在一侧机翼上，上面的霜旋即融化，几乎和吹风机吹净镜子上的雾气一样快。然后，我们会解开飞机的链子，推着飞机帮它转向，让新一天的阳光洒在另一侧机翼上，去除上面的冰。接下来，我们就可以准备起飞了。

我们有时会在飞行期间遇到冰。我以前开空客时，要看见机翼上何时开始结冰并不难。驾驶舱窗外还装设了一根小小的杆子——我们称之为"捕冰器",它就像煤矿里的金丝雀[①]一样为我们服务着,如果捕冰器上结了冰,便能确定飞机其他地方也结了冰。这个杆状探针能发出微光,因而在夜间也能发挥作用。但我觉得检测机外是否结冰更简单的做法是,用手电筒照一照前方窗户的冰冷气流,看看飞机往前伸出的、专用来观察结冰的侦测器上是否结着冰。在黑暗中,虽然我们视觉上看不出飞机的飞行速度,但飞机宛如一个深海探测器,在我从厚厚的玻璃窗后方凝视着夜色时,发出一束不规则的光,照进难以穿透的巨大水体中。

我初学飞行时,机翼上的除冰或防冰设备令我大开眼界。它诉说着关于机翼、速度与空气的有趣现象。这个设备只装在机翼的前面,也就是机翼前缘。一般来说,所谓的"气流中夹带的过冷水"在飞行时不会积聚在机翼上方,甚至不会碰到机翼上方,好像是不敢轻举妄动,佩服机翼能如此完美地分离空气。唯有落地后,飞机速度变慢,机翼不再是翅膀时,才会在雪中变白。

引擎也有除冰系统。除非天气异常温暖或寒冷,否则任何云——任何"可见水汽",包括雨、雾、雪和云——都会导致结冰。在波音747上,除冰系统通常在飞行时进入自动模式,空

[①] 煤矿里的金丝雀(a canary in a coal mine),英文中的谚语。因为金丝雀极易受有毒气体的侵害,所以在早期的矿井中常用金丝雀来检测一氧化碳和其他有毒气体,以警告矿工危险的到来。

客飞机则需要手动启动该系统。我们每回飞进云层时大概都会开启这个系统，飞出云层时又会关闭这个系统。按下这个系统的按钮就成了一种普通的仪式，就像开车遇到下雨时会打开雨刷一样——这个动作在世界变成白色时做一次，恢复成蓝色时再做一次。

在美国西部高山地区的气象预报中，常会出现"雪线"（snow line 或 snow level）一词，后面会标明海拔高度；这是对天空进行的水平划分，是雪变成雨的海拔高度，而这个术语或概念在高空中格外有意义。山上的雪线如同船侧标示的吃水线，并且会随季节的变化而变动：冬天下降，春天上升。通常当我降落到一个下雪的城市后，会在夜里或次日放晴的早晨步行穿越其间，感受这个城市不同的样貌，这时我会想起，雪与我是一同降落下来的。其他时候，我们在雪中飞行，然后在一座无山的雨中城市降落，这时我们即是穿过了气象预报所说的雪线。对于和我一样喜欢雪的人来说，在寻找可以躲避寒冷冬雨的地方时，想象一下自己上方不远处或许正刮着暴风雪，是一件很愉快的事情。

在夜里，无雪的山会重重黑影相叠，但白雪覆盖的山则会在星月光芒下闪闪发亮，和积云一样生动——幽灵般的锥形山体上静静地盖着神圣的毯子。在有些多山的地区，例如阿富汗和巴基斯坦，我几乎只在夜晚看过那些积雪覆盖的高地上穿插着斑马纹似的黑暗山谷——那里还没有下雪或雪已经融化。即使是平原地区，有白雪覆盖时也会呈现出不同的样貌。每当我想到明尼苏达州时，首先想到的便是那个飞过它的冬夜：在繁星与月光的映衬下，白雪皑皑的城市亮如白昼，仿佛这片土地在这个季节永远不会陷入彻底的黑暗。

大雪和雾一样，会严重影响我们目视前方的能力，尤其是在夜里的时候，这时管制员可能会给我们发布视程仪的能见度报告，并要求我们开启自动着陆。刚开始降落时，飞机的频闪灯会照亮暴风雪，就像镁光灯打在黑暗、拥挤的房间里的脸庞上一样。狂风扬起的雪花与时速几百英里的飞机擦身而过，然而在频闪灯的照耀下，却成了看似不可能的静止画面；这一瞬间，暴风雪的内在生命凝结了。

在随后的下降过程中，朝前的着陆灯可能会打开，然后频闪灯那冻结时间的效果便会消失。雪和打在窗户表面的雨不同，我们不知道雨是从哪里冒出来的，但是雪花在着陆灯的照耀下却是实实在在的，像幽魅一般不断向我们迎面而来，飞过我们的上方。也因此，雪花让我们得以一窥难得一见的飞机的真正速度。毕竟在飞行中，暴风雪是唯一可以让我们感受到时间的物体。暴雪奔驰的速度就像科幻电影中表示快速移动的图像一样——比如，快速移动的星星成了一道划过黑暗的完美白线。

在加拿大上空，有时会看见短期出现的冰路，也就是可供车辆与勇敢的司机通行的结冰水域。冰路通常是直线状的，而眼睛在看了几个小时的杂乱荒野之后，会被这种不自然的直线深深吸引。冰路经常与喷气式飞机在天空中画出的飞机尾迹相呼应，两者都是人造的直线，至少在起风之前是如此。

有一回，在隆冬时节的赫尔辛基，餐厅服务生告诉机长和我，渡轮即使在这样天寒地冻的夜里仍照常行驶。我们两人因都没搭过破冰船，于是冒着刺骨的寒风来到静悄悄的海边，在副极地的黑暗中，登上前往芬兰堡的渡轮——芬兰堡是赫尔辛基这座冰天雪地的港口城市的海防军事要塞。那艘船如城市一般寂静。我们告诉船长，我们是飞行员，他虽不置一词，却示意我们和他一起去舵手室。我们目睹空荡荡的船只在墨黑的水域上破冰而行，不费吹灰之力就把汽车一般大的冰块撞到航道的左右两边。这景象有点类似在积云间飞行，但是比那更颠簸，我们可以清楚地看见尚未蒸发的坚实巨冰被船艏撞到旁边。船长说，沿着已经开辟的路前进，比新开一条路简单很多。

后来，在同年冬天的一个晴朗的日子里，我经过赫尔辛基南部，飞越芬兰湾上空，前往圣彼得堡。在空中看到渡轮开出的冰路，那冰路看上去和在赫尔辛基港口见到的类似，只不过更宽敞。这些破碎的冰路在冰封的海湾上蜿蜒成一道道弧线——那是波罗的海上的大型渡轮留下的。这些路线构成了真实大小的渡轮航线图，其形状与轮廓宛如早年间的海底电报电缆分布图，也像飞机杂志最后几页各城市间的理想路线分布图。

沿着地球北端的大圆航线飞行意味着，即使是在气候相对宜人、冬天不必戴手套的城市间飞行，例如东京与亚特兰大、迪拜与洛杉矶，仍常需飞过遥远的北方上空。大圆航线要经过寒冷地带，这在南半球也不例外，只是在南半球飞大圆航线的民航飞机数量少得多。有一回我在往返于布宜诺斯艾利斯和圣保罗的航班上，看见另一班要飞往澳大利亚的波音747。机长和我都比较熟悉北半球的地理与航路，对南半球的却并非如此，于是我们打赌在炎热的布宜诺斯艾利斯与悉尼之间，所谓的直线航路是否会经过南极洲。答案是，差不多了。

秋冬交替之际，北美洲和亚洲北部的大部分地区都会化为一大片白，许多长途飞行员就是在这白茫茫的大地上空度过了泰半工作时光。对飞行员和乘客来说，在这些寒冷地区的上空所度过的时间——例如在洛杉矶与巴黎之间的固定航班上——是个难得的机会，可用来感受他们永远无法置身其间的温度与地方。坐在温度适宜的机舱，沿着弧形航路飞越白色的陆地与大海，那是一种《白鲸记》（*Moby-Dick*）的作者赫尔曼·梅尔维尔（Herman Melville）所描述的白，不只是白鲸这么白，北极熊、幽灵、传说中的名驹和信天翁"大天使般的巨翼"也都这么白；这样的白使得北极大地像是"无边无际的白色裹尸布"，或是"白色水域的幻影"，把"奇特的幽灵带到了人前"。换言之，这样的白就像云的白，让我不得不拿出太阳镜。

我父亲曾说，在比利时长大的他，光从一个人的腔调就能分辨出对方是否与他来自同一个村庄。当我飞越人口稠密的温带地区时，可轻松地俯瞰地面上各种类型的植被和地形，并想象着：在现代的民族国家与教育系统出现之前，语言曾从一个地方逐渐流传到另一个地方，就和生态系统一样自然演化着。在飞行中，我们将地图上气压相同的点连成的线叫作"等压线"（isobar），风速相当的点连成的线叫作"等风速线"（isotach），磁偏角相同的点连成的线叫作"等磁偏线"（isogon），而"等语线"（isogloss）是指某种语言特征的地理边界——一种文字、腔调、语法特色的自然界线。

当我飞越欧洲或亚洲的人口稠密区时，可能会往下看，问别人这里说的是什么语言；思索当大地绵延转换至他方之际，文字和口音会有何变化。有时答案昭然若揭。例如伦敦管制员把我们移交给他们的苏格兰或爱尔兰同事后，我们就会听出管制员口音的变化。同样的情形也发生于在魁北克与加拿大其他地区之间、美加边境以及美国各地之间飞行时（尤其是从美国北部往南飞时）。但是在遥远的北国之境——那些无人居住或人迹罕至的土地上，那儿的景色并不会让我想起某个地方的口音，因为在这些地方的上空和我们说话的管制员可能并不是当地人。

偶尔会听到一些在一片雪白中只能隐约看见的小地方的信标台或地标的名字。有一回，我飞过西伯利亚上空，看见陆地上有条河已完全冰封。回家后，我查了下这条河的名字，原来是勒拿河（Lena）。据说弗拉基米尔·伊里奇·乌里扬诺夫（Vladimir Ilyich Ulyanov）就是根据这条河的名字取的笔名——列宁（Lenin）。只是，春天在西伯利亚留下的足迹并不令人期待。由于河流南部的冰会先融化，许多河流又是自南向北流，当南部的河水流到北部时，那里的冰还没有融化，因而就会像水坝一样堵住水流。当水流积聚到一定程度之后，就会导致大地出现季节性的泛滥。

气候科学家比谁都需要去观察这些冷水区域，但他们不是靠卫星照片，而是仰赖更专业的卫星成像工具——能区分天上的云和海里的冰的工具。从飞机上往下看，不难明白他们面临的挑战。加拿大拉布拉多沿岸的海域常常到处都是冰块，从飞机的高度看下去，这些冰块又小又多，仿佛受到某种空中力量的牵引，来无影去无踪地聚集在一起，从成像工具中看很像另一种云。唯有仔细观察，才能看出这些地表星云的白色曲线与轮廓并非由云构成，而是由形状不规则的小冰构成，漂浮在海岸边的它们仿佛不比家中掉落的油漆碎屑大，可以直接从你手上冲进厨房的水槽里。

有时，你会看见海面上聚集着大量的冰，中间有一道蓝线。你的视线顺着它前移，以为这道蓝线的尽头一定是一艘闪亮着钢铁光泽的人造船，例如破冰船。但出乎意料的是，这道蓝线的尽头不是一艘船，而是一座巨大的冰山。冰山有很大部分存水面下，因此即使风能吹动海上碎冰向前流动，仍无法带动冰山；于是，冰山会在它后方的蓝色海水中画出一条线或拉出一道冰影。

我曾听许多飞行员说过,放眼世界,他们最喜爱的风景在格陵兰岛,这是长途飞行员在飞向北美洲西部的航班上时常会飞过的地方。从欧洲飞往北美洲西部的航班起飞三四个小时后,便能来到这片壮丽的海岸。在苏格兰和冰岛时还是阴天,飞到格陵兰岛东边附近的陡峭海岸时,云多已消失无踪,天气一片晴朗。

格陵兰岛海岸白雪皑皑的山脉在我们屏幕的地形显示器上,以数码的方式现身并逐渐变大之后,本尊不久便会从海洋中升起,在驾驶舱窗户上出现,宛如从港湾对面靠近的天际线。

这里好似数百个位于海岸的瑞士,而周围的海域要么是净白坚硬的冰,要么是流动的荧光蓝。在这海上的浮冰或开阔的蓝色中,新形成的白色冰山星罗棋布。我喜欢想象下方世界的声音,虽然我们因飞得太高而听不见这些:从流动冰川的边缘崩解的冰山发出的雷鸣般的巨响;新冰山突然倾倒发出的隆隆声;冰川边缘高处突出的融冰簌簌落入海水中如打击乐般的声音——仿佛阳光越强,乐音越重。有些冰山从垂直方向上看,相当壮观,即使从一架巡航的飞机上,也能看出它的高耸;这些冰山光是露在空气中的那一小部分,便足以提醒我们"berg"是"山"的意思。几小时后,我静静坐在加利福尼亚州洒满阳光的酒店房间里敞开窗户的书桌前,悠悠想起在格陵兰岛上空度过的平凡午餐时光。尽管有点难以相信我就这样飞过了格陵兰岛,但我还是查了查相关的词语:"固定冰"(fast ice)、

水

"二年冰"（second-year ice）、"潮裂冰"（tide crack）；"暗冰"（nilas）、"冰底"（ice keel）、"冰间湖"（polynya）；还有伊卢利萨特、乌佩纳维克、图勒这几个格陵兰岛上的聚落。

要看地球上的水循环，最清楚的莫过于从格陵兰岛的上空。有时在晴空下，冰川流过岸边的山，低矮的云在冰川尽头的海水上缭绕，我们只能看见白色源源不绝地流入峡湾，而沿途模糊的线条则是冰之河与云之河的分界。远一点的内陆冰面上有着蓝宝石般的眼睛，那是冰川融化而成的水池，水池的水流入和天空一样颜色的河流中。如果海洋上的天空一样晴朗，我们就会看到冰山穿越蓝色的海洋——那会是冰山的终点，而这景色一望无际。

虽然格陵兰岛是群山环绕的碗状地形，但我们往往几乎看不到岩石的边缘。因为在碗状地形的边缘，理想中应是云雾缭绕的山峰，几乎全被层层白雪覆盖着，积雪甚厚，只能勉强看到些许岩石。群山给我们奉上了一场视觉飨宴：白色遮蔽着白色，雪层层叠叠地堆着，如电流般湛蓝的天空与冰雾缭绕的大海搭配得天衣无缝。常听人说"我们喜欢这个地方的景色""这是我们在全世界最爱的一片陆地"，然而我们飞行员看到的，其实都是水。

相逢

Encounters

那年，我二十五六岁，咨询公司派我出差——还要再过几年，我才当上飞行员。印象中第一次搭飞机，是七岁时全家一起前往比利时。此时的我早已不是那个好奇得瞪大双眼的小男孩了。我带着笔记本电脑、一叠刚印好的名片（双面印着不同语言），还有一个装着这次长途出差行头的服装袋。

我犹豫不决，不知道是否该请求机组人员让我参观驾驶舱。从童年到大学，每次坐飞机，我都会请他们让我进去，出了社会反倒越来越少。一部分原因是同事和我在飞机上常得工作；或我必须把握好时间补充睡眠，因为飞机降落的那天早上就得赶去开会。另一部分原因或许是，我担心对飞机表现得太过热忱会让自己显得不懂人情世故，不够专业。

然而，这次出差对我来说相当特别。我好几个星期前就开始期待这趟旅程了，并在与人合租的波士顿公寓里细细研究过地图。几年后，每回看到从空中拍摄的地球照片，或摆着地球仪的童年卧室的照片，便会想起这趟旅程：我从波士顿出发前往日本，在日本待几个星期再到欧洲，最后回到新英格兰。我整整绕着地球飞了一圈。

管理咨询这一行，最喜欢问应聘者他们不知道答案的问题，以测试他们如何推导出貌似合理的猜测，"加拿大有几棵树"就是这类问题之一。几年后，每当我飞过加拿大北方的森林时，总会花时间来思考这个问题。当年我应聘时，面试官要我估算美国小提琴手的数量。我先算了算在我们学校有多少人拉小提琴，之后再推算全美有多少人拉小提琴。有一次我当面试官，请应聘者估算世界上搭过飞机的人占多少比例。（英美约有百分之八十的民众搭过飞机，但是全球性的统计数字付之阙如。我估计应该低于百分之二十，这恰巧是一九六五年美国搭过飞机的人口比例。）

另一个类似的问题是，人类有史以来有多少人环游过世界？从家乡出发，绕地球一圈又回到家乡，中间不走重复路线，这是一场很浩大的行动。即使是搭机经验丰富的旅人也很少有绕地球一周的，飞行员亦然。

现在，我正搭乘着波音747，进行着环球之旅中漫长的一段：从东京到伦敦。登机前，我藏不住兴奋之情。当我还在东京新宿区的酒店高层房间时，就在这座与众不同的城市里仰望过灯海上方的阴暗天空了。我心里不仅想着东京，还挂念着伦敦；我要在空中飞行十二个小时，横越六千英里，从一个岛国大都会，跨过整个亚洲与欧洲，到另一个岛国大都会。

现在，飞机飞了约五小时。外面的世界近乎一片白。我想，那应该是大地，而不是云吧！只是我不确定。我们在西伯利亚某处的上空。我之前从没到过西伯利亚上空，而其他乘客大部分在睡觉；他们拉下了窗户的遮阳板，遮住了将在降落伦敦几

相逢

小时之后才会结束的白昼。后来空服员从我身边经过,我阖上笔记本电脑,询问能否参观驾驶舱。几分钟后她回来了,微笑说道:"跟我来。"我跟着她上楼。这是我第一次参观波音747的驾驶舱,之前连波音747的楼也没上过。如果那时有人告诉我,过不了几年我就会自己开着波音747往返于东京与伦敦,我怎么也不会相信。

空服员把我介绍给飞行员,他们请我坐下。其中一名副驾驶问起了我的工作,只是我对他的工作更感兴趣。他说起飞越西伯利亚的这一大段路会遇到什么挑战。他指着导航屏幕上方一道红色弧线告诉我,那就是我们的航路。接着他让我看像是从中控台打印出来的收据一样的气象报告,上面列着我们即将飞越的几座俄罗斯城市的温度。光从温度来看,那些城市仿若位于另一个世界。他和我聊到了飞行员生活的酸甜苦辣,例如:对他们来说,在东京过周末再正常不过了;在这样的长途飞行期间及在其前后安排休息面临的挑战;变化多端的光线;等等。机长让我看了看他打印出来的排班表,然后把排班表折叠起来,藏在帽子里;几年后,我沿用了这项传统。从那张纸上的代码和时间来看,他一周后会去开普敦,再过十天之后会飞悉尼。大约二十分钟后,我意识到自己太富热忱了,可能会坏了人家的好意,只好赶紧道谢,离开驾驶舱。

我回到座位,继续做了会儿简报,然后凝望着窗外,打了会儿瞌睡。几小时后,另一名空服员来到我的座位。她说,飞机即将在希思罗机场降落，飞行员邀请我回驾驶舱。我想去吗？她还没问完，我已离开座位。

他们借给我一副耳机。就在我们说话时，一座具体而微的城市在飞航电脑屏幕上方的窗户升起，在海面上稳稳地偏转。我指了指它。"那是哥本哈根，"飞行员微笑地说道，并在空中画了一道斜线，告诉我说，"一旁就是位于丹麦与瑞典之间的厄勒海峡。"我试着记住这海峡的名字，这是伊萨克·迪内森出生和去世的那座城市附近的海峡。副驾驶之所以一眼就认出这是哥本哈根，是因为看见这座城市，就意味着即将抵达他英格兰的故乡。在这驾驶舱里，我头一回将这个世界视作这样一个地方：哥本哈根与伦敦之间的距离仿佛只是事后临时追加的想法，犹如一部描述单日跨越欧亚大陆上空的作品的最后一页；在这里，整个城市都在发光，它的名字和位置在地球上清晰可辨，就像在高速公路上开了很长时间的车后看到的出口标志。

机长指着离荷兰北海岸不远的弗里斯兰群岛给我看。我想起十几岁时很喜欢的一本书，这本书讲述了数百种语言的发展简史，并提供了示范文字。我读了那本书之后，才知道有弗里西亚语这种语言，书中还描述了这种语言与英语之间的密切关系。我听见管制员在跟飞行员说："现在呼叫伦敦。"飞机仿佛像在追踪业已形成的航路上的航路点一样密切追踪着语言的发展，似乎从上空观看或聆听这些是飞机与无线电的唯一目的。很快，一个英国管制员的声音开始引导我们降落。

我过去未曾在降落时坐在驾驶舱里。即使多年后我当上飞行员，仍对那天下午的经历感到惊奇：解除自动驾驶时会突然出现巨大的警笛声。现在我已经明白了，自动驾驶绝不可以在飞行员不知情的状况下解除。驾驶舱还有别的神奇的声响，例如接近跑道时会清楚地报出高度；在英国上空两百英尺、距离地面还有十五秒钟时会说："DECIDE。"

比自动驾驶和这些声音更让我印象深刻的是，刚开始降落的过程。我第一次从驾驶舱里看到了飞机的某种本质的东西，那是我多年前看见那架沙特阿拉伯的飞机停在肯尼迪机场时就开始有所体会的东西。我看见波音747让在我记忆中仍印象深刻的东京朦胧早晨迅速发生了变化，一下子我们就来到了原本在脚下的午后云间；汹涌的云朵先是从我们身边擦过，接着又来到我们的上方，然后伦敦在云底下出现了。从有记忆以来，我就热爱飞行，但在这天之前，我甚至不知道当个飞行员究竟是怎么回事。在这份工作中，光是看见这样的城市景色，就能让一天变得更美好。

四年后，我成了飞行员。我走在洛杉矶机场中，准备以乘客身份飞回伦敦。忽然，我瞥见了那位在从东京起飞的航班上对我相当热心的副驾驶。他特意叫我看的景色，令我永生难忘。我喊住他，向他打招呼，并解释在哪里认识的他。他愣了一会儿，想起了我们之前的相遇。我们聊了片刻，他恭喜我在上次相遇的几年后如愿加入了这一行，跟他成为公司同事。随后他第二次开飞机，带我前往伦敦。

　　三年后，我忘了是在东京的居酒屋外，还是北京或新加坡的咖啡馆里，又见到他，跟他打了声招呼。这时，我刚开始驾驶波音747，而他也还在开波音747。从这个意义上来说，这次的旅程似乎比我们上次相遇时更圆满。我们聊了几分钟，便说了再见。再下一次的相遇又过了几个年头，这回是在圣保罗的巴西烤肉店。我们一起用餐言欢，之后互道珍重，等待某年某月在某个城市再次相逢。

　　和这位同事的联结如此令我难忘，不仅是因为这段友谊始于我在飞机驾驶舱看到的第一次着陆；也因为能和某个人保持联结是一种非常奇特的体验，虽然在外人看来，这根本不算是一种联结。飞行不仅会颠覆我们在某个地方培养出来的时间感与地方感，还会改变我们的社群感。飞行这一行固然能联结起某些人与某些地方，但这份工作的性质却意味着我们很难与人保持联结。友谊之所以弥足珍贵，是因为它的稀缺，毕竟随着时间的推移，随着空间距离的拉大，我们与他人的联结往往会被削弱。

　　常有人问，飞行员到机场后会做些什么？若我们开车上班，要把车停在哪儿？起飞前多久要抵达机场？飞行之前是否要和同事先在某处见面，还是直接在飞机上聚首？

　　我到机场上班时，若接下来的是长途飞行，就会先去托运行李,随后再去一个很大的办公区。办公区是独立的一层楼,位于旅客熟悉的进站与出站的楼层之间。我有时会走楼梯,趁机运动一下,因为接下来有半天得待在驾驶舱里,没什么机会活动身体。这层楼里有电脑终端机、会议室和忙碌的咖啡馆。我会捧着咖啡到电脑终端机前,看一看上一次下班后出了什么新公告,是不是有新程序或新设备出现。举例来说,如果波音747装设了新的电脑系统,那我们会从这些公告中得知飞机在技术层面有何调整,以及在驾驶舱内需要做些什么改变。

我也必须刷身份证,正式登录,以表示我已到机场。通常在长途航班起飞前九十分钟,我就应该到机场了。若我错过报到时间,就会有人打电话过来,确认我没有因车子爆胎而卡在半路上,或因搞错排班表还坐在家中的沙发上喝咖啡。

在报到时间,我会前往指定会议室外的电脑终端机前,和其他飞行员及空服员集合。一般人常以为,机组人员通常是由相对固定的几名飞行员和一组空服员组成;其实不然,至少我的情况不是如此。波音747的空服组和飞行组通常共有十六位成员,有时多达二十位。有时我到会议室前,可能会发现同组的机组人员一个都不认识。我们戴的名牌不是只给乘客看的。

飞行前的简报会包括两大部分。首先,我们会和空服员一起讨论当天的航班行程,而空服员也会告诉我们当天客舱的特殊情形,例如机上有一大群视障乘客或皇室成员。最近我就遇到过几百名警察一起搭飞机去参加慈善义跑的情况。

长空飞渡

我们提供给空服员最重要的信息是飞行时间和是否会碰上湍流及何时可能碰上湍流——这多少取决于气象预报的准确性及高空强风的位置。我们还会谈到航路,以及会不会飞越荒芜的偏远地带(例如西伯利亚、加拿大北部或大西洋中部)或经过某些山脉客舱气压异常时要不要调整我们的程序。我们还会讨论到了目的地之后有哪些需要注意的地方,例如流行疟疾的预防措施。我们还会询问机组人员中有没有人带亲朋好友上飞机。这些和机组人员一起上飞机的亲友被我们亲切地称为"克林贡人"①。尤其重要的是,大家还务必弄清楚飞机的位置——这在大型机场可不是件鸡毛蒜皮的小事。

接下来,我们要讨论飞行手册近期的更动,或具体的安全相关议题。最重要的是要讨论,如果发生紧急情况,驾驶舱内外的机组人员如何以不同的方式来应对。例如若碰上客舱失压,驾驶舱的飞行员和客舱的空服员各自应遵循怎样的程序。这时的飞机会相当忙乱,大家说话时要戴着氧气面罩,飞机底下又是高山,高度无法下降,因此飞行员与空服员沟通起来并不容易。我们会定期在训练中心进行这样的演习,那里有模拟的飞机客舱与驾驶舱;演习完之后,我们会再讨论如何从不同的角度审查相同的技术状况。每一趟飞行前的简报会都是一次温习的机会,毕竟团队才刚组成,而且可能几小时之后就会面临这

---

① 克林贡人(Klingons),原为《星际迷航》的虚构人物,但在此处指"cling-on"的谐音,意为"摆脱不掉的人"。——译者注

种状况。

除了和空服员开会之外，我也要和其他飞行员一起检视飞行技术细节，例如航路、途中靠近的机场是否关闭或暂时出现设施不足的情况；若飞机有任何"可延缓待修故障"这类小问题，我们就必须要查询厚厚的手册。

天气也是其中一个重要主题。开简报会时，我们通常一开始就会展示整条航路的地图，例如飞往日本的北部航路地图就是以北极为中心。要决定这张地图怎么放可能得花点时间，幸好这不会有太大的影响。地图上有许多和天气相关的特殊标示，我们可以姑且称之为"气象符号"。我们会指出高空急流所在的地方，以及可能会出现湍流、暴风雨或结冰的区域，它们的标示看起来像云，但是大小和国家差不多。台风和飓风用一个简单的圆圈加上两条旋转的小尾巴来标示，像飞行手册上代表泵的技术图标——如此比拟可谓精准。地图上还有代表火山的符号，像是一座没有顶的金字塔，四周再撒出几条线，代表喷出的熔岩。一支笔以每秒数百英里的速度在这个世界上画过：这里有湍流，那里可能结冰；飞到这里咖啡可能会溅出来，那里的湍流更严重，不巧那时正好是明天早餐的供应时间；这里有风暴，那里有火山。

接下来，我们要考量目的地与附近机场的天气。即使我已很熟悉专业的航空气象预报了，甚至在家里查看天气时也会查航空气象预报，但飞行时不仅要看航空气象预报，更需仰赖每个飞行员的经验，因为其他飞行员可能比我更清楚目的地特殊的大气现象。举例来说，圣保罗常下大雨，可是气象预报未必会提及这一点。旧金山地面的情况通常与其天空的情况相反，地面上的风往往更强劲，幸好地面强风的威力鲜少和湍流一样。然而，东京的成田机场即使只吹微风，飞机也会相当颠簸。飞行员靠着气象预报和多年累积的经验，理解着世界上各个城市的气象个性，好像各地的气象被拟人化了，变成了我们自然而然了解的同事。

飞行时的燃料消耗量通常比直接计算的结果稍多一些。这可能是因为对风的预测偶尔会失准，或滑行时间较长，或无法在最理想的高度飞行，或机场壅塞导致抵达时间延后。通常飞机上装的燃料会有一定的富余，这是根据该航路上航班的历史燃料消耗量计算得出的。个别飞机可能还会设置"燃料系数"（fuel factor）——每一架飞机依据历史燃料消耗量而定出的富余燃料量，类似高尔夫运动中的让杆数。一旦大家对燃料量达成一致，就会把它输入会议室外的电脑中，并立刻开始给飞机加油。给长途客机加油的过程并不快，并且通常我们上飞机不到半小时就要起飞，所以要早早开始给飞机加油。

在飞行员的职业生涯中，"首度单飞"（first solo）是一个重要里程碑，指的是第一次在没有教官陪同的情况下自己飞行。首度单飞有许多仪式和传统，例如刚完成首度单飞的飞行员，降落之后会被泼一桶水,或把他们的衬衣下摆剪掉。我是在飞行训练课程的初期,在亚利桑那州凤凰城附近完成的首度单飞。

而在后来的目视飞行训练中,我有时是单飞,有时则有教官在旁陪同。在这一阶段的飞行训练即将结束之际,教官指出了一件我之前没有意识到的事。那是一个阳光明媚的下午,当我走向飞机时,他告诉我:"好好享受这最后的单飞时光吧!等你回到英国开始仪表飞行训练,机上都会有一名教官陪同。以后除非是开私人飞机,否则你这辈子都没机会单独开飞机了。"

他说得没错。许多小飞机只要一名飞行员即可飞行,然而大型客机会安排两名飞行员。大型客机所有的设计与操作,都需要两名飞行员在场——机长与副驾驶。机长与副驾驶都是飞行员,飞行期间的工作量也差不多,不过机长还负有管理责任,并被合法赋予最终的权威,是飞机与机组人员的指挥官。机长每一趟飞行前后都需要在许多文件上签字,而且和许多马车的左马驭者一样,总是坐在左边。

管理之外大多数其他任务被严格地分配给"操控驾驶员"(pilot flying,无论是手动驾驶还是自动驾驶),以及"非操控驾驶员"(pilot not flying),后者也称为"监控驾驶员"(pilot monitoring)。机长与副驾驶轮流担任"操控驾驶员"和"监控驾驶员"。大型客机最不讨人喜欢的一个方面就是,它不仅被设计成要由两个飞行员来飞,而且两个飞行员要轮流做本质上不同的工作。

机长必须考量几个因素,来决定在每一段航程中由谁担任操控驾驶员。举例来说,飞行员必须在规定时间内,执行一定次数的飞行与降落,以保持所谓的"新近经历"(recency)。另一项考量则是天气,举例来说,若要在大雾中自动着陆,那么这项任务就不能由身为副驾驶的我来执行。因此,如果我们从伦敦飞到纽约,气象预报说回伦敦的那几天有雾,这时机长可能会说:"飞去交给你?飞回交给我。"去是指去纽约,回是指回伦敦,而要交给我们的是这架波音747的操控驾驶权。长途航班有时会增加一名副驾驶,俗称"the heavy"。机长在飞行前会和两名副驾驶开会,这时可能会问谁负责去程(heavy out)、谁负责回程(heavy home)。在某些长途飞行的去程和回程中,机长可能都不是操控驾驶员,因为两名副驾驶都"需要降落",以维持新近经历。最长的航班会有两名第二副驾驶,这时飞机上总共会有四个飞行员,其中一组睡觉,另一组飞行。

操控驾驶员与监控驾驶员是两位任务不同的飞行员,他们之间的互动与合作很制度化。不仅任务本身如何执行有着固定的做法,连任务执行完毕所用的语言也规定得巨细无遗。比如说,操控驾驶员决定放下起落架时,他不会自己伸手去碰操纵杆,而是会说"放下起落架"(Gear down)。这时监控驾驶员会大声复诵这个指令,以确保所听无误,并开始检查飞机的速度与高度是否适合执行这个指令。确认之后,操控驾驶员才会真正移动操纵杆。这就像跟一个很合得来的人来一趟美国式的公路之旅,其中一人负责开车,另一人负责检查、指引方向、切换音乐或调整温度、递零食和饮料、在旅游指南或智能手机上查找前方镇上有什么好餐厅、打电话给汽车旅馆询问是否还有空房间。

检查清单对飞航安全很重要,其他领域也逐渐认识到这一点,纷纷加以效仿。以医药界为例,检查清单能显著提高从业者对一系列看似简单的重要步骤的遵从性,比如那些可以减少管子插入动静脉之后感染的步骤。不过最让我惊讶的是,大型客机驾驶舱的检查清单的互动性相当严格。

大型客机上所有重要的检查清单都需要两个人配合进行。其中一人念出检查项目,另一人负责回应。操控驾驶员念出要逐项查核的清单,例如"着陆检查单"(landing checklist)。这时监控驾驶员会把清单从放置处拿下来(现在的飞机多改用电子检查清单,但原理差不多),并大声读出清单的标题,接下来念出第一条,例如"减速板"(speedbrake)。然后操控驾驶员开始检查减速板是否启动,检查完回答"启动"(armed)。监控驾驶员确认回答是正确的之后,再检查下一条。等检查清单逐项核完后,监控驾驶员便会宣布"完成着陆检查单"(landing checklist complete),然后再小心地收好检查清单。

分工明确,是团队合作的基础,这会影响我们在驾驶舱的每分每秒。如果担任操控驾驶员的我想起身活动一下,我必须先跟监控驾驶员说"交给你操控"(you have control)——意思是，我不驾驶了，由你来驾驶。只有当监控驾驶员回答"我来操控飞机"（I have the aeroplane 或 I have control）时，我才能解开安全带。

飞行员之间这种制度化的合作（空服员彼此之间，以及空服员与飞行员之间的分工与团队合作，遵循相似的原则），在其他环境中倒是颇为少见。然而，这种亲密的工作氛围，这种高度结构化的分工与团队合作，却发生在原本可能是陌生人的他们之间。我们一起离开地面，聚集成单独的一群人，飞越沉睡的北极或撒哈拉上空，之后又在遥远的异国城市相伴。我们不仅分摊工作，也共享身处异邦的感受。我们可能会一起吃个饭，聊天到深夜。隔天，我们中的一些人可能会相约一起去探索一个新的地区或租辆车去附近的乡间逛逛，也可能会和兴趣相投的同事聚在一块儿。到了晚上或是第二天，我们又一起飞越世界，回到地球的另一端。

我们回到家乡的城市，从行李传送带上拿起行李，微笑着握手，为这趟美好的旅程彼此道谢。我们在地球相隔遥远的两个地方之间往返，一同进行这激动人心的长途旅行。还有什么比这更能让我们彼此相系的呢？但我们很可能此生再也没有机会和对方重逢。

即使有机会再相见，或许已是多年之后了。那时，我们恐怕已不记得曾经何时何处一起飞行过了，或那一两夜我们彻夜聊的到底是些什么了。有时，我能认出别人的脸或名字，却完全

相逢

不记得对方分享的生活细节了,尽管六个月或几年前的某个夜晚,我们彼此诉说过许多关于自己生活的事情——但我应该不是唯一有过这种尴尬经验的人。有时,我遇见某个人,感觉像是素未谋面,但一两天后若一起旅行或用餐,其间听他们提起生活中难忘的事——例如,叔叔的健康问题、另一半开的宠物店、对深海钓鱼的热爱——这时我才赫然想起,原来以前见过他们。我记得他们的故事,却记不住他们的面孔。在我日常的社交生活中,许多事会不断重复,且数量庞杂,再加上记忆力有限,因此这些事情已经被我忘得一干二净了。

有篇科学论文提到,全世界史前人类社群的规模都非常小。读了那篇文章后,我不禁想起了我曾造访过的大都会。那些城市的规模都大得令人咋舌,但靠着飞行,可以把这样的城市轻松地联结在一起。但更令我难以忘怀的是,身为空勤人员的我们在飞机上,无论是相遇还是共事,都需要真诚的心,更需要纯粹的制度化的合作。

航空公司中相遇的面孔构成了一个不断变化的世界,人与人之间的这种相遇可谓短暂,这在外界看来或许令人遗憾。这一点当然非我所乐见,也是我踏进这一行之前始料未及的。不过,我已渐渐学会欣赏其中某些方面。

在这个庞大而无名的社群中,有个意料之外的好处,我不知道如何定义它。这感觉让我联想到了"表面价值"(face value)

这个词。机组人员初次见面时，关于彼此只知道两件事：我们每个人都达到了各自角色的标准，以及差不多是时候出发了。在这种情况下，发自内心的温暖、随和，既是必须之举，也是对别人的回报。这时我们没有理由不对别人最好，于是人与人之间展现出了最单纯的善意。

这一行还有另一个特质，我十几岁当送报生时曾偶尔体验过相同的满足感。在气温低于零摄氏度的下雪早晨送报固然不是件好差事，但看到周遭的世界仍沉睡在梦中而我却已经在工作了时，我的内心会升起一股微微的自豪感。我知道，除非我迟到或是缺席，否则大多数人都不会想起我。我想，发电厂工人或铲雪车司机都会有这种藏在心中的骄傲：正是因为我们清早上工或深夜下班，才让这个世界照常运转。

飞行员和空服员与地勤人员之间也能培养出伙伴情谊，因为他们要扛起让飞机能够起飞或在世界遥远的另一端迎接它的重责大任。在负责办理登机手续和引导乘客登机的工作人员、工程师、空厨人员与清洁人员等诸多地勤角色中，有一个和飞行员的关系最密切。这个角色的名字在各个国家和各个航空公司不尽相同，具体职责也有所区别。他们常被称为"过站经理"（turnaround manager）或"协调员"（coordinator），也有人称其为"调度员"（dispatcher）。但我最常听到的是"红帽子"（redcap），因为这些工作人员常戴着红帽子。

红帽子的职责包括协调飞机的起飞事宜——行李装载、加油、准备餐点、引导乘客登机。他们的工作是让飞机"转向",让重达三百七十吨的飞机尽快转到另一个方向。红帽子在自我介绍及说明他正在处理的问题时,可能会说"我会准时'让你离开'"。

在有些国家,红帽子负责把机组人员这支国际化的队伍和当地的工作人员连接起来——从这角度来看,他们就像古代帝国的龙骑兵①。红帽子远比飞行员更能代表这个全球化时代。许多当地的机场工作人员是不会说英语的,红帽子除了会说英语之外,也会说当地语言(某些国家的当地语言就有两三种)。虽然从某种意义上来说,是电子邮件与电话将整个现代世界联结在了一起,但是降落在芝加哥或阿克拉②的波音747可不是虚拟的。行李货柜必须妥善安排,燃料和干净的毯子也都要备妥……许多人、事、物都要一次性准备就绪,然后站在风雪中或炙人的赤道烈日下等待飞机从天空中出现,停在他们的面前。

红帽子几乎总是在移动:上到登机口,下到停机坪,还要进驾驶舱;短短几分钟内,他们可能就要和飞行员、空服员、总部(数英里甚至数小时之外)、飞机清洁人员及空厨人员都联络一遍。若某个红帽子没有在移动或打电话,我都不确定自己还认不认得出他的工种来。有好几年时间,我都在伦敦与一群

---

① 龙骑兵,西方近代骑兵中的一种,这个兵种在军事史上的标准定义为骑马机动步兵,算是世界历史上第一种快速反应部队。
② 阿克拉,非洲西部的加纳共和国首都。

英国朋友庆祝感恩节（我会趁着当主人的机会，稍微调整一下传统过法，拿掉我从来就不喜欢、也没多少客人会想念的南瓜派）。因为家里只有一个小烤箱，所以很难同时烧烤和加热多道菜肴。有一年特别忙乱，我从拉各斯回来的航班上下来已是夜间，不仅要准备六七道菜，还得拿打火机处理火鸡上没拔干净的毛根。那时我忽然想到，红帽子如果兼职做晚宴策划，一定会生意兴隆，而他们家每年的圣诞晚餐肯定也会安排得有条不紊。

对飞行员和空服员而言，旅途中的一些小细节往往最能将我们紧紧联系在一起。有时候，我会在其他情况下遇见公司的飞行员或空服员，例如旅游时或者他们认识我的某个朋友时。他们明白，我永远不知道自己下个月的哪几天会在家乡，圣诞节会不会在很远的地方过，跨年夜是不是在空中或会在何时何地唱起《友谊天长地久》[1]。或许我们对各个城市的感受都像某个有时间限制的固定任务，我们也有着自己的城市语法——"我下个开普敦在八月"（My next Cape Town is August）、"我下星期有内罗毕"（I've got a Nairobi next week）或"你会不会跟我们一起新加坡"（Are you Singaporing with us）。他们也明白，如果我提到某个城市时用的是旧称，例如把北京称为"Peking"

---

[1]《友谊天长地久》，许多西方国家新年倒数完毕后会唱这首歌。

（现称 Beijing）、孟买称为"Bombay"（现称 Mumbai）、圣彼得堡称为"列宁格勒"（Leningrad），那是因为这些城市在我的排班表和所有公司的内部资料上，都是用三个字母的机场代码来表示的：PEK、BOM、LED。我说到东京时会称其为"成田"（Narita），因为东京成田机场的代码为 NRT，成田机场就位于东京近郊的小镇。我们处在这样一个奇特的世界，在这个世界里，全球许多大城市被标示为它所拥有的机场的代码。

若与飞行员朋友一起开车探索某个没去过的地方，我会戏称对方为"飞行员司机"（其实我们半斤八两），因为我们只有在知道下一个甚至再下一个路标、转弯处或停车处在哪儿及与其大致距离时，才可能放松。这种心态或许来自仪表飞行训练，因为在仪表飞行训练中，我们被要求务必随时从时间与距离两个层面来考虑接下来会发生的事情。也可能是那些对人生、对道路抱持着这种心态的人，更容易成为飞行员。

令人惊讶的是，我工作中其他方面的收获，正是源自周遭不断改变的面孔。我曾与一位年纪较大的机长一同飞行过，在途中某个宁静的时刻，他问我热爱什么。他的意思是，除了所有飞行员都热爱的飞行之外，我还喜欢做些什么。对于我们这群不受传统地理与周末限制的人来说，这是个好问题。在这个广大的世界里，我最喜欢什么？我回答，徒步旅行、游泳，还有堪堪献丑水平的厨艺。

的确，如果你喜欢与人闲聊——在飞越南达科他州或撒马

长空飞渡

尔罕上空的安静片刻里，或在德里的早餐桌旁——那么驾驶舱靠窗座位会让你见识许多地方。坐在驾驶舱里，无论是周围的还是下方的环境都是陌生的；这份工作具有需要我们四处移动、集体行动的特质；加上放眼望去是不断偏转的大地——诸此种种，很容易让人将自己的故事毫不保留地娓娓道出。许多民航飞行员来自军队或与飞行无关的领域。空服员的背景更是五花八门。在我的同事中，有人经历过战争，有人曾从严格控制的空中走廊飞到西柏林，有人跟着在诺森伯兰郡①开乡村酒馆的父亲长大，有人年少时曾在印度的大吉岭遇见过丹增·诺盖②，有人曾在蒙古国安装过移动电话系统，有人曾驾着装满石油的水上飞机穿过暴风雪在加拿大遗世独立的湖边露营。于是我明白了，我的工作以另一种方式，向我展示着这个世界。

　　我的同事人数众多，又来自不同的地方、时代与背景。这不仅给我增加了很多见闻，对飞行专业本身也有帮助——毕竟单个飞行员的经验有限，但他可以从同事的不同视角，来了解航路、机场和天气状况。就个人层面来说，也是如此，比如机组某位成员是某个城市活生生的旅游指南，许多经常飞行的旅客如果知道这一点，去那城市之前就会找这位机组人员咨询一下。我讲的笑话几乎都是从同事那里听来的，这过程宛如文化传播，

---

① 诺森伯兰郡，位于英格兰与苏格兰边界。——译者注
② 丹增·诺盖（Tenzing Norgay），尼泊尔著名的登山家，是首次登顶珠穆朗玛峰的两人之一。

像流行病一样扩散到全世界。

我工作时还会碰到一些小小的善意之举，善心人士是谁往往不得而知，因此他们的行为动机更单纯。比方说，机组人员即使不认识下一个要使用驾驶舱的人，仍常会帮他做好准备，例如把无线电调到适合起飞而不是降落的频率；他们可能会根据预测的太阳移动方向，仔细调好驾驶舱遮阳板的角度，以免下一个使用者进驾驶舱后要花很长时间给驾驶舱降温；他们还可能会清空抵达时最后的高度设定，并将之设定成起飞时的第一个高度。走进空无一人的驾驶舱，面对冰冷的、科技感满满的金属仪表时，看到之前的使用者留下的痕迹，对孤独的夜空飞行来说是一个美好的开端。

这种气氛帮助空勤人员彼此缔下了意想不到的深刻联结，并且这份友谊相当真诚。空勤人员常需在节日期间飞行，或在离家很远的地方过节。曾一同在利雅得过圣诞节，或一同在伊斯坦布尔跨年的空勤人员，很容易就培养出同甘共苦的情谊。有一回我家中有急事，从英国搭飞机返美。我的主管在希思罗机场遇到那趟航班的空服员时，就跟他们说了我为何急着搭机回去。虽然我之前从未见过这群机组人员（之后也没有），但是他们在飞机上对我照顾有加，宛如我最亲密的朋友，因为他们比谁都清楚，在这样的夜晚，我们这一行最缺乏、最需要的是什么。

还有的时候，可能因为暴风雪、飓风或洪水，我们无法飞行，得在某个机场或某个地方待上好几天，因而被迫朝夕共处。我们这个临时组成的团队只得暂时以遥远的酒店为家，而有家归不得的无奈，最能让人紧紧相系。

有一回我原本要从开普敦返家，却碰上冰岛火山爆发，火山灰导致大片欧洲空域关闭。同事和我原本以为在南非待两天就能返家，没想到却苦等了十天，而且是起飞前几小时才得知的消息。在那漫长的十天里，我们苦中作乐，想象着天空中没有飞机的欧洲。我们该怎么才能回家？在那个星期之前，我从未这么清楚地感受到非洲和世界如此之大，因为把我们带到这里的方式突然行不通了。我们天马行空，思考着各种穿越非洲大陆的方法：把波音747留在开普敦机场，然后我们先从开普敦坐火车到开罗；或骑着摩托车沿西非海岸一路北上，再穿着又破又脏的制服、疲惫不堪得像个被流放的人一样在卡萨布兰卡等着回欧洲。我们还玩笑道，不如打电话回伦敦，请求准许我们某个早上飞去桌山看看，或沿着纳米比亚的骷髅海岸往北飞，不然飞越维多利亚瀑布也好。

我和另一名副驾驶很合得来，好几天早上都一起开车去西开普省一些之前从未去过的地方游玩。我们聊飞行，也聊人生；每天下午一起看新闻，当得知欧洲空域仍旧关闭着时，我们俩都会无奈地撇嘴一笑，然后继续讨论明天要去哪里逛。后来，我再也没和他一起搭档飞行过，但还是要感谢遥远的北大西洋那次火山爆发让我在工作中结识了这位密友。若我们再度在波音747的驾驶舱相遇，或某个火山灰弥漫的时刻在某个遥远城市的餐厅聚首，肯定有不少可以话当年的回忆。

我常遇见一些其家族成员和飞行颇有渊源的飞行员，例如有人的父亲是协和式飞机的工程师，有人的叔公曾在第二次世界大战时担任飞行员，有人的祖父曾帮公司某个声名显赫的前辈开过飞机。有的飞行员会和其他飞行员或空服员结为连理，夫妻俩偶尔会在同一趟航班上执勤。我还听说公司有的飞行员是兄弟或姐妹。有时一起飞行的是父子档；最近我就听闻有一位机长的女儿加入了他的机组。

我曾和一位资深机长一起飞行过，他除了飞行日志，还会另外手写一份日记。我问他写些什么，他告诉我，他会把每一趟旅程都记录下来，包括同事的姓名和他们的故事。他说，无论以后是否还会与这些人一起飞行，他都不想完全遗忘他们。这么一来，当他回忆漫长的飞行生涯时，便能想起曾经的那些人、那些事、那些时光。能做到这一点的飞行员为数不多，因此这样的日记实在难能可贵，这是属于我们两个人的记忆，我也因此不会忘记这位资深机长。

我在旅途中从不曾携带过日记本，但在刚当上民航飞行员的头几年里，我保留了一本旧式的布面纸质飞行日志，里面有依照规定写下的飞行记录。在那本厚厚的日志里，我记下了每一趟飞行的日期与时间、机长姓名、飞机注册号、出发与抵达的机场,以及这趟飞行是在白天还是在夜里。

某年年末,我母亲去世前不久,我决定把纸质飞行日志换成电子的。那时圣诞节将至,母亲和我一起在马萨诸塞州的家附近的一间我们都喜欢的咖啡馆里坐了好几个小时,享用着热巧克力。她在读书或看地方报纸,而我则在把过去好几百次手写的飞航信息输入笔记本电脑中。这沉闷的工作使得她每回抬起眼睛,就会同情地对我微笑。如今每当我想起这个画面,心中总是充满着难以承受的怀念。通常我想到某个同事的名字时,就会望向窗外飘落的雪花,试着回想几年前的某个秋夜,和我一起飞罗马、里斯本或索菲亚的机长长什么样子,或在飞行时我们聊了些什么。

飞行员彼此间最坚实的联结,往往不是在工作中而是在受训期间建立的。在许多国家,尤其是美国之外的国家,想成为民航飞行员的人常常要一起住校上课,共度十八个月,他们中有的人之后还可能会加入同一家航空公司。一起上课的同学可能会成为终生好友,因为只有这一两年他们所在的团队成员是固定不变的,而日后他们所在的团队成员会不断变动。

某个抵达香港后的隔天上午,天气十分闷热,我坐在维多利亚港九龙侧的一家可免费上网的咖啡馆里。空勤人员和背包客一样,三两下就能嗅出哪家咖啡馆有网络。有一次,我看见受训时认识的飞行员朋友在社交平台上发的动态:你在飞行学校时，教官不会告诉你，某一天你会做这样的怪事，例如在开罗的中国餐馆待到很晚，就为了听当地乐队糟蹋抒情摇滚。我们都会不时碰到这样的夜晚，于是我就在这条动态的下方留下了表示认同的评论，那时我或许正在北京的一家埃及餐馆里。

我极少会在国外巧遇受训时的同学，除非我们的行程在某个繁忙的目的地重叠。最难得的则是和朋友一起飞行。每次出现这种情况（目前顶多十次吧），我都会在飞行前几个星期就开始兴奋。如果这份工作的缺点是同事不固定，很难陪伴在亲朋好友左右，那么能和朋友一起飞行，怎能不教人嘴角上扬呢？仿佛这份工作与其他工作没什么不同，只不过我们还能欣赏印度洋的日出或格陵兰岛的海岸山脉。有朋友、能飞行，这样的日子夫复何求？

在我的经验里，飞行员在训练过程中多半是两两成对的。在小型飞机里，一名学员在后座观摩另一名学员和教官；而在需要两名飞行员驾驶的大型客机模拟机的飞行训练中，当两名飞行员控制飞机时，"飞行"最平稳，因此得一人负责操控，一人负责监控，教官则在后面指导与纠正。有时训练结束后，我们会观看训练录像，看看自己与另一名飞行员配合的情形，教官则可以趁我们提出问题时对我们予以指点。

我在亚利桑那州开小飞机进行目视飞行训练时，曾和另一名飞行员搭档过，我们因此结为了好友。有时我们各自在自己的飞机里单飞；有时会有教官同行，这时另一个人总是在后座。

一天早上,我们发现两人都排了单飞训练。我们依序滑行,起飞之后又看见了对方,然后两架飞机一前一后从凤凰城往南飞向图森。我们在那儿吃了丰盛的早餐,给飞机加满了油,然后又再度先后起飞。我们往西飞行,彼此相距不远,宛如两条结伴而游的鱼。我们俩竞相飞过卡韦萨普列塔保护区荒凉的黄褐色山景,然后飞往尤马——位于亚利桑那州、加利福尼亚州与墨西哥交界处附近的科罗拉多河上。

我们飞行时,通过无线电聊着下方大地的景色、当晚其他学员即将享用的烤肉大餐或我们之后要一起去看的电影。无线电话是飞机上最先安装的电子设备,但这一刻,它的目的仿佛是充当我们在蓝天下的美好联结,而不是供空中交通管制或气象预报使用。在飞行过程中,我多么希望把这一刻永远铭记于心啊:在初冬的某一天,我和一位新结交的朋友看着彼此驾着飞机飞越沙漠,天南地北地聊着。

后来我驾驶大型客机时,每当无线电频率突然出现某个朋友的声音,我就会想起那一天。排班表把我们带到相同的天空下,但又把我们安排去往不同的地方。偶尔,我会在无线电中听见朋友那趟来自伦敦的航班即将降落纽约的消息,这时我的飞机正从纽约爬升,仿佛是由我们两人在负责维护这两座城市间某种无人察觉的平衡。当有朋友出现在无线电频率上时,我们一般不会聊天,但如果无线电频率不是很忙,我可能会通过这个近乎专属却又最公开的媒介跟朋友打招呼。我几乎看不见他的飞机,也不知他身在何方,连他要飞往何处都不知道。然后我们中有一人会切换频率,不告而别,兀自航向夜空。

我坐在从温哥华飞往伦敦的飞机驾驶舱内。起飞后不久便能看见城市的尽头,山岳拔地而起。下方的山谷中有着一条条细细的光带,好像辽阔平坦的大地被折叠起,灯光从陡峭的山坡上滚落到了裂缝中。即使是这些灯光,也只在越飞越高的飞机下逗留了一会儿,随后便剩下一个似乎空寂无人的世界。苍凉感绵延不绝,贯穿整个夜晚,并穿过针叶林、苔原、格陵兰岛与几处海洋,直到在苏格兰初见陆地。这是最孤独的航路之一。

在大型客机上,飞行员和空服员平常都是通过对讲机来对话的。有一回,一名空服员告诉我们,有个同事再过几个星期就要退休了。于是我们就玩了一个有点被各地的空服员和飞行员玩腻了的游戏:我们通过整架飞机上的十几个对讲机找她,找到后问她要不要到驾驶舱来等飞机在伦敦降落。给乘客供完早餐后,她来了。我那天是第二副驾驶,因此和她坐在其他两名飞行员的后方,这时我们的机翼下方是奇尔特恩丘陵(位于英格兰东南部),山丘上的树篱像古老油画上龟裂的痕迹,抹去了昨天温哥华的暮色以及出发地城市周围冰山上的落日余晖。我问她最近有没有来过驾驶舱等待降落。她说没有,最近没有。她先生原本是波音747的飞行员,几年前退休了,之后她就再也没在驾驶舱里等候过降落。

我问道,她和先生执勤时,有没有机会经常一起出勤。她点点头，微笑说："我们很喜欢开普敦、新加坡、香港。"我想到我们开的这架波音 747 终有一天会退役；也想到她先生，一名已经退休的飞行员；还想到她即将退休，而我有一天也会退休。

我有时会想，我在工作中和那么多同事一起共度过时光，而这团队解散时一如它集结时那样干净利落。许多人在职业生涯画下句点时，或许就喜欢这么爽利的方式。我问她先生会不会想念工作。她回答时别开了视线，望向窗外的英格兰。"喔，会啊，"她说，"他会想念别人。"我又问她的意思是不是，他会想念他在工作的这么多年中遇见的好几百个飞行员，好几千个空服员、地勤人员或乘客的每一个。"喔，他想念大家，想念每一个人。"她笑着眺望着左边的温莎市。这时跑道在我们眼前出现，飞机放下了它巨大的机轮。

我不太认识其他航空公司的飞行员。在无线电上，我与他们也鲜少直接对话，多半只与管制员互动，虽然我们也不认识管制员。

飞行员可能会渐渐认出家乡机场管制员的声音，即使机场很忙碌。我参观过希思罗机场的塔台，那时我很高兴终于能把眼前的面孔与多年来听到的声音匹配起来了——对飞行员来说，那里的声音亲切熟悉，宛如在欢迎我们回家。那感觉就像在返程航班的驾驶舱窗外看了好长一段时间异国景色，直到飞行高度开始下降，又看见伦敦的里士满公园或雷斯伯里水库一样。

但我仍没学会辨别其他机场的管制员以及机场之间的空域管制员的声音。

有时两架飞机同时飞同一条航线，两者只是高度不同，这时它们可能会有半小时左右的时间能看到彼此，之后又会因为速度与风向而分离。我偶尔会从无线电频率上听到一名飞行员对另一名飞行员说，他帮对方拍了照片，然后他们就开始交换邮箱地址。我很喜欢大型客机的照片，但如果是我开的飞机飞过大西洋、纳米比亚或安达曼海的照片，又是完全不同的一回事了，那是另一名仅有一面之缘的飞行员送我的珍贵礼物。我还保留着当初和我一同受训的伙伴帮我拍的照片：我开着小飞机，两人同在亚利桑那州南部的天际翱翔。

附近如果有其他飞机，我们通常会知道。即使看不到，也能在相同的无线电频率上听到。这频率相当好记——123.45，我们常用它来提醒其他飞行员哪儿有湍流，有时也用它来说笑或讨论大家都能看到的奇景，例如彻夜未眠往东航行的飞行员，在飞越黑暗的大西洋时看见的流星雨、极光，或金星与木星的大接近。如果你曾请你的机组人员帮你查询过大选结果或正在进行的比赛分数，他们大概率也会用这个频率告诉你。随着互联网在天空的扩张，这样的请求将只有在网络不那么发达的世界里，才能成为飞行员心中的记忆。

我曾听说，二十世纪七十年代英国税务机关一度把脑筋动到了飞机的无线电上，认为无线电是供娱乐用的，应课以重税。

123.45上有时会播放音乐，甚至可以从里面听到有人引吭高歌，之后揶揄声此起彼落。

在飞往纽约途中，我来到北大西洋上空。在这个飞行阶段，通信仪表板上通常会有四个相互独立的音频流连接到我的耳机：一个是公共频率123.45，一个是为紧急事件（跟比赛得分无关的事情）保留的频率，一个是机长麦克风传来的话音，还有一个是与空服员联络的线路。这使得我耳机里的声音十分嘈杂，得花点时间才能适应。此时，我们正飞行在每日为飞越大西洋上方的东西向航班发布的最佳风向航路的半途中，公共频率通常是安静的。突然，有个飞行员在里面通报前方有湍流，但我们听了之后发现她与我们是在不同高度、不同航线。

突然，又有人用美国腔问，某航空公司的某航班是否在收听这个共用频率。不多久，一个男子用法国腔回答："是，我们在听。"然后，这名美国飞行员解释，他的妻子和女儿正在这位法国飞行员的飞机上。他问法国飞行员，能不能请空服员去她俩的座位，代替他向离他不远的妻女打个招呼。在这个频率上，我们听到的通常多是简化的飞行专用术语、比赛得分和五花八门的玩笑话，其他事情鲜少出现。当然，这片区域的每个人、方圆数百英里空域的所有飞行员，都在听。

这位法国飞行员答应了。几分钟后，公共频率上传来的声音既不是这位法国飞行员的，也不是那位美国飞行员和其他飞行员的，而是那位美国飞行员的妻子的。法国飞行员邀请她来到驾驶舱，并把耳机交给她，告诉她可以和先生说说话。于是，她在她的飞机上和在另一架飞机上的先生说起了话，即使这两架飞机根本看不到彼此。美国飞行员马上带着笑意回话，就像是在对着大西洋大圆航线上的每个人说话。这或许是这位美国飞行员此生唯一一次，让家庭与工作以这种方式在蓝天中的嘈杂电子桥上相遇。

每当我读到某种新软件可以让人与人之间更方便联系的文章时，就会想起科技是如何改变空勤人员的生活并让大家能够以一种令我们的前辈感到惊讶的方式与家人保持联系的。同样，每当我想到飞机可以把现代虚拟科技与旧时实体联系结合起来时，我也很高兴。这里的"实体联系"只是一个比喻，可以指一个人到另一座城市、另一张桌子或他人的怀抱——我们往往热衷于去到另一座城市、另一张桌子或他人的怀抱。

机场是能引发人情绪感受的地方。例如，当我回想母亲来伦敦时，我会想起我们一同去大英博物馆或在格林公园散步的情景，但令我印象最深刻的是，当希思罗机场的行李大厅大门打开时出现她身影的情景。我祖父去世时，父亲先飞去的比利时，当时年仅十几岁的哥哥和我几天后才跟着去。我们两人在肯尼迪机场搭上飞机，踏上一周前浑然不知要展开的旅程。在这趟旅程中我第一次发现，原来有人对我的父亲意义深重，就像父亲在我们心中的地位一样。

长空飞渡

人们会为了许多理由飞行。飞机宛如两座城市的湖泊间的一条狭窄的水道，也是两座相距遥远的城市日常生活百态的激荡集结之所。有时这种现象颇为极端，例如：若碰上举办某研讨会，那么飞机上半数乘客可能是电脑工程师、物理学家或考古学家；或者，飞机上会出现一大群喧闹的学生，这可能是他们第一次搭飞机前往某个遥远的地方；又或者，有一群老人家相约一同飞往威尼斯、温哥华或奥斯陆，去参观世界奇景。某些航线常有皇室成员，某些航线则常有名人、石油公司员工、宗教朝圣者或救援人员。我没料到我的工作能如此清晰地看到这个时代的人口流动，一睹促成人们踏上跨越地球之行的各种强烈动机，无论这动机是否自古以来就存在。

我喜欢飞长途航班的理由之一是，许多乘客似乎和我一样认为这样的旅程意义更重大。在这些航班中，人们旅行的动机通常更强烈，因为长途飞行需要耗费更多的时间，也更为昂贵。即使在航站楼、飞机尚未出发前，也很容易感觉到长途旅行在人们心中的分量之重，无论是兴奋的蜜月新人、刚退休的夫妻，或是经验丰富的商务人士——他们都和飞行员一样，似乎飞行的里程越远，他们坐上座位的动作越慎而重之。

乘客坐飞机的理由有千百种，我认为其中最动人的是移民，这或许是因为我父亲就是从欧洲到美国的移民，而我又从美国移民回到了欧洲。我认为，在大多数航班上，总有个别旅客正前往新的国家生活——或许他是家族中第一个出发的人，或许他是去和已经前去的家人会合。一个家族，历经世代演变，往往会因为移民这样的决定而出现转折，而飞机这个奇特的金属小空间也串起了一个家族在两个地方的历史。

飞行员与乘客的互动频率或许远不如空服员的，但是我们深深地理解，在这趟共同的旅程中，人是多么重要。大型飞机的飞行员最不容易和乘客互动，他们虽能载运更多的乘客，但能见到的乘客却更少。第一次开波音747时，我走进一架空飞机，上楼梯后直入驾驶舱。经过忙碌的四十五分钟，红帽子告诉我们，乘客已经登机完成。她拿着签了名的文件，与我们握手，走出驾驶舱，把门带上。那趟航班上有三百三十名乘客，但我一个都没见到。

不过，凡事总有例外，正如我的同事虽多达数千个，但我还是能和其中一些人建立起弥足珍贵的友谊。飞机在起飞前或降落后，有时会有乘客来参观驾驶舱，而且不光是孩童。如果你对驾驶舱也感兴趣的话，下次不妨询问一下空服员是否可以参观。起飞之前飞行员可能会比较忙，但起飞之后一般都会有时间。经常会有家长给坐在驾驶座上的孩子拍照；如果我让家长坐在驾驶座上并给他们拍照，他们也从来都不会拒绝。

有时我会带客人参观模拟机，这是非飞行员唯一能一睹我的工作核心并体会驾驶舱在飞行时的样子、声音和感受的机会。模拟机的技术极其神奇，能在飞行员与乘客之间缔结出值得回忆的个人联系，那是笔墨难以形容的。空服员可以在飞机上与许多来自不同文化背景的人互动,更常去异国他乡,甚至比飞行员还频繁,毕竟飞行员能去的仅限于他所驾驶的机型能抵达的城市。鲜少有工作像空服员一样,有机会从更广阔的视野一探人类社会。

飞机上偶尔会发生乘客身体不适的状况。负责处理这种状况的是空服员,而不是飞行员。这时,空服员会尽最大的努力去挽救生命。这种情况也会令人想起护士与空服员之间的早期关联[出生于爱荷华州的艾伦·丘奇(Ellen Church),一九三〇年成为航空公司雇用的第一位女性空服员,她是一名注册护士,后来很多护士追随她的脚步成为空服员,直到第二次世界大战爆发,大批护士才被征召到其他地方]。飞行员只是间接参与这种医疗救护——飞快一点、寻求建议,或考虑是否要先转降其他地方。飞行员还可以通过卫星打电话给一个统一管理办公室进行医疗咨询,这里有医生为哪怕是在天涯海角的飞机或船只评估病人状况,这是最不可或缺的虚拟医疗资源。有时,机组人员会从乘客当中寻找医护人员。医生是飞行常客;若我要在长途客机上找医生,从来没有找不到过。

我有个朋友在美国担任客机机长,他曾告诉过我一件他早年飞行的往事。当时谁付钱给他,他就帮谁开小飞机。他常自己一人在三更半夜载运尸体,负责把客死异乡的人送回家乡。因为那时银行总是把个人支票兑换成现金给签支票的人,所以有时候他会载着一具遗体和好几袋现金,独自在夜里飞行。我第

相逢

一次在文件上看见我将要驾驶的飞机上有遗体时，想起了这个故事。客死他乡是一件十分悲哀的事情，这种悲哀也更原始，即使在如今这个落叶得以归根的年代仍然如此。负责这项大事的我们并不知道逝者的姓名或任何详情，或许只有如此才最能象征其与现代世界的联系及分离。

有一回我在驾驶舱正准备起飞，一辆公务车直往飞机速速奔驰而来，车灯不停地闪烁着。司机把一只看似野餐保冰桶的箱子送进了驾驶舱，他告诉我们，里面装着移植要用的人类眼角膜。这和载运遗体一样隐秘，我们不知道捐赠者与受赠者的任何信息，而我们在整个捐赠过程中的角色完全是偶然的。但在这之后，每当我面临器官捐赠的情况时，例如我父母去世时，都会想到那班飞机以及那些眼角膜的受赠者——我会想他们现在在哪里，他们的视力如何了。我记得我们曾小心翼翼地把那个箱子在驾驶舱里绑好，以最快的速度飞到伦敦。

我载过许许多多乘客，偶尔会遇见认识的人。如果有亲友在飞机上，我在广播时就会觉得有点别扭，因为我知道客舱里有个人会觉得我此时说话听起来和平时不一样，我甚至不习惯有认识的人在听我广播。因为在那之后，他们往往会跟我说，我广播时的声音听起来和平日不同。同伴的朋友们看见我穿制服准备上班或正好下班回来，也都会反复打量他们认识的这张脸和我身上的制服。

我曾在某航班上发现有个乘客是邻居，而她不知道我是其中

长空飞渡

一名飞行员。我回家后到楼下和她打招呼,跟她说能与她在飞越大西洋的波音747上而不是我们大楼的楼梯间相遇,感觉好惊喜。她的表情从一闪而过的困惑变成一抹微笑,因为我从穿着制服的飞行员变回了她常帮忙做晚餐的那个邻居。

有一回深夜我飞柏林,那一天机长和我已经在伦敦与马德里之间飞了个来回。不久之后,我们将在泰格尔机场降落,然后到下榻的酒店睡觉。我向乘客宣布,目的地的天气很不错,并告诉他们抵达的时间,以及飞机哪一侧的乘客可以在这个晴朗的夜晚欣赏到城市中心的夜景。几分钟后,有个空服员通过对讲机告诉我,一名乘客听到我方才的广播后,说他认识我。可是他们忘记了那人的名字,因此我在整个降落的过程中一直在猜那人是谁。

我们着陆、滑行、停稳飞机。然后,客舱与驾驶舱之间的门打开了。他从走道上朝我走来,肩上挂着包包。我立刻认出了他。他是我的同乡,我的高中同学,我们少说有十年没见面了。他甚至不知道我成了飞行员。"我隐约记得你那时喜欢飞机。"他笑道。得知他这次是到柏林来找朋友的后,我们交换了电话。这机缘不禁让我们相视一笑——我们在这么远的地方偶遇,并在旅途接近尾声时发现彼此同行着。

有时候,客机飞行员会驾驶空飞机。货机本来就不负责载客,没有乘客是家常便饭,但没有乘客的客机就不太寻常了。

相逢

这种情况很少发生，如果发生，原因可能是天气干扰致使飞机停错了机场，也可能是飞机需要进出维护基地。我驾驶空飞机的次数寥寥可数，出发前只要想到没有乘客同行，就不免觉得落寞，红帽子看见我们时也会耸耸肩。少了乘客，他们的工作当然轻松多了，但他们显然也提不起劲。

没有乘客的航班，通常也没有空服员，因此飞行员就要自行给空荡荡、静悄悄的客舱关上机门，再上楼到驾驶舱和同事会合。要安全开启或关闭飞机的机门没有那么容易，在第一次驾驶空飞机之前，我只在年度训练演习时，在一架模拟机上和空服员练习过关闭机门。空飞机在起飞时也不一样，感觉轻多了。没有乘客的飞机只有几十吨重，这一鲜少出现的情况不仅提醒了我们飞机的大小，更凸显出了能让飞机高高飞起的物理机制。

在空飞机上，飞行员必须自己走到客舱，进行平日由空服员执行的安全检查。在波音747上，这意味着飞行员要独自走好一段路，远离驾驶舱的同事，下楼后再经过几百张整理备妥的空座椅，之后再回到楼上。在那些座椅上，杂志、牙刷或耳机一应俱全，这些都是为乘客准备的。

在一架从旧金山飞往伦敦的空飞机上，我是二名飞行员中的一员，并被安排第一个休息。我决定去楼下客舱而不是驾驶舱的休息舱睡觉，因为我不曾在没有人的波音747客舱打过瞌睡。我兀自哼着歌，用毯子和枕头在飞机的机头里铺了张豪华的床（其实更像一个巢）。我想起了下方偌大的货舱里今晚几乎装满了电脑与生物科技设备,还有新鲜的蔬果。这些都是今晚的出发地加利福尼亚州的山谷与工业园区在飞机上留下的痕迹。我看见白雪皑皑的内华达山脉顶峰在暮色渐浓时滑过窗外。然而休息时间宝贵,我无暇再欣赏风景,于是躺下来,进入了梦乡。

接下来听到的声音,就是休息时间结束、叫我起床的声音。平日飞行期间休息时,我是被休息舱传来的铃声唤醒的,那是由其他飞行员遥控启动的,声音虽然悦耳,但仍会穿入长途飞行员的脑袋,打扰清梦,是他们最不想听到的声音。但在这架空飞机上,叫醒我的却是机上的广播,驾驶舱的同事专对我进行的广播传遍几百个空座位,只为叫醒我一个在客舱的某个角落里沉睡的飞行员。

我花了比平常更久的时间,才明白自己身在何方。这架飞机一直往北边与东边的黑夜飞行,外面已一片漆黑,机内也近乎昏暗。客舱的地板上散落着冰冷月光投下的椭圆影子,它们也随着强风中的飞机轻轻地前后摇摆着。客舱之间的帘子没有拉起,因此我能看到客舱的尽头——昏暗模糊的走道上,只有少许光点。

另一名副驾驶告诉我,他开过一架还在测试中的大型飞机,那架飞机还没装上内装——没有座位,没有厨房,客舱与舱板尚未分隔。他说,你可以从飞机内部看到机身随着普通的飞行操控而弯曲扭动。我今天晚上是不可能看到这奇观的,但是在这近乎漆黑的环境中,这就是我在整架空飞机上想要看见的现象。

我穿着睡衣,坐在机舱地上听着引擎的白噪声,凝视着幽暗的客舱走道。这里像是用数字和字母编号的空位所构成的奇特图书馆,从低矮的世界飞起,此时此刻正奋力往北极飞去。

我脑海中浮现出"机载人数"(souls on board)一词,这个过时的术语偶尔会在飞行中听见,比方说,管制员想知道飞机上的总人数(包括乘客和机组人员)时。这架飞机载过的乘客和机组人员成千上万,往后还会载运数十万人;而这些人此刻如星斗般散布在地球上的四面八方,谁会料到我们会在同一架飞机上产生交集呢?我在两排没有遮蔽的舷窗前换下睡衣,窗外的夜空和客舱里一样孤独。

我走上楼,在上层阴暗的走道间小心地行走。今晚驾驶舱门在整趟旅程中都是开着的,因为没必要关起来。远远一看,上层机舱尽头的驾驶舱屏幕散发出柔和的光芒,宛如壁炉一样温馨。我经过成排的空座椅,进入开启的舱门内。同事帮我泡好了一杯热腾腾的茶,放在我座位的杯架上。我走进驾驶舱,玩笑道:"猜猜我是谁?"机长大笑——今晚还会是谁呢?

夜
Night

我坐在驾驶舱里，准备从希思罗机场起飞，前往布达佩斯①。这时的我做民航飞行员大约一年了，经常驾着空客穿梭于欧洲各处。整个欧洲大陆所有航路和跑道的安排、过夜的酒店、和别人一起吃早餐的咖啡馆，以及这些地方构成的欧洲地图，对我来说已不再新奇。然而这趟飞行却是我人生中很重要的一次，就像年少时初次搭轻型飞机、在亚利桑那州首度单飞或第一次开大型客机一样——因为父亲会搭这班飞机。

他很快就会搭上这班飞机。机长和我这几天都在"巡回"（tour），意思是我们这几天要飞好几个地方，每晚在不同的城市停留。我们轮流驾驶每段航路，这一段轮到我开。我告诉机长我父亲会搭这班飞机；他说，那这段路当然要交给你啰。我完成绕机检查、输入飞行计划、做完点检、关闭货舱门后，牵引车已在飞机下方等待，飞机即将推出。乘客差不多已全上飞机，但我仍没见到父亲的身影。我忽然发现，这和平日父子俩彼此等待的情况不同，今晚是绝不能等的。

那时是十二月份，圣诞节脚步已近。父亲在英国待了约一个星期，几天前，我们还一起到剑桥大学散步。那天结着霜，天

---

① 布达佩斯，匈牙利首都，也是该国主要的政治、商业、运输、经济中心和最大的城市。

色昏暗阴沉。我们恰好有机会聆听国王学院唱诗班演唱圣诞颂歌，电视台将在平安夜转播这场音乐会。我们坐在教堂里，两旁是斑斓的彩绘玻璃窗。那些彩绘玻璃窗出自比利时法兰德斯的玻璃匠之手，圣坛上还有另一位法兰德斯画家的杰作——鲁本斯（Rubens）的《贤士来朝》(*The Adoration of the Magi*)。父亲会比我在布达佩斯多待几天，之后再前往法兰德斯，去见他的兄弟姐妹与家人。

突然，我看见他了。他是最后登机的几个人之一，正站在厨房与空服员说话。空服员带他来到驾驶舱，我把他介绍给机长。机长是当时公司最资深的飞行员之一。父亲帮我拍了张坐在操控装置前的照片，机长见了也露出了笑容。我向父亲说明几个按钮和系统的功能，让他看了看数码航线图。虽然父亲已入美国籍，但我能在欧洲航空公司展开飞行员生涯，应该也让他很骄傲吧！

客舱门关闭了，传来闷闷的响声。等待起飞的民航飞行员都知道，这就像起跑时的发令枪。我拿起耳机，有点难为情地请父亲离开驾驶舱，回到他的座位。我把驾驶舱的门关好闩上，随后呼叫管制员，请他许可我们起飞。我依照飞行手册上的规定，开始和下方的后推作业员逐字逐句地展开对话。"释放刹车，"我说，并在他们开始后推时问道，"可以启动引擎吗？"下方人员回答："开始启动二号引擎。"驾驶舱安静下来，机长启动右翼下的引擎，气流送入引擎，四周的静默逐渐变为低吟。我在飞行日志的左栏写下这一刻:"十九时四十四分,从希思罗机场起飞。"

每年一到这时候,外面已天黑好几个小时了。我们滑行离开,享受着在其他机场并不多见但希思罗机场夜间常会出现的乐趣:滑行道上红色和绿色的灯光呼应着管制员的指示,在视觉上引导我们穿过机场上的滑行道。我们顺利抵达跑道,没有延误。我设定好起飞动力,接着加速,离开伦敦的地面。接下来,飞机在英格兰东南部爬升,飞越多佛海峡、英法海底隧道长长的引道以及宽阔的铁路站场。隧道在夜晚相当引人注目,道路两侧的灯光从某个点开始呈扇形散开,排列得宛如花束,好像原本狭窄的隧道一到地面便自由展开。我们飞过英吉利海峡,几分钟后就到了遥远的彼岸。这时,我突然意识到,我正带领着父亲飞过他的故乡。

在这晴朗的冬夜,我们先经过奥斯坦德,之后是布鲁日,也就是他当年求学的地方。我想起奥黛丽·赫本主演的《修女传》(*The Nun's Story*)。她所饰演的角色便是从我父亲在布鲁日的住处隔壁的修道院出发去的刚果(金),我父亲学成后也去了刚果(金)。这部电影的导演弗雷德·金尼曼(Fred Zinnemann)抵达刚果(金)后,挑选了我父亲在殖民地创办的唱诗班,让他们在银幕上演唱。我父亲在摄影机的镜头外指挥着唱诗班、修女与赫本。因为金尼曼发现我父亲的手挥动的影子落在了修女的白色衣服上,所以请我父亲又指挥了一次。然后,根特出现

长空飞渡

在飞机左边,坐在飞机右侧的我幸运地在近乎黑暗的驾驶舱内看见了如电脑屏幕一样明亮的夜景,看见了父亲的故乡小镇隐身于法兰德斯的灯光之中。①

尽管比利时灯火通明,但几分钟后就消失在了飞机底下。很快,飞机就进入德国南部;然后是林茨②、维也纳、布拉迪斯拉发③,一直沿着多瑙河穿越欧洲灯光明亮的织锦。以往每当我想到欧洲时,多半联想到的是边境或海岸地区。然而像这天晚上这样的航班则会让我想起欧洲的核心地区。接着,布达佩斯的灯光就在前方了。我们的航班在天空中画了一道扁平的弧线,先飞到布达佩斯市的南边,之后再往西北折返,准备在两条平行跑道的东边那条进近。

如同伦敦、布鲁塞尔、维也纳或任何那晚行经的地方,布达佩斯寒冷又晴朗。当我们进入进近的最后阶段、伸出襟翼时,飞航电脑没有侦测到一丝风。我想起父亲就在飞机上,并好奇对我们父子而言,这段经历更让谁感到惊奇。父亲曾说,他想当科学家。一时间,飞行的种种规定令我懊恼不已,因为我无法让他看看通往跑道和标示跑道的灯光。他一定会喜欢那充满科技感的壮观景象。

跑道两边有横向排列的绿色"翼排灯"(wing bar),标志着

---

① 奥斯坦德、布鲁日、根特均为比利时城市。
② 林茨,奥地利城市。
③ 布拉迪斯拉发,斯洛伐克的首都,也是斯洛伐克最大的城市。

这是跑道开始的地方。在跑道灯光的最前面是进近灯。进近灯的安排方式繁多，飞行员使用的航图用了图表和首字母缩写来说明每条跑道的复杂安排，只是这种做法没什么简化效果。有时候，机场跑道会亮起频闪灯，灯光依次向前闪动的样子宛如奔跑的兔子，而飞机则成了即将进入跑道的猎犬。有些机场的进近灯长度超过半英里，并一直延伸到海域，仿佛是供航海而不是航空来照明的。偶尔在雾中或下雪的夜里，我们进近时，会有几分钟除了跑道灯之外什么都看不见，四面环海的机场尤其如此。

这天，当我们朝布达佩斯降落时，"TWO THOUSAND FIVE HUNDRED"（两千五百英尺），飞机开始报数。我们把起落架放下。闪亮的灯光和地面上的灯柱不再只是在我们前方，而是环绕在我们周围，甚至照到机头下方。这回运气很好，是我着陆最平稳的一次，这种美好的巧合令我难以忘怀。我们把飞机滑行到登机口，按照停机检查单检查完之后，我在飞行日志右栏写下："二十二时零二分，抵达布达佩斯。父亲在机上。"

当在文化或情感方面谈论飞行时，天空一向是明亮的。不过，圣-埃克苏佩里的《夜航》(*Night Flight*)是少数的美丽例外，书中描写的天空低矮昏暗。勇敢的小型飞机飞行员在飞越乡间或旷野时，仍能看到那样的奇景，而现代的空中旅人却很少能看到，因为他们常常会忘了眺望夜空。其实，夜晚从飞机上往外看到的景色比白天看到的更美妙，即使从阴暗的驾驶舱看出去也是如此,而且更难拍照。夜里飞行时,乘客多半在睡觉,或盼能进入梦乡。

但无论是身为飞行员或是乘客,我都更喜欢在夜间飞行。夜晚的细腻温柔恰与白天的烈日强光相反,因此在漫长的白昼飞行时,我们会戴上墨镜,并在驾驶舱周围竖起密密的遮阳板,那些遮阳板有如向日葵的脸庞,会随着阳光而移动。夜间飞行时飞机通常较平稳,因为没有日光导致的热气上升,也没有来自地表的湍流。

飞行时能抛下日常生活的小烦恼,挣脱低矮世界的枷锁,这种感觉在夜间尤为明显。当我们说起"灵魂的暗夜"时,态度或许过于消极。这个说法来自西班牙神父圣十字若望(St. John of the Cross)的诗作,然而这首诗所谈的并非绝望,而是只有在夜间才能看得更清楚的爱。夜间,当机翼导航灯打在沉睡的大地与城市上时,或许会让人想到这首诗其中一个版本的诗句——"如提灯般明亮";而它的另一个版本在提到夜间旅行之美时,开头便说"在黑暗中……我的房子正在沉睡"。

夜空中的不少现象在太阳高挂时是看不清楚甚至完全无法看见。而那些无可名状的云船似乎在皎洁的月光下航行得最顺利。巨大的闪电从遥远的赤道雷暴灰云中发出亮光。驾驶舱的窗玻璃上偶尔会出现圣艾尔摩之火[1],那令人称奇的蓝色闪光,

---

[1] 圣艾尔摩之火(St. Elmo's Fire),古代海员观察到的一种自然现象,经常发生于雷雨中。

就像普鲁弗洛克[①]说的"在屏幕上投出的神经图案"。我们的下方是一片空旷的阴暗大地,感觉仿佛和天堂一样遥远。那里有火焰,有人造的,也有自然的,比我们想象的还要多。夜幕低垂时,大城与小镇纷纷用灯光写下书页,好像飞行的目的是让我们记得,我们在世界上点亮的灯光是多么迷人,并提醒我们,人类所认识的一切都在繁星的包围之下。

大英帝国幅员辽阔,曾被称为"日不落帝国"。我有个大学教授是在印度出生的,当他得知我要搬到英国时警告我道:"如果你去到这个前帝国的中心地带,只要入冬几个星期,你就会怀疑太阳有没有升起过。"在地面上,日落的景色总是不尽如人意,因为会受到云、污染或天气的影响,甚至完全被遮蔽。而且除非我们是水手或农夫,否则很难清楚地看见辽阔的地平线。的确,在阴天,我们常常感觉不到地球或地球上的光,源自天体。这时的天空只会从一片饱含水汽的灰逐渐变成湿淋淋的黑。

但在高空,黑夜的降临总是干净利落。在空中时,几乎每一次日落都会让我目不转睛,就像我在地面上看到日落时会停下脚步一样。这就是当飞行员的好处,因为每一次日落都是那么近乎完美;而飞行员或许会一眼扫过,好像那只是明信片上的图案。

[①] 普鲁弗洛克(Prufrock),托马斯·艾略特《普鲁弗洛克的情歌》一诗的主人公。

长空飞渡

我们也可以在飞行中,清楚地感受到光线与地球的运作是多么地奥妙与匆忙。黑暗可能早早降临飞机,也可能姗姗来迟。黑暗可能非常漫长,也可能才出现就离开。因此,夜幕根本没有降临,并不是什么稀奇的事。在地面上,我们认为夜晚是时间,称之为"夜间"(night time)。但在天空中,黑暗较为复杂,把它视为"空间"更为适切。我们不妨把夜晚视为地理意义上的阴影,我们既可以奔向它,也可以从中逃离。飞机的飞行速度之快,可加速一日的流转,甚至可固定时钟指针的位置。

我们不妨温习一下学生时代学过,但现在鲜少想起的知识:地球是飘浮在太阳的光线中的。用一颗苹果、一把手电筒就可以提醒我们,地球的背面每时每刻都是黑暗的,而地球的正面每时每刻都是光明的。黑暗与光明的两个半球的会合处——有时被称为"晨昏圈"(terminator)——是一条环绕地球的连续带,白昼与黑夜在这里开始或结束。黎明与黄昏在这条线上同时发生着——迪内森正是用"黎明"与"黄昏"为她的苏格兰猎鹿犬取的名字。这两条猎鹿犬在陪伴她猎游时,总能把猎物吓得四处逃窜,"宛如天空的星星在苍穹中胡乱奔跑"。

从地面上来看,地球似乎是静态的。想象一下,当晨昏圈在地球上移动时,每个地方都会出现大家熟悉的日光与时间的轮替——黄昏、夜晚、黎明、白天,之后黄昏再度降临。不过真正转动着的是地球,而不是晨昏圈,我们把这个事实颠倒了。如果我们假设有个人在太阳上,眺望着这个像呼啦圈一样的环,

夜

那么这个呼啦圈是直立地环绕在地球周围的，永远正对着太阳，而我们所在的地球在呼啦圈的中心旋转。太阳上的观察者只会看见地球白天的一面。这个环划分出了昼与夜，也划分出了太阳上的观察者能看到的与看不到的两个半球。地球在这环里由西向东转，如果你让北半球在上面，如同多数地图及地球仪一样，那么地球就是在从左往右转。

想象一个在这个旋转的地球上的固定点，例如你的家乡。当你的家乡跨过这个环，从地球上黑暗的一面来到阳光下，进入白昼范围时，黎明降临。当你的家乡在阳光下一整个白天之后，进入环的另一边，于是黄昏降临。

这个环也能用来解释天空中的黑暗与光明，尤其是在长途客机上。假设白天飞机从地面起飞向东飞行，这代表飞机正快速朝晨昏圈的昏线靠近，而飞机下的地球本来也是朝昏线靠近的。两者往东的速度叠加在一起，使得黄昏很快就降临到了飞机上。飞机快速进入昏线中，也更快进入黑暗中。与其说这片黑暗是夜晚时间，不如说是夜晚空间。同样，飞机也会更快回到黎明。许多往东飞行的航班，例如从北美飞往欧洲的航班，都能感受到黑夜的缩短。

飞机往西飞行时，其方向和地球的自转方向相反，因此飞机会一直停留在环的正面，也就是白昼范围。正因如此，白天往西飞行的航班，白昼时间特别长。而我们的出发地会随着时间的推移逐渐进入黄昏，如果我们没有搭上往西飞的飞机，就会感受到黄昏的降临。如果我们白天从新加坡飞往迪拜,或从马斯喀特飞往卡萨布兰卡,或从亚特兰大飞往檀香山,当我们抵达目的地时或许正是下午,即使出发地好几小时前已经天黑。

美国作家玛莉莲·罗宾逊(Marilynne Robinson)在《遗爱基列》(*Gilead*)一书中描写过地球在夜之环里旋转,进入太阳永恒的明亮中的景象。这景象每个飞行员都曾见过:

> 这天早上,堪萨斯州从睡梦中醒来,进入晨曦。日光大驾光临,照亮整个天空。于是,这片叫作堪萨斯或爱荷华的古老草原,又进入为数不多的白昼之中。但那其实是同一天,最开始的那一天。光是恒常不变的,是里面的我们在转动。

飞机上能看见这如同宗教一般的事实,既单纯又影响深远。在许多纬度的上空,如果飞机一直往西飞行,黑夜就永远不会降临。

飞机能一直停留在白昼、黑夜或昼夜交界处。有时,往西飞行的航班在晨昏圈的边缘、接近黄昏时起飞。若飞机没有起飞,夜幕就会降临。若飞机起飞后朝西飞行,原本短暂的黄昏可能会持续整趟飞行;于是在这一天即将进入尾声之际,出现了一个和白昼一样漫长的黄昏。我经常看见这样的景象:太阳在天空的一边,低矮的阳光为亚北极的白色大地涂上胭脂;但视线一转，在天空的另一边，就能看见夜的曲线如同鬼魅般紧紧跟随着我们。

在某些航班上，黄昏虽然看似永无止境，实际上并非静止不动。我们若在秋日下午从伦敦启程到温哥华，会先大略朝北飞，这时夕阳在飞机的左边。而到了航程中段，太阳可能在机头的前方。之后，当飞行即将结束时，我们会沿着约略朝南的方向飞往温哥华，这时夕阳在飞机的右边。太阳在地平线上的移动，和时钟的指针或日晷的影子一样平常。

航班上的昼夜因还会受到其他因素的影响而更显复杂。再想象一下前面提到的手电筒、苹果和呼啦圈，然后想象有一支铅笔将苹果从头到尾贯穿，有橡皮擦的一端在苹果把的位置，笔尖的一端从苹果底部穿出。这支铅笔就是从北极贯穿到南极的地轴，地球绕着地轴旋转。地轴是倾斜的，绝大多数时候不会与晨昏圈（呼啦圈）重合，只有春分与秋分例外，这时太阳会直射赤道。

一年中，有时候铅笔的橡皮擦端会朝太阳倾斜，像把苹果斜放，橡皮擦往于电筒的方向倾斜，造成一年四季及昼夜长短的变化。若苹果顶部有较多的太阳直射，且每天的白昼时间比夜晚时间长，那就是北半球的夏季。由于地球顶部朝着太阳倾斜，即使不断自转，在一年中的一部分时间里，它周围的地区仍不会出现黑夜（极昼）。在北半球，一年中至少有一天太阳在地平线上出现整整二十四小时的地区即为北极地区。

同时,从苹果底部穿出的铅笔尖会在呼啦圈背光的一面,这时正是南半球的冬季。因为铅笔尖周围的区域不会进入呼啦圈对光的一面,所以地球南极圈以内的地区会出现极夜。再过一段时间,当铅笔的橡皮擦端进入呼啦圈背光的一面,铅笔尖那一端就会进入呼啦圈对光的一面。这时,夏季与日光就会和波音747一样轻松飞到南半球,而不停地追着夏季跑的北极燕鸥[①],会比其他动物经历更少的黑夜。

地轴倾斜还会造成一些我们在空中看到的特殊景象。当北极处于极夜时,即使是白天往西飞行的航班——例如从伦敦飞往洛杉矶的航班,起飞时间是伦敦的下午,降落时间是洛杉矶的下午,整个飞行过程中飞机下的当地时间都是下午——如果飞的是大圆航线,我们不仅会进入地理上的北方,也会进入地理上的夜晚。我们在靠近地球顶端(北极)的位置飞过晨昏圈,飞进笼罩在夜之大地上的无尽黑暗。太阳可能会完全沉入地平线下,然后星星现身。之后,再过一段时间,大圆航线可能会往南偏移,于是我们又进入晨昏圈正对太阳的一面,再度体会这天的第二次黎明;而此时地面上的人会把此刻称为黄昏。有时候,我们会在遇见第二次黎明后又遇见第二次黄昏。我甚至

[①] 北极燕鸥,分布于北极及其附近地区,每年会经历两个夏季,从其北部的繁殖区南迁至南极洲附近的海洋,之后再北迁回繁殖区,总行程达4万多千米,是已知动物中迁徙路线最长的。

遇过可以看见三四次日出与日落的航班。若像平常一样把一次日出与一次日落当作一天，那我真不知道自己在飞机上度过了几天。

在北半球的夏天，当北极地区出现极昼时，往东飞的航班可能会看见不一样的太阳。例如，从欧洲飞往远东地区[①]的夜间航班会一直往东北方向飞行，把太阳留在后面。这时的太阳低挂于天空中，但不会落下。然后，太阳从左到右划过天际，出现在我们的正北方。我们会看见地球另一端正展开新的一天。太阳出现在世界的最北端，此时我们不妨称之为北日落或北日出。摄影师最爱的就是这段黄金时间，而我们很幸运地，有五六个小时身处于这种光线中。

我曾在这种航班上，看到低垂的红色太阳挂在地球遥远的一端。我也会花好几个小时，一边喝着茶，一边仔细思考：这时的太阳究竟是日出还是日落，从北边看到的光到底属于昨日还是明日。终于，太阳绕了一圈，到了它非出现不可的地方，为东边的目的地，例如东京，揭开清晨的序幕。

通常客舱的遮阳板会拉下，所以在客舱往往看不到这种光的效果。遮阳板固然是为了挡住阳光，同时也是用来避免飞机飞

[①] 远东地区，是西方国家开始向东方扩张时对亚洲最东部地区的统称，他们以欧洲为中心，把东南欧、非洲东北部称为"近东"，把西亚附近称为"中东"，把更远的东方称为"远东"。远东地区一般包括今天的东亚、东南亚，即阿富汗、哈萨克斯坦以东、澳大利亚以北、太平洋以西、北冰洋以南的地区。

行导致的时间错乱。多数在往东飞行的夜间航班上的乘客希望能在飞机上睡一觉,这样几个小时后太阳升起时(如果它曾经落下过的话),他们就不会察觉了。有时我走进客舱,只见一片漆黑,乘客们都是一副昏昏欲睡的样子。当我返回驾驶舱,客舱与驾驶舱之间的门一开,新世界的刺眼亮光流泻而出。光束照耀着飘浮的尘埃,落在客舱的地板上。

在《呼啸山庄》(*Wuthering Heights*)一书中,女主人公凯瑟琳就曾研究过垂直地貌上的光。高耸的佩尼斯顿峭壁"吸引了她的注意力;尤其是当夕阳照耀在峭壁上和它最高处,周围的一切全都笼罩在它的阴影之下的时候"。越往高处,地平线就会越往后退,就像你爬上高楼时,能看见更多的东西、更广阔的天空和更明媚的阳光。你在天空时已是白天,但日出尚未降临下方的大地;而傍晚时,黄昏会先覆盖大地,然后才来到你这里。正因如此,尚未黎明天就亮了,而黄昏后天光依然没有消失。如果我们傍晚在街道上仰望天空时,看见飞机的机翼在闪闪发光,并留下一道深红色的飞机尾迹,不免会感到欣羡。因为那架我们没有登上的飞机,正在已离我们而去的最后天光中,飞往一个我们没有去过的地方。

当我们在黄昏飞行时,太阳或许终究会落到地平线以下。但我们爬升几千英尺后,太阳又会重新升起。太阳和飞机配合得天衣无缝,在这样的时刻,把光线视为时间函数而非空间函数,似乎会显得分外荒谬。当我在欧洲各地的航路上飞行时，许多冬天的航班会在黑夜起飞、黑夜降落。比如，我们大清早从里昂、维也纳或巴黎出发时，通过结霜的黑暗跑道，快速爬升，进入我们头顶早已破晓的纯净晨光中。到了晚上，我们从尚未没入地平线以下的灿烂阳光中，降落到太阳早已西下之地，进入更深的黑夜。

有一些很好记的正式名字用来区分地平线以下的阳光。当太阳开始移到地平线以下时，先出现的是"民用曙暮光"（civil twilight）；接下来出现的是"航海曙暮光"（nautical twilight）——在海上看到的地平线的最后一道光，是过去航海时代的重要参考；最后出现的是"天文曙暮光"（astronomical twilight）——这时天空已经足够昏暗，可开始观察天体。在航空领域，会依照白天的定义来界定许多规则，例如需要在飞机上或跑道上工作的照明。航空领域对白天的一般定义是"依照当地航空空域，介于民用晨光始与民用昏影终之间的时间"。

驾驶舱里有一本书，里面满是一页页的表格，告诉我们全球各地的日出与日落时间。清楚的表格解释了太阳的一些古怪行径；我们只要阅读沿途城市所对应的条目，便可猜出接近这些城市时会看到什么样的光。这本书看似不起眼，不过是将数字和地名密密麻麻地印在薄如报纸的纸张上，但当我把它从驾驶舱的架子上取下来时，却觉得它像是未来的产物。这本从穿梭于日出与日落的光线间的飞机的书架上取下的书，诉说着人类城市的日子。

我父亲过去在巴西任职时的某个同事，现仍居住在萨尔瓦多，一个位于巴西东北部的海滨城市。他叫艾杜瓦多（Eduardo），已经八十多岁了。哥哥和我从小就认识他，称他"艾杜瓦多叔叔"。我父亲到巴西之后入乡随俗，把自己的名字从弗莱芒语（比利时荷兰语的旧称）的"Jozef"（约瑟夫）或"Jef"（杰夫），改成"José"（荷西）。父亲对这名字情有独钟，迁居美国后沿用至今。艾杜瓦多叔叔也这样改了名，但每两三年他会从萨尔瓦多回一次他的家乡布鲁日。他告诉我，在长途夜间航班上选座位时，他总是很慎重，通常会选东边的座位——在往北飞的飞机上就是右边的座位。若有人问他为什么这样选，他会说这样可以看到日出及欧洲大陆出现的那一刻。

艾杜瓦多叔叔曾问我，他的想法对不对：是不是真的能在日出前一小时，便看到新的一天是如何揭开序幕的。他的想法没错。高空的深夜与白昼非常澄净，日与夜都会早早侵入对方的领域，也会彼此相让，像是孩子们在笑闹间彼此针锋相对，善意斗嘴。艾杜瓦多叔叔说，他喜欢看着清晨的颜色慢慢变化，新出现的蓝色犹如涟漪一样缓缓扩散到黑色星空之中。他微笑着说，这景致百看不厌。

若空服员请他拉下遮阳板，以免影响其他乘客，那他会改用毯子遮住舷窗，然后掀起一角窥视着窗外。他在这趟难得的往北飞的航班上望向窗外的海洋,从赤道附近的可可与肉桂园之国,前往另一个国度——那是他的故乡,也是我父亲的故乡,但故乡的人觉得他们的用词和口音都好过时。他看着天空和飞机,它们把当下的时空与属于他的时空完美地融合在了一起。

下回你搭飞机,若夕阳在你的一边西下,别忘了朝太阳西下对面的天空看。正上方的天空可能是白色的,但往夕阳对面的地平线望去,它会逐渐变成粉红色,最后变成各种深浅不一的蓝——那些蓝色是凡间的语言难以形容的。

在这无以名状的蓝色中,有一个景象是我刚开始飞行时不懂得欣赏的。若我早点发现,应该会更早成为飞行员。太阳没入地平线以下约九十度的地方,天空会出现一块深蓝色的楔形暗影。有位天文学家告诉我,他母亲称其为"夜之毯",因为它会覆盖整个世界。当你朝日落点对面的地平线望去,会发现这块壮丽的午夜蓝越变越大。这块午夜蓝就是地球投射在大气层中的影子。它有时也被称为"暗带"(dark segment),若地面上条件合适,也能看得到。

穆斯林曾用"神在地球上的影子"来称呼苏莱曼大帝(Suleiman the Magnificent)和伊朗的末代沙工(Shah)。在飞机上,我们看到的是地球投射在天上的影子,它和月食时地球投射在月球上的影子一样是微微弯曲的。虽然在许多情况下,我们可以得知地球的形状,但除了月食,我们鲜少有机会目睹地球的圆弧。而晨昏搭飞机时掀起遮阳板望向窗外,就是难得的机会。

长空飞渡

小时候，母亲常送我关于天空的书籍，书中除了科学知识之外，还有许多富有文艺气息的图片与故事，用以说明不同民族、不同时代的人如何认识天空。她可能会在礼物中塞一张字条，或一份最近听的演讲笔记——比如，演讲者最开始在藏传佛教寺院研究天文，最后成了世界知名的天文学家。

多年后，母亲已不在人间，而我已是长途飞行员，习惯在夜空下长途飞行。有一天，我从书架上拿起一本书。我对这本书还有印象，只是遗忘了其中的细节。当我再次读到法属圭亚那印第安人借由观测昴（读"mǎo"）宿星团来预测降雨，以及畅想银河系与古人前往圣地亚哥-德-孔波斯特拉朝圣的路线之间的联系时，我想起当年开空客往返欧洲各地时曾在里昂多待了一天。那天，我搭火车去了勒皮昂韦莱，在那里遇见了一群兴高采烈的背包客在星期天的早晨步行出城，踏上他们的朝圣之路。我打开母亲留在书中的字条。她写道，她认为我会很喜欢这本关于天空的书。我看见字条上方的年份时非常讶异——一九九二年。那时我刚上大学，还得过几年，才能斩钉截铁地对母亲和自己说："我想当飞行员。"

比起白天，我更喜欢在夜里飞行。母亲对这一点儿也不惊讶。她提到我的童年往事时，我每每都忍不住翻白眼。其中她最常说的一则就是，我曾在晴朗的夏日午后抱怨道："我不要晒太阳，我要晒月光。"（说不定是听了太多次《月亮，晚安》[1]的后遗症。）和多数飞行员一样，蓝色一直以来是我最爱的颜色——"但是是午夜蓝！"母亲告诉我，我过去常这么说。她向来敬畏大自然的现象与循环，尤其是月相循环，它们让我们和古人一样，变得对自然界更加敏锐。虽然人类能飞行并不自然，但飞行却常常让我们回归自然。

若你曾夜里在户外的黑暗之处待很久，例如在沙漠露营或沙滩上散步，大概会惊讶地发现，原来月亮可以这么明亮，还能照出影子。你会忽然发现，原来自己已好几个月甚至好几年没有亲近月亮了，连晚上也没有想到过月亮。巡航飞机上方的月亮亮得出奇，不仅足以让人在月光下看清地图，还会在驾驶舱内的墙面与地板上照出清晰的影子。

我母亲也喜欢送我有月相的日历；而某年之后，我们角色调换，每年圣诞节我都会送她一份在伦敦柯芬园买的月相历。我每年也会订一张月亮周期表，但这更多是一个仪式，而非真有这个需求。恐怕没有其他工作像飞行员这样让人能不受云的干扰，如此自然地清楚感受月亮的状态和月相的变换。从地球上看，月亮和太阳的大小相差无几。这美好的巧合对于常在天空飞行的人来说，并没有什么好讶异的，就像《仲夏夜之梦》（*A Midsummer Night's Dream*）中的仙王奥伯龙（Oberon）看见丘比特"在冷月与大地之间飞行"那样。

---

[1]《月亮，晚安》（*Goodnight Moon*），美国儿童文学作家玛格丽特·怀兹·布朗（Margaret Wise Brown）的代表作，著名的睡前故事书。——译者注

天黑后，云就成了奇景。如果你在飞机上彻夜难眠，不妨选择自己喜欢的音乐，一边听一边望向窗外，不过要记得把手遮在眼睛周围，这样你的眼睛可以更好地适应外面的夜色。高空的月光非常明亮，因此云和月亮一样，会呈现出清楚的明暗区别。云上有明晰的线条和流畅弯曲的纹路，就像科学图片中的大脑：白色的脑叶彼此相连。这单纯的画面不仅壮观，还复杂得难以想象。

我在北大西洋上空度过了一个漫漫长夜，飞机上没多少人醒着。我最喜欢的景色莫过于当我们远离大地的时候，一轮满月照在银色云层上，这些云宛若某种终身都未飞抵彼岸的大型海鸟。在这样的夜晚，云层比雪地还明亮，其纹理也更美，却没有边界；壮阔，而又沉静。

有时，月光下会有零星的积云，它们仿佛听到明月的呼唤一般，出现在海面上，就像下午被太阳召唤出来的云一样。在皎洁的月光下，这些云在海面上投出清晰的影子。这样的时刻不再适合被称为"夜间"，因为在汪洋的大海上，飞机上的一切都很安静，睡不着的乘客或许会审视这处神圣的工厂，看水上纺织机织出的月光城市与壮丽大地静静地在夜间绽放，然后随着飞机的航行消失在沉睡的星球上。

星空也是我喜欢的景色。从昏暗的驾驶舱望去，星空美得令人屏息，在没有月亮的夜晚为我们提供慰藉。在高空不仅能感觉到苍穹的立体，也最能感觉到外太空的深度，宛如亘古光芒照耀下的深远大海。

无月之夜能看到非常多的星星,星座虽更美,却不再那么重要,因为在空气潮湿、天空中到处都是湍流的时候,要看出古老星座原来的样子不是一件容易的事,自己去想象星座的样子还更容易些。银河看起来既像是一条河——只不过河里的水流全变成了星星水珠,又像是黑暗中飘过的一片云。

飞机会移动、地球会旋转,天空也会跟着改变。星星升起时,似乎在接近地平线的位置,闪耀得最生动,也最缓慢。我在地面上从没看过这般澄净的闪烁星光与色调,仿佛星光通过空气这面棱镜后散射出了不同的颜色,并如灯塔光束一般扫过驾驶舱幽暗的窗户,通过色彩向我们传达紧急信息。

以前的地球仪是成对制作的,一个是地球仪,一个是天球仪。在夜晚的飞机上,可以清楚地看见人类这个物种夹在天球与地球之间,冰冷的星星在我们头顶旋转,自高处映照出黑暗的大地与水域以及城市的灯光。

我曾寄了一张有点抽象的地球夜景照给朋友,那是一张卫星拍摄的黑白照。城市的灯海沿着高速公路与河谷向外蔓延。后来,她把这张照片称为"星星的照片",这令我十分惊讶,因为卫星的相机是朝下的,而不是朝上的。偶尔在西奈半岛北部靠地中海一侧,介于亚历山大港与加沙市之间,我会看见海上有许多纯净的灯光,比一般船只上的灯光白;若不是知道自己是在俯视,恐怕会以为这些灯光是星星,并让自己的视线迷失在另一个苍穹的深处。

在飞往非洲南部的航班上,同事和我常会看见南十字星的升起。在南半球,南十字星的功能就和北半球的北极星一样。我有个资深同事在当飞行员之前曾在英国皇家海军服役,他曾教我如何运用星座来确定我们的航路,也曾告诉我如何不被南十字星附近的南天假十字(False Cross)所骗——南天假十字是船帆座(Vela)的一部分,这个动听的名字倒是很适合形容我们从波音747这艘现代飞船上看到的光团。我喜欢比较飞机的数字罗盘与南十字星,并思忖该信赖可靠度近乎完美的飞机系统,还是我对古老天文仲裁者的不完美解读。

我读过马克·霍普金斯(Mark Hopkins)的一些书信,他是积极推动美国第一条横贯北美大陆的铁路的兴建的四巨头之一。他的这些信是在一艘从纽约出发、绕过南美洲的合恩角、最终抵达旧金山的船上写的。这次海上之行让他把他的铁路抛在了脑后。大海令他痴迷不已,因此他写信给兄弟说,如果他年轻时曾航海过,或许会全心投入航海冒险,而不是在"陆地上施展抱负",即使后来这奠定了他的名声,给他带来了大笔财富。

霍普金斯所乘的船的船长在判定了经纬度之后,就把这些信息写在了"大家都看得到并能记录日志"的地方。驾驶舱屏幕用绿色数字来显示经纬度,就像船长用公告来让霍普金斯得

夜

知船的最新位置。他把这个位置抄写在信中，这个星空下的不固定地址对他而言就和日期一样重要。霍普金斯还说海上的星星"在这个纬度上有着宁静与迷人之美，那是我在陆地上未曾见识过的"。他若来到驾驶舱，想必也会被从这里看到的星星所迷住。如果他看见飞机飞过他所兴建的铁路上空，让大陆进一步缩小，肯定会惊叹连连。

我正从伦敦飞往非洲南部。航班在西非的东西向海岸线上空飞过，飞航电脑的屏幕上依次出现阿克拉①、科托努②和拉各斯的机场，而窗外则有一道与之呼应的光线，穿过朦胧的夜色。经过黑暗的几内亚湾上空时，我向管制员进行了位置报告，内容包括我们经过的航路点及经过的时间、飞行高度、下一个航路点和预计经过的时间，以及之后的位置。"收到，"管制员说，"过赤道时报告。"

我惊喜得起鸡皮疙瘩，仍不敢相信我的职责之一就是，宣布我们已来到另一个半球的空中。在过去的航海时代，赤道是地球上最重要的标志，穿越赤道可是一大壮举，大家要在甲板上举杯庆祝的。

驾驶舱的屏幕上不会标示赤道，若想知道是否穿越了赤道，我们常会开玩笑说，不妨做一个不切实际的实验：看水槽的水

---

① 阿克拉，西非国家加纳的首都。
② 科托努，西非国家贝宁的最大城市和港口。

流进排水管的方向①。不过更科学的方法是将电脑屏幕翻几页，看看当前所处的经纬度读数。我紧盯着绿色的纬度读数，看它逐渐变成零，并在往南飞的过程中又逐渐增加，原本的 N 也变成了 S。然后我呼叫管制员"Position equator"（过赤道），说话时免不了被无线电的静电干扰——这一带的无线电传输常被静电干扰。"收到，"管制员说，"晚安，飞行顺利。"

无论是从驾驶舱或是靠窗座位望向夜空，不出几分钟就能发现流星。我在驾驶舱里用不着特别留意，便可在一趟飞行中看到十几颗流星。我感觉眼角瞥见了什么，定睛一看之后，微笑着对自己说："又一颗流星。"大部分流星我甚至都不会跟同事提起，反正很快就会出现另一颗。

过了当地的子夜，当我们往东边的黎明飞时，流星的数量明显增加了。我们上方的天空正朝着地球绕行太阳的轨道移动，因而会有更多的流星掠过，这些划过天际的光芒宛如被风吹落的水珠，扫过驾驶舱厚厚的玻璃窗。流星的数量之多，多到我没有愿望可许了，因此决定许一个可一再重复许的标准愿望——"用餐愉快"。但这与其说是愿望，不如说是一种华丽的修辞，是人在这么美的天空下的自然反应，也许每个飞行员都曾在心里悄悄许过这样的愿望。

---

① 受地转偏向力的影响，北半球水流呈逆时针方向旋转，南半球水流呈顺时针方向旋转，而赤道上的水流是直上直下的。

夜

在我成为飞行员前的某个冬夜，在从芝加哥飞往波士顿的航班上，我坐在飞机左侧的靠窗座位上。这两个城市都非常冷。客舱里的其他乘客——大多是像我一样的商务人士——都在安静地用笔记本电脑工作，或者翻看财经报纸。飞行到一半时，我向窗外望去，眼前赫然出现北极光——即使我从未见过，也确信自己没有弄错。我向一名空服员求证，他也发现了，正从舱门的窗户观看着这景象。几分钟后，一个飞行员出来休息。他告诉我，他飞了这么多年，就快要退休了，今晚的北极光是他在这么南的天空中见过的最美的一次。

我回到座位上，透过不真实的窗玻璃向外望去。那时，电脑正搭配着音乐播放着生动的动画，而我的第一个念头是，北极光和屏保好像。然而很快，冰雪覆盖的大地就开始像一个古老的世界，一个深邃的舞台，而不再像一个屏幕，被层层闪烁着蓝绿色光芒的厚幕包围，它的变幻程度刚好能让人察觉。我以前曾看过北极光的照片，但那就像从飞机上拍摄的地球照片——这些照片因是静态的，总让人感觉少了点什么。北极光的形状与亮度缓慢变化着，好似将牛奶倒进冰咖啡里，又好似将颜料滴入水中。

黑夜里，有人碰上塞车，有人忙着洗衣，有人要看牙医。然而在这一切的北方上空，有光如此移动着。在寒冬的黑夜，极光就是光之云，一缕缕从云中洒落，就像被风吹斜的雨丝。在夏天，北极地区出现极昼时，在夜间航班上可以看到北极光在低纬度地区的黑暗中向南舞动；极光漫过整个天际，在我们上方逐渐消失，融入暮色中。我终于理解为何那么多夫妻蜂拥至阿拉斯加的酒店了，就是为了在这幸运的光芒下怀上孩子。

不过那一晚，即使飞行员广播外面有极光，空服员把灯光调暗，大多数乘客仍会立即打开阅读灯，继续用笔记本电脑工作或翻看报纸。乘客们已经奔波劳碌了一天，明天即将来临，又是一场硬仗要打。因此，许多人连看都不会看。只有少数几个人会关上电脑，把脸贴在窗户上，看太阳风碰撞从地球顶部倾泻而出的磁力线。不久，飞机开始朝新英格兰西部的森林下降，极光也消失无踪。

第一次看见北极光，让我明白自己多么想成为一名飞行员。在飞机上看见北极光之后不久，我便通过了航空公司培训的申请。体检合格之后，我才和咨询公司的同事提起。曾和我一起乘飞机出差的同事似乎都不惊讶。有同事说，她总算明白了为什么我喜欢用和航空有关的商业术语——"让我们天马行空一下""第二季度我们会面临强劲的逆风""从三万英尺高空纵观全局"，或是用"有好长一段跑道"来形容新公司获得的投资与空间非常大。[我很惊讶商务用语中没有"Wilco"（照办）这个词，这是一个经常能在飞机广播上听到的军事和航空术语，是"Will comply"的缩写。"Wilco——我会听令照办。"]

另一名同事抱了抱我，笑说难怪我总喜欢在楼顶上的玻璃小房间工作——公司鼓励大家到那里跳脱框架来思考；他也明白了为什么在漫长的夜间飞行中，我好像总是睡不着。

但是成为飞行员几年之后，我发现北极光代表着我始料未及的挑战。若北极光经常出现在生活中，我不免自满地误以为那没什么大不了的，就像我根本不记得一趟飞行中到底有多少颗流星一样。有时，我甚至提不起劲欣赏北极光、数不清的流星、各种天空与大地的奇景，因为我早已司空见惯。对飞行员而言，这些现象根本就平凡无奇。

若和其他人分享所见，多多少少能恢复一些最初的兴奋之情。每当我看见北极光快出现时，总会告诉空服员，让他们从最近的窗户往外看，或来到视野更开阔、清晰的驾驶舱。他们总是很开心能见到北极光，因为对大多数同事来说，北极光依然是天空中最珍贵的景象。在漫漫长夜、乘客进入梦乡的那几个小时里，在空服员彻夜不眠的安静飞机上，北极光尤其令人满足、快意。

飞行员决定把什么样的景色告知乘客，很能说明现代飞行的情况。即使在白天的航班上，大家也不喜欢机长广播打扰他们休息或看电影的兴致，更何况在宽体客机上，许多乘客根本无法清楚地看到窗外的景象。北极光出现时，乘客多半准备入睡，因此我们通常不会广播。不过，有时若某个乘客还醒着，例如像以前的我那样熬夜打开笔记本电脑工作的商务人士，那么我或空服员或许会静静地指向窗户，让他看看天空北岸碎裂的光浪。之后空服员或许会和我在厨房聊一聊这景象，仿佛北极光对我们来说仍是新鲜事。

我开始驾驶波音747才几个月就已经完成了模拟机训练与多次训练飞行,最后一次考试要飞到华盛顿特区外的杜勒斯机场。我们回到希思罗机场时,负责训练的机长和我握手,并祝贺我:"欢迎来到波音747。"

受训结束后,有一天我正开着固定航班前往巴林,之后还要去卡塔尔①。我以前从未去过这两个国家,而从伦敦到巴林的这段路虽是我开空客时的两倍距离,却是波音747最短的航程之一。当我们飞过伊斯坦布尔的西南部时,我发现这片天空是身为飞行员的我从未飞过的地方;我想起上一次飞来这里时还是个乘客,从内罗毕经中东返回伦敦;那时我刚中断硕士课程,还不确定下一步要去往何方。

接近黎巴嫩海岸时,我看见了飞行航图上标示的山峦,但没料到那儿竟然覆盖着白雪。机长告诉我,这里有很好的滑雪场。这是新的天空、新的世界。之后我们就要飞越沙特阿拉伯。在成为飞行员之前,我并不知道飞机下降的水平范围可超过一百英里——当我们开始朝某个国家下降时,我们可能还在其他国家的高空,这种情况很常见。我们已经开始朝巴林下降,即使许久之后才能看见巴林的灯光,而距离沙特阿拉伯的海岸则更

---

① 卡塔尔,亚洲西南部的一个阿拉伯国家,位于波斯湾西南岸的卡塔尔半岛上,南面与沙特阿拉伯接壤。

是遥远。

返回伦敦的航班则会偏北一些,先经过科威特、伊朗,再进入伊拉克空域。和我们联络的管制员口音听起来不太像中东人,反而像来自美国中西部。有一次,我俯视大地,发现下方有一团绿灰色的光,飘浮在朦胧的黑暗中。城市的灯光和它们形成的轮廓,在夜间格外清晰,说明城市的扩张是经过规划的,但也具有生物特性,会演化出意想不到的完美。不过今晚,蒸腾而上的湿气与热气把远处的一切都挡住了,下方的灯光模糊成颗粒状,就像信号不好时电视屏幕上的雪花。这与平常夜晚或其他沙漠城市不同,没有那么明净的灯光和空气。

我查了一下飞行航图,得知这灯光来自巴格达。由于仪表有同事在留意着,于是我把头顶的灯光调暗,把脸凑到窗边。后来,我是这样跟朋友们分享这趟结训后的第一次正式飞行的——整个巴格达的灯光尽收眼底,随后我吃了个三明治。

许多乘客想坐靠窗座位,是因为爱看地球是如何在下方展现她的容貌的——地球上的自然风貌,例如高山、海岸及群山环绕的谷地。陆地上的景色是飞行期间对我们的犒赏,或许也是白天飞行时最好的礼物。不过夜间也能看清诸多地貌细节,并且此时人类对地貌的影响会显现得更清楚。

在《逐冰之旅》(*Chasing Ice*)这部影片中,摄影师詹姆斯·巴洛格(James Balog)探讨了气候变迁对冰川的影响。有机会飞越地球常年结冰区的人,应该会对这个主题有兴趣。影片中除了清楚地展现出了世界的变化,我还发现,他特别喜欢拍摄天黑后的景色。他说,天黑之后观察地球会有不同感受:"你会开始去关注这颗星球的表面……去关注银河系乃至整个宇宙。"当我听到这句话时心里想的是:没错,我正是因此而喜欢夜间飞行的。夜间飞行提醒我们,我们生活在一个旋转的球体表面。很多人在离开地球表面的那几个小时,最能深刻地感受到这一点。

当溶溶的月光落在河流纵横或湖泊棋布的大地上时,或是当星光洒在覆盖着白雪的山峰上时,我们能更直观地看到黑夜中的大地样貌。其他地貌则可以通过它们对灯光的影响而间接看到。"文明无法与自然分离。"巴洛格说,他比谁都更清楚地看见了这两者的相互影响。在空中最能看出文明与自然的关系。夜色降临后,人口密集的河谷比白天还要显眼,例如尼罗河。日落后,尼罗河两岸成了一对光之河,透过薄薄的云层可看见河流稍微模糊的明亮边缘,宛如金色豹纹。文明将自身和自然地理的轮廓投射到夜空中,于是在夜晚的云层间,白天看不见的东西现身了:埃及城市与河流的线条。

山脉也因没有灯光的污染而隐约可辨。灯光像河水绕石一样,流过孤立的山峰边缘。当海岸有山岭拔地而起时,例如地中海北边与东边的大部分地区,海岸线上村落与道路的灯光被压缩成一条金色的辫子,夹在看不见的海面与巍然山丘的阴影间。如果海岸边的灯光不那么明亮清晰,我们或许会把这景象归为印象派，并想起塞尚对莫奈的评价："他只有一只眼，但是天哪，那只眼多么非凡！"

当白天审视人类在大地上的杰作时，或许该庆幸我们看得够清楚，也看得不够清楚。很多细节被简化或者消失，车辆汇聚成流，像是血液奔流的动脉。房子变成社区、社区变成城市，而灯光是这广大城市的骨架，让人一眼就能辨识。从飞机上看见的人文地理就像神经学家画的神经系统，有细密交织的网络、通道、脉搏与流动，然而每个部分只了解自身，对于它们所构成的整体一无所知。

数百万人的生活与人生片刻，凝练成容纳他们的物质基础设施，这去芜存菁的画面在夜间达到极致。在夜间航班上，我们常常只能在灯光中看到人文地理。

飞行常让我思考。当我们决定要照亮某个东西时，那个东西的重要性究竟在哪里？全球有五分之一的电力被用于照明。我们在漫漫长夜中于地球上方看到的灯光都是人类刻意设置、刻意维持的。这个世界上仍有点灯人，但如今我们已不再这样称呼他们了，也不再像想念过去热气腾腾的城市那么常想起他们了。下次当你在夜里飞讨一个人口密集区时，不妨想象一下电力中断、大地陷入漆黑、只剩下水面上映照的月光以及偶尔出现的火光会是什么样子；在不久以前的人类历史上，地球就是如此黑暗。当我们从飞机上俯视下方时，便能看见被灯光蚀刻而成的文明；我们面对的是新的、壮观的生物发光奇景。

有些城市非常庞大，从空中通过灯光就能清楚地分辨出是芝加哥、卡拉奇还是阿尔及尔。不过小城市或许更有意义，例如你发现自己生活过的小城市就在脚下的黑暗中飘浮，宛如你搭过的船；或你睡了长长的一觉醒来，在快降落时打开遮阳板，一眼就看见了家乡的灯光。

某些城市，我们经过却不知道它们的名字。那感觉像小时候的某个圣诞节深夜，我坐在汽车后座，返家途中经过别的社区；或是平安夜为了欣赏刚落下的雪，行经杳无人迹的街道。这些时候，安静的房子会散发出独特的气质。童年时，圣诞节的重要性会渗透到所有事物之中，就连安静挂着的圣诞饰品也不足以反映。而我认为它的重要性体现在空荡荡的街道、近乎全黑的静谧房屋轮廓上。夜里飞过许多这样的陆地城市时，我们鲜少能看见这些城市的生活，但生活就是这些城市的重要性所在。

这种夜景是人类世界的缩影，并与驾驶舱内的情况遥相呼应。波音747的导航屏幕上没有城市、国家与大陆，只用蓝色圆圈标示了机场。我们能看见下方地球的城市灯光，不过波音747的世界只由黑暗屏幕上的蓝色圆圈构成。虽然如此，从屏幕上这些机场分布形成的图案，仍可间接分辨出世界上大部分国家或大陆的形状，例如英国、西欧或美国东部。坐在靠窗座位的人若观察下方地面的灯光，可以看出哪里有人类居住、哪里有工厂生产东西；飞行员眼前屏幕上的蓝色圆圈也说明，这些地方要么有足够多的人口居住，要么有足够多的东西生产，因而才需要盖一座能够让波音747停靠的大机场。

我常会飞过刚果（金），我父亲曾在此长期居住过，那时这个国家仍是比利时的殖民地。法兰德斯作家大卫·凡·雷布鲁克（David Van Reybrouck）近年推出了一部讲述该国历史的著作，读起来扣人心弦，可惜父亲已无缘阅读。在书的开头，作者描述了如何从海上与空中来到这个国家。在书的最末，作者描写了一次飞越刚果（金）的经历："广阔的苔绿色赤道森林宛如青花菜，上面偶尔穿插的棕色河流在阳光下闪闪发光。"

如今刚果（金）大约有八千万居民，比英国和法国的都多，是加利福尼亚州人口的两倍。它的面积是日本的六倍多，相当于阿拉斯加州与得克萨斯州面积的总和。然而在我们的屏幕上，刚果（金）只有两个蓝色圆圈，且看起来不像能在正常条件下让波音747降落的地方。非洲虽是人口第二多的大陆，但是其航空客运量占不到世界的百分之三。在天空观察现代非洲，或许可以看看这里的灯光是否出现变化；而飞行员在飞过非洲上空时，也可以看看导航屏幕上是不是有更多的蓝色圆圈出现。

刚果（金）最常出现的蓝色圆圈代表金沙萨[①]机场。如今我在伦敦与开普敦之间飞行时，会飞越这座机场的上方。不过，我没什么时间去细看金沙萨（我父亲那个时代称其为"利奥波德维尔"）。因为这里恰好是几个国家空域的交界处，空中交通

[①] 金沙萨，刚果（金）的首都和最大河港，也是中部非洲的最大城市。

比较繁忙。这里也常有暴风雨,即使是无云的夜晚,潮湿的赤道空气也会让天气突变。这个城市与国家是少数我父亲去过但我至今仍未造访之处。

偶尔,当我有机会在清朗的夜里向窗外望去时,会发现其实看不到多少东西。金沙萨虽大,但灯光寥寥可数,且零零散散。而世界上许多比它更小的城市却拥有比它更密集的灯光,两相对比颇不和谐。每当我在夜里飞越美国时,底下总有我几乎没有听说过甚至一无所知的小城市,然而那些城市的灯光竟比金沙萨的还要明亮。即使金沙萨有灯光,看起来仍稍显暗淡,还有点摇曳不定,好像它是从一片开阔的水域中浮现出来的,那些水把这个大都会的能量吸收、分解了。这个世界依然不平等,灯光也不例外,而金沙萨用昏暗的灯光,向天空诉说着这个事实。

有时我从西北方向飞到洛杉矶,途中会经过马里布被阴影笼罩的山脉,而这座城市就像是一束从太平洋海面聚集起来的磷光,赫然出现在眼前。从晴朗的夜空俯视洛杉矶,便能明白美国作家琼·蒂蒂安(Joan Didion)为何会写下"这是我在飞机上看过的最美的景象"这样的话了。若从西边的陆地飞往洛杉矶,途中会经过空荡荡的沙漠,直到飞越这座城市的最后一座山,才会出现变化。夜晚无论从哪个方向来,洛杉矶都像一座岛,在两大洋之间烨然发光。

夜

飞到洛杉矶，你很容易就能感受到这里的文化与地理位置足以媲美普利茅斯岩[1]；人文地理与自然地理在此处紧密交织，不易分离观之。美国这个国家向西流动的文化力量在此抵达了终点。晚上洛杉矶的灯光聚集成海，宛如一旁的太平洋，紧挨着沙滩与群山。

若在飞行员的职业生涯中只有一次在进近与着陆时听音乐的机会，那么我会选择在夜间抵达洛杉矶时聆听。这座城市的上空经常晴朗无云，感觉它藏在群山之外，坐拥得天独厚的地理位置，我们必须飞过千山百岳或太平洋才能抵达。我母亲的故乡在宾夕法尼亚州的一个煤乡，位于黑暗山丘包围的一个小盆地中。记得小时候，每回夜间行车翻越最后一座山头，山下城镇的灯海旋即便会映入眼帘。那灿烂的夜景和我眼前的洛杉矶如出一辙。我驾驶的波音747就像理查德·威尔伯（Richard Wilbur）诗中的椋（读"liáng"）鸟，越过"世界的窗台"，飞越圣贝纳迪诺山脉，沿着密集的高速公路神经，往海洋前进。

"Los Angeles"这个名字或许是全球所有大都会中最美、最动听的一个（在西班牙语中意为"天使"），不仅能让人联想到飞行，对许多人而言也是个梦幻的大都会。这座城市的规模也很大，在视觉上很难让人理解为什么建筑密度这么高的城市还可以往四面八方延伸，它在夜晚的高空中看起来分外美丽，好

---

[1] 普利茅斯岩，位于马萨诸塞州，据说是新移民抵达美国时的登陆点。——译者注

像只有这座以天使为名的城市才能在灯光中受到如此的庇佑。夕阳西下后,在洛杉矶上空转弯是世界上独一无二的经历,一边是灯火通明的美国边缘,另一边是从海上抬起的机翼和盈满繁星的窗户。

有时在夜间得先跨越一片海洋——而不是一块陆地,才会看到城市的出现。美国东海岸有用起电来毫不客气的大都会,这给那些在夜间抵达的人提供了独特的体验。在驾驶舱里,看到海岸逐渐逼近,我们会兴奋不已。我们会把远程无线电转换成短程的高品质频率。导航屏幕上的指针接收到岸边无线电台的信号后,跟着颤动旋转。不久之后,地平线上出现了第一道光。

这架波音747即将接近越洋之旅的终点;它迎着高处的寒风,以一道稳定的弧线朝着陆地上的灯光前进。这一刻地球的弧线显而易见,陆地的弧形边缘如同修长优雅的面孔对着我们旋转着,地平线宛若锯齿一般,在城市的灯光中起起伏伏。

这一刻特别具有历史意义,因为我们花的不是六周,而是六小时,就穿越了大西洋,抵达美国以及这海岸城市光明灿烂的灯光之网。在大海上飞了这么久,一想到陆地近在眼前,并能看见陆地的出现,这时我们会和古人一样松一口气。但我最喜欢接近海岸线时的视觉节奏。地平线上的光线被视觉角度压缩成遥远的线条,随后渐渐扩大、偏斜,这表明我们的电力一直输送到了大陆边缘的城市。

夜

  少有海岸线像佛罗里达州的东部海岸线一样笔直,一样灯光明亮。在降落迈阿密的最后阶段,我们跨过水与光的界线,这条界线宛若长长的白炽之刃,连续在阴暗的大海上飞行了六七个小时之后,这景色格外引人注目。我的排班表上有好几年没排过迈阿密了,而当我终于再次飞迈阿密时,很容易把这里越来越像香港的天际线,当成悬挂在曼哈顿与里约热内卢之间的夜空中的宝石,而这长达半个地球的弧线,是串起两地的文化经线。

  有两首关于离开纽约的歌很好听,不过我比较喜欢描述从遥远的海面飞向纽约的那首。这座城市宛如一个装满像素格的巨大花瓶,从曼哈顿倾倒,并向外翻滚、堆叠,然后在郊区摊平,最后渐渐消失于大陆内部的深色森林中,仿佛一则计算机时代的纽约建城传说。纽约的海湾与河流映照着金色的灯光,更遥远的海面上则散布着船只密集的灯火,好似一场秋日的暴风吹过落在陆地上的光粒子,把它们扫到了墨黑的海面上。

  从美国出发往东飞的航班,通常会在航程与夜晚双双接近终点时,看见爱尔兰的出现。即使是经常沿跨大西洋航路飞行的人,看见爱尔兰时仍会和奥德修斯的同船水手一样,感觉到"回归的黎明"。甫映入眼帘的陆地上有许多光线纵横交错,在如历史般的黑暗上空交织。灯光在岸边最密集,即使地平线随着黎明的到来而发白,灯光依旧明亮。这处海岸让我想起了半梦半醒的村庄和离家出海的渔民们,而那些位于海岸边的屋子就像是罗夏（Rorschach）测验里的墨渍。这景象简单明了地说明了什么是回归的黎明，展现了大地与光的轻柔交织。我们总算跨过这广袤的海洋，抵达了夜间旅行的终点。

我和父亲一同飞布达佩斯后一年半，父亲便撒手人寰。之后我在飞机上看到的世界便不再相同，夜晚格外如此。就像许多失去父母（尤其是年轻失怙）的人一样，我感受到了生命的有限——我以前对此并不在乎或懵懵懂懂，此时父亲的去世对我而言却是切身之痛。护士从一沓沓病历中感受时光的重量，机械师从生锈与修理中感受时光的重量，建筑师从经常翻新的旧建筑中感受时光的重量，而我是从在空中工作时经常看到的景色——地球灯光的人文地理中感受时光的重量。

从天空看到的图案——乡村小路、郊区野路、繁忙的高速公路、堆满我们需要的日用品的仓库、大型停车场、无线电桅杆上自豪而稳定的红色脉搏——必然和每个人的生活都有距离。但这是我们所有个体生活的公共基础设施，明亮的光网代表着我们却又不是我们。光会让人想到加拿大诗人莱昂纳德·科恩（Leonard Cohen）的诗句："我们就在这里，是如此轻盈。"若在夜里的某个时刻，人类都消失了，城市会有段时间看起来并无不同。城市虽是依照生活而规划，为了生活而打造，但城市之美却有种距离感与脆弱感，散发着一种拘谨或漫不经心的漠然，有如夜幕低垂时，那些闪烁的语言——从高楼窗户透出的灯光。

夜晚，在世界上方时，我会忽然想到，或许父亲现在看到的世界就是这样：遥远、寒冷、忙碌、浑然不知有人在俯视。接下来，悲伤免不了袭上心头，我不明白为何他人还能继续做自己的事、购物、开车、走路、欢笑。原因或许在于，我比大多数人更常看见这样的世界。

朋友们有时会主动告诉我，他们难以忘怀曾在某个航班上，望着窗外好几个小时，或一语不发，或聆听音乐，深深地被眼前从未见过或未曾注意过的景色吸引。令我惊讶的是，他们之所以会搭那班飞机，是因为所爱的人突然病了或去世。这往往会使他们去凝视外界，同时探索内心。他们这样做的原因或许是身体疲惫或受时差困扰；或许是之前亲友或医生的紧急电话不断，而在飞机上的这几个小时可能是几周来唯一能让他们独自沉思的片刻。无论是从心理或是物理环境来说，我们都从听闻这个消息之前的时空，穿越到了新的时空之中。我父亲刚去世的那几个月，我经常会想，我开的飞机上有多少乘客是因为有人去世或重病，踏上了这段旅程？在他们眼中，夜间航班下方的世界灯光看起来如何？

宁航员说，比利时很好认；在地球的夜间照片中，比利时白光熠熠，其明亮程度不输任何城市的。比利时的人口密度名列欧洲前茅，拥有全球最密集、照明最完善的道路网。从飞机的飞行高度来看，这些灯光并非白色，而是橘黄色。我从伦敦出发的航班，越过英吉利海峡，便会看到比利时一望无垠的灯海，这块陆地被灯光切割成密密麻麻的网格,看上去宛如安全玻璃的碎片,朝我们靠近,而同时间我们在比利时的上空升得更高。

比利时的邻国没有这么大方的路灯政策。这意味着在晴朗的夜晚,从空中能清楚地看到比利时弯弯曲曲、常被忽视的边界。过了这条界线,陆地就会黑暗许多。我寻找着法国里尔(Lille,荷兰语称为"Rijsel",因为这里曾是法兰德斯区的城市)的灯光,接着视线往东北移动,越过灯光的边界。我就这样在飞机上瞥了一眼父亲的故乡;我发现这座城市的那一晚,他坐在客舱的前端,而我开着飞机,在离他仅仅不到三米的驾驶舱中,中间隔着一道锁着的门。

其他国家的边界也会以灯光呈现;例如印度与巴基斯坦便是用灯光划出了最明亮又最知名的国界。不过,父亲故乡灯火通明的画面,在他去世之后仍有好长一段时间令我百般珍惜。人都深受自己祖国的影响,然而我父亲的故国在今天已发生了巨大的变化。他曾告诉我,他回比利时后竟发现有些荷兰语他不认识,例如科技词汇,因为那是他离开比利时之后才发明或通用的词汇。他去世几个月后,当我从伦敦起飞,在空中爬升,看见比利时在夜晚望着我时,我怀想着一九三一年(父亲出生那年)的飞行员在这个位置上会看到什么样的灯光。我也想到了我的叔伯姑婶及许多家族同辈,他们在这天晚上,在这架爬升的飞机前方的灯光中度过了一个平凡的夜晚。比利时是我当时最念念不忘的土地,它出现在我眼前时,宛如昏暗过往中亮

夜

起的一道记忆之光。这些思绪边界清晰，仿佛在父亲或母亲过世后的夜晚，他们的故乡一时间也变得更明亮了。

我在地球上最偏僻的地方上空，渐渐懂得了欣赏下方与个人经验无关的灯光。通常在像撒哈拉沙漠、西伯利亚以及加拿大和澳大利亚的绝大部分地区这样人口稀少的区域，根本看不到灯光，就算有也相当罕见。但有时在非常偏远的地方，或附近的大地被云遮住时，可能会看到一处灯光。孤独的灯光漂浮于一大片黑暗之海上——的确，当飞机飞越大海时，若飞过一艘船的上方也会看到这景象。

孤独的灯光会让我们联想到更原始的东西，例如灰烬或烽火。从飞机上能看到的除了灯光，就是周围无尽的夜色。事实上，我们比地面上的人能更清楚地看到这片夜色的无边无际。孤独的灯光和城市的灯光不同，从上空来看，城市的灯光美丽、繁杂，孤独的灯光脆弱、亲切。

每当看到这样的灯光时，我便会想起童年时那些酷寒的夜晚。那时，我常会踩着咯吱作响的雪，手上抱着木材，回到壁炉发出柔和光芒的屋中。在上空的这种无法得知下面有谁的感觉，本身就很奇妙。村子里会不会有一台发电机，正在为不久之后就要熄灭的灯光供电？或者在遥远高空上看到的一处灯光其实是由好几盏挂在尘土堆积的广场周围的房舍之间的灯泡组合而成的？从高空来看，小聚落中的许多灯光可能会合而为一。

长空飞渡

有人点亮了吸引我注意力的夜晚灯光,那他会不会也在仰望夜空,看见了我驾驶的喷气式飞机在星斗间眨眼呢?他会不会猜想这飞机从何处飞来,又要飞往何方?我自己还要花多久时间,才能在地面上再找到这样的灯光?想必是要好几天,可能还要先搭一两班飞机去某个灯光灿烂的城市,接下来再长途跋涉,才能来到这看似只有一盏灯的地方。

贝尔(Alexander Graham Bell,电话发明人)曾预言,飞机能从地面上载起约一千块砖的重量。一千块砖大约是两吨重。飞机有所谓的"供应品重量"(pantry weight),也就是不算乘客和行李的重量,只计入飞行时必须携带的饮食与相关补给品的重量。一般波音747的供应品重量会超过六吨,相当于好几千块砖的重量[波音747一般的"业务载荷"(payload),亦即包括乘客、行李和货物的重量,约为三十到四十吨]。飞机在设计过程中,要始终考虑重量这个因素。如果要给波音747减重,最初参与设计的工程师可能会难过失落,因为他最爱的几项功能要保不住了。

飞机重量会在飞行过程中随着燃料的消耗而大幅减轻。一般的汽车油箱可装五十五升油,大约为四十千克重,约占汽车总重量的四十分之一。从新加坡出发到伦敦的喷气式飞机可能重达三百八十吨,其中业务载荷约占十分之一,而超过一百五十吨(相当于五分之二)是燃料,这些燃料在飞机降落之前几乎会被消耗完毕。

起飞重量与燃料消耗量的换算必须细致严谨。在长途飞行中，如果你多在行李箱中装五本书，飞机就要燃烧更多的燃料才能把你的书抬起，带它们飞越世界；根据计算，多烧的燃料重量约相当于其中一两本书的重量。有时一架航班的乘客数量或货物量会临时增加，这时必须增加额外的燃料，才能满足增加的业务载荷。

并且燃料本身也会造成飞机重量的增加，从而变成一个恶性循环。有时预计目的地会有雾或下雪，因此我们要装载比飞行计划或一般正常储备更多的燃料，才能应对延迟抵达机场的状况。在一般的长途航班中，若想在目的地增加三十分钟盘旋等待时间的余裕，就要多装四十分钟的燃料，因为多增加的燃料中有很大一部分是为了载运燃料本身的。飞机飞行距离越远，便有越多燃料是因这种方式而被消耗掉的。这意味着，当飞机的总重量到达某个点之后，一次长途飞行的用油效率不如两次短途飞行的用油效率。

在成为飞行员之前，我从未想象过，我们能直观地感受到随着飞行时间与里程数的增加，飞机重量在不断地减轻。飞机重量的变化不断提醒着我们飞机的飞行原理，也就是飞行是一种把人和货物带离地面、飞越天空的物理任务。飞机的重量会影响飞机的巡航高度与速度，甚至在某些情况下会影响飞机转弯时倾斜的角度。在计算着陆速度时，飞机重量也是格外重要的考虑因素。我们往往认为，越重的物体，其速度越慢，但是机翼的升力也与飞行速度有关，越重的飞机通常必须飞得越快。一般而言，在波音747上，降落时重量每增加三吨（货物、乘客和未燃烧的燃料），飞机就需要多提高一节空速。如果抵达时间延误，飞机进入盘旋等待的状态，那么飞机的重量就会持续减轻，我们也得随之一节一节地下调降落的速度。

飞行员可能要在不同的时间从不同的层面考虑燃料的问题。有时要把它当成纯粹的重量；有时要把它与会产生的废气联系起来；有时要用它替换下等重的货物，因为长途航班能携带的业务载荷会减少，尤其是在强逆风中；燃料也与飞机在空中的时间、在地上的里程以及飞行成本密切相关。在诸多实际的考量中，我偶尔会忘了燃料本身其实相当古老。若有什么古老的东西可穿越时光隧道，应用到清洁、先进的现代飞行中，进而推翻飞机是未来产物的观点，那东西就是燃料。燃料会在飞行过程中不断被消耗，并转换成飞行的时间与距离。使用燃料的想法源自我们的祖先围坐在篝火与油灯周围时的发现——某些物质可给我们带来温暖、光亮或让我们移动得更快——且一直沿用至今。

有时这层关系会通过夜里下方地球上的火生动地展现出来。我们或许可想想"petroleum"（石油）这个词的来源，以及从坚硬的地球内部萃取出液态能源代表着什么意义。

石油从油井中出来时，常会伴随着天然气。天然气可被收集贩售，但需要额外的设备，因此天然气（尤其是偏远地区的天然气）往往会直接在空气中燃烧，发出烈焰。

我正飞过伊拉克，不久就要朝科威特降落。下方的黑暗中似乎有许多巨大的蜡烛，这些蜡烛不是祈祷用的那种粗矮状的，而是高高的锥塔状的，其中一端深埋在沙漠中。蜡烛的火焰非常明亮，在周围的夜色中晕出完美的圆形光环，宛若在灯光下吹出的泡泡，又像农舍门廊上挂着的灯泡，在四下一片黑暗的田野中发着光。蜡烛的火焰是红色的，偶尔也有金色的，但我常无法分辨金色是火焰的颜色还是周围土地的颜色。

产油大国的夜空中常能见到这些火焰，它们甚至会在我们眼前摇曳或跳动。有时我会看到数十个火焰形成的新地景，以烈焰高塔为标志，照亮着沙漠或副极地的夜空。我看到油井的火焰时多半会联想到波斯湾，但是在俄罗斯和非洲的部分地区也能看到这些火焰。当我第一次从新加坡飞往悉尼，经过印度尼西亚上空时，恰好看到了油井的火焰。这些油井并非嵌于沙漠之中，而是在广阔的海洋上方，那里有许多钻井平台。

油井的火焰看起来有些诡异，甚至有些寓言色彩。火焰下方的油井所生产的燃料，可供飞机燃烧使用。这样看来，这火焰不仅与上方的飞机有关，也是下方世界工业文明的象征。这火焰意味着我们已经释放的或即将获得的力量，能随心所欲地点亮夜晚。无论我在哪里看见这些火焰，都会想到宾夕法尼亚州的森特勒利亚——那儿离我母亲同样产煤的故乡仅几英里之遥,那里地下矿井的火焰已经燃烧了五十多年,蒸汽和烟雾从山顶墓园的裂缝中冒出,雪一落到早已废弃的街道上马上就会融化;我也会想到纽约洛克菲勒中心的溜冰场上的普罗米修斯(Prometheus,意为"有远见的人")雕像,一旁还有希腊悲剧作家埃斯库罗斯(Aeschylus)的名言:"普罗米修斯,这位集所有艺术于一身的大师,将火带给凡人,造就了人类的丰功伟业。"我们或许可以把波音747当成人类的丰功伟业,它能在这些火焰之矿的高空星斗间穿梭,飞行高度是奥林匹斯山海拔的四倍。

地球上还有另一种火——森林大火,在飞机上常可以看见。或许是受气候变迁的影响,森林大火越渐频繁。有时日间航班经过美国西部崎岖的山区,可以看到灰色烟雾从着火的山坡上升起,在疾风中弯曲缭绕。风常常会在高处改变速度和方向,因此森林大火产生的烟雾就成了一种图示,能够让人清楚地看出它们在上升时遇到的风发生了怎样的变化。

这些航班多在夜间返回美国西部,这时虽然看不见烟雾,但有时可看见火焰。火焰的亮度与颜色经过距离的淬洗,看起来寒冷得令人刻骨铭心,其他事物皆黯然失色。森林大火的火焰宛若刚从冶铁炉流出的铁水一般明亮,就像雪地中的血一样引人注目。

火的热量导致空气快速上升,形成火积云(pyrocumulus)。

有时在火积云中会有冰产生，其他时候则可能会带来降雨，浇熄形成这种云的火；它也可能会产生闪电，引发新的火势，接下来又形成新的火积云。有些地方的飞行文件，例如塞浦路斯，要求飞行员看到火灾务必通报，这不免令人想起飞机早年的用途。不过，我从没听过有人通报火灾，甚至在无线电里都没听人说过"火"这词。如果我要向管制员通报地面有火，我会小心用词。

一天，我从伦敦飞往约翰内斯堡，那是一次"高温高海拔"（hot-and-high）训练，即飞往温暖气候区的高海拔机场。这样的环境会给飞行员带来许多挑战。

此时正值这趟旅途的平稳阶段，我悠然享受着长夜飞行的特殊氛围。乘客已用完晚餐，进入梦乡，客舱灯光被调得昏暗。一名飞行员进入休息舱休息，驾驶舱的其他飞行员也聊兴缺缺。这是夜空中最美好的时刻——宁静、黑暗、"一切安好"的氛围轻拥着飞机，即便我们此刻正自由地在旅程两端拥挤的城市间孤独地飞行。我喜欢想象这架飞机从外面看起来的样子，在非洲的夜晚，它或许像长着翅膀的芭蕾舞者轻盈的舞姿。

此刻我们在赞比亚上空，我看到地平线上有一道暗淡的光。在极晴朗的夜空，遥远的地平线尽头往往会出现光，然而还需要好一段时间，我才能知道那究竟是城市，是缓缓升起的月亮，是世界另一边的白昼微光，或只是即将到来的黎明。

十五分钟后，我们远远看出了是什么照亮了夜空——下方黑暗的平原上，野火丛生。这火的火线边缘不像山区森林大火那么短，而是由几十条光之曲线连接而成，看起来就像着火的字母或是漆黑中的波浪。很快我们就飞过了这些燃烧的神秘符号，而它们也从我们的下方跑到了地平线。

我从未在驾驶舱看过这么惊心动魄的画面。这景象让我想起了我们所有古老的神话与恐惧——一场火雨，撕裂了人类秩序，使动物四处逃窜。火会引起人类原始的恐惧，然而我们的飞机就在火上飞行，这着实匪夷所思。当我们看到熊熊烈火时，难免会做出一些本能的反应，然而无论是实际上或是心理上——我手上捧着一杯茶，三百名乘客游走于梦乡之中，早餐在推车中等待到点分发；致力于确保我们安全（尤其是关于防火）的专业知识都已烂熟于心——飞机离火还有着一定的距离，相当安全。燃烧的大地在眼前出现，随后落在我们后方，最后如这世界上的一切，在机翼的稳定移动下消失。

不久之后，旭日升起，我们开始朝约翰内斯堡降落，准备开启一个欢快、干爽的普通工作日。在清晨明亮的阳光下，高速公路在高地上蜿蜒，持续的嗡嗡声让一个从没来过这里的乘客误以为我们正在往洛杉矶降落。到了下榻的酒店，我开始搜索关于火灾的报道，却一无所获。我简直无法想象那么异乎寻常的景象竟没有成为新闻。几天后我再度上网，依旧找不到有关那一场火灾的消息。

在 GPS 发明之前，飞机导航系统不可避免地会出现一些小偏差，这意味着同一条航线上的飞机的实际飞行路线可能会有所不同。但导航系统有了 GPS 的强化后，飞机的实际飞行路线就可精准地重叠，精准到某些地方的飞行员要刻意采取偏离（offset）的做法，与发布的航路平行而飞。这样做在有些情况下是为了避开另一架飞机尾流产生的乱流；在有些情况下是为了在管制员和各种机上系统的协助下刻意产生一些偏差，与其他飞机多一层间隔。

不同高度的飞机在同一条航线上迎面而飞时，它们之间会形成一定的夹角。飞机的飞行路线有着精准与复杂之美，就好像在天空的几何课堂上，用图来解答某个文字问题。有时同一条航线上两架反向而行的飞机迎面而飞，其中一架会正好在另一架的上方。这种情况在俄罗斯和非洲的上空很普遍，因为这种长长的跨大陆航路常受双向交通的青睐。

虽然在目视到其他飞机接近之前，就能在飞航电脑的屏幕上发现它，不过向窗外看仍是我工作中奇妙而重要的一部分。两架飞机的接近速度非常惊人，很容易就能达到时速一千两百英里。你才刚看到某架飞机，很快它便会出现在你上方，随后消失无踪。这是我亲眼所见的最快的活动，清楚地说明了什么叫"关于速度的崭新事业"——美国小说家福克纳（William Faulkner）如此描述航空业。

有一回我在南非乡下开车，天黑之后路上空无一人，后来有

长空飞渡

人告诫我,深夜在南非远离城镇的偏僻道路上开车是愚蠢的行为。有极少的几次,看见远远有车灯出现后,我们会谈论这辆车,期待等一下擦身而过时,能听到对方的引擎声、看见对方明亮的头灯,也会彼此打招呼。擦肩而过之后,我们又会聊起别的事情,听几首歌,然后在开往山顶的路上再一次看见其他车子的灯光。但过了一会儿,我们才发现那其实是前一辆与我们擦肩而过的车子的。在一片漆黑的路上,车灯非常明亮,让我们误以为那车子离我们并没有那么远。

在夜空中的飞机上,这种现象更明显。我们可能大老远就能看见其他飞机或其他飞机的光在接近,但白天不会那么快看到。其实它可能还在四十英里之外甚至更远的地方,不过这距离不用多久就能拉近。我禁不住想到一个离我家四十英里的城镇的名字,能在这么远的地方看到灯光,这表示空气是多么干净、黑暗是多么纯粹啊。

有时我搭公交车时,会看见司机随意地和对向的司机挥手,我不知道他们彼此的交情有多深;他们真的是朋友吗?还是仅仅出于同行情谊而打的招呼?飞机飞行时总会有一些灯亮着,长途飞行员在孤寂的非洲夜空过了午夜,若看到有另一架飞机接近,或许会稍微闪一下着陆灯,好像在丛林或沙漠冰冷寂寥的上空,在冉冉上升的南十字星下向对方招招手。对方飞机的飞行员若看见另一架飞机的灯光,通常也会回应。

有时看似其他飞机在遥远之处发出的闪光,其实是星星或行星的光芒在大气层中闪烁。这现象常会衍生出许多奇怪的事情。比如副驾驶以为有另一架飞机接近，于是打开着陆灯，这时机长会调侃说："小伙子，你交到来自金星的朋友啦？"随后会跟副驾驶讲一些古老的飞行员的故事。

我最常在从伦敦飞往开普敦的航班上，看到飞机用着陆灯彼此打招呼，展露他们温暖又孤寂的姿态。在这条航线上，我们可能会遇见公司另一架反向而来的飞机，好像一架飞机起飞的目的就是当另一架飞机的灯光里程碑。同公司的飞机会让人想起以前的联合城堡航运的班轮，这家公司的班轮会在每周的同一天分别从英格兰南安普敦与开普敦出发，之后某天在海上交错而过。

在大海上方，在飞机上几乎人人都进入梦乡之际，我看见了公司另一架飞机的灯光。我将手伸向上方仪表板上那对着陆灯开关，在无边无际的黑暗中，借机翼上如细针般的灯光向对方的飞机打招呼；这时对方的灯光也速速穿过我们的挡风玻璃。我们没用无线电说什么，而这招呼在电光石火间已完成，我的手甚至还没离开着陆灯开关。机翼在冰冷的非洲星辰下重回黑暗，两架飞机默默画着弧线飞过，各自航向对方刚离开的城市，迎接清晨到来。

回归
Return

我在东京市中心。大白天要从成田机场的酒店前往市区，这段路可不轻松，像一边游泳，一边对抗强烈的时差之潮。不过，要趁机看看这座城市的面貌，才不枉费一行人远道而来，今晚也能有一夜好眠。我对路上的几处景点还有印象，因为学生时代到金泽当暑期交换生前，曾短暂地在东京停留过，出社会之后也曾到这里出过差。

我们来到东京都厅舍前的巨大广场，我第一次来这里时，这座双子摩天楼才刚启用几个月。当时带领我们这群暑期交换生参观这个新奇世界的是个来自加利福尼亚州的二十多岁的研究生。她要我们睁大眼睛，好好看看周围的世界。"人在哪儿，心就在哪儿"是她常挂在嘴边的一句话。这句话令我印象深刻，毕竟我来自马萨诸塞州的乡下，从没想过会参观这个地方。现在已过了十五年，我想起她的话时仍会禁不住会心一笑。这句话道出了地差感的问题，也像是对抗地差感的咒语。

今天早上同事们和我一同搭波音747前来，这会儿我们正一边说笑着，一边查地图，找地方吃午餐。再过两天，我们就要往西北飞过西伯利亚，返回家乡。

我在这座遥远城市的正午阳光下，与一群昨天才认识的朋友散步嬉笑。这时，我想象有一个慢下来的自己，他和我一同诞生于这个世界上，但是他的生活步调和生活阅历有如石器时代。他尚未离开伦敦，仍在家中闲晃，连护照都没有，从未飞行过。他对没能亲自去过的远方一无所知，他未曾眺望过空旷的原野或谷地。过不了两天，我会回到家中，届时便会遇见他。他或许正在离开公寓，背着背包，里面装满了他认为会派上用场的东西，还穿着最耐穿的鞋子。我走上阶梯，在家门口的楼梯平台间遇见他。"那些东西都派不上用场的。我回来了。"我说完，与他擦肩而过，取下耳间的耳机，随手将护照扔到架子上，打开收音机，把脚搁在沙发上，翻阅邮件。

同事们和我在东京的一条小街上漫步，找了间小餐馆，吃了一些煎饺当午餐。回到日光下之后，我又设法询问路人如何去明治神宫。

在伦敦出发的航班上，我请了一位空服员协助我用日语广播。我得把每个字都写下来。来日本当交换生已是多年前的往事了，之后我的日语能力日渐退步，使得这些句子像语言的幻肢，我已无法流畅地说出。我第一次开飞机到日本，发现日语能力大幅退步时，心里不免沮丧。但我相信只要在此地待上几个星期，差不多便能恢复当初的日语水平。果然不出我所料，即便才来了一两天，我已经隐约感觉自己重拾了部分日语能力。但如今我明白，我永远不会有足够的时间待在此地，寻回记忆中的字句，至少有工作在身时不可能如愿。接下来的几个星期，我会先回伦敦，之后再去圣保罗、德里，届时会在其他国家的街道上听到其他语言。

虽然我在工作上学到了新的语言（包括与飞机、天空中的新地貌、之前不认识的小地方或遥远的地方有关的名称和用词），但新语言无法弥补我之前失去的语言能力。不过，新语言也有好用的时刻。例如在无法用声音沟通时，即可使用航空手势：地勤人员可用手势告知飞行员让移动的飞机停下、前进、左转、右转，飞行员也可用手势向地勤人员传达刹车已拉起或要开始启动引擎的信息。这些手势是国际通用的，就像船舶在沟通时用信号旗或桨叶打出的信号。飞行手册中有画出这些手势，详细说明了手该如何动作，这让我想起了母亲给人做语言治疗时使用的手语指导手册。

有些手势并未记录在飞行手册中。飞机准备起飞时，通常会有个地勤人员对我们竖起大拇指或挥手，这一刻他们不仅在跟我们道别，也在祝福我们旅途顺利；这与"goodbye"一词有异曲同工之妙，因为"goodbye"源自"God-be-with-you"（愿上帝保佑你）。而在日本，地勤人员会与我们的飞机保持安全距离，并面对着飞机，向踏上归途的波音747弯腰鞠躬。

我们来到明治神宫，穿过雄伟的木门——有些参访者在进门时会向这扇木门鞠躬。我一直很喜欢这种颇具仪式感的门，因为这种门是一座城市、寺院或城堡向外界过渡的标志。有一回我到日本，一名旅居东京的德国人列出了日语中几个源自德语的外来词，例如"アルバイト"（arubaito，兼职工作），便是来自德语的"Arbeit"；而"エネルギー"（enerugii，能源）一词也是源自德语的"Energie"，从词尾"g"的发音即可听出端倪。我学到"鸟居"（torii）一词时，问他这个词是否和德语的"Tor"（门）有关。他说没有，因为鸟居的意思是"鸟停留之处"，欧洲的"Tor"与日本"鸟居"这两个词都相当古老，早在双方通过航海进行文化语言交流之前就已存在。当然，现在文化语言交流的任务交给了飞机。

若地名中有"门"这个字，就会让它与地图上的其他地方有所不同，而这个地名也会成为当地的特质，融入其周遭漫长的历史和广阔的地理中。飞行员行走于世界各地的城市时，或在咖啡馆阅读前一晚飞越的城市信息时，可能会看到不少含有听起来很威风的"门"的地名，它代表着进入一座城市的人造或天然入口：在新加坡，有看起来古色古香的福康宁门①；伊斯坦布尔有金门；旧金山也有"金门"，但与温哥华的"狮门"一样，都是桥梁的名字。羽田机场附近的东京湾上有座新建的桥梁，我很喜欢这座桥梁，也喜欢它的名字——"东京京门大桥"。土耳其山区的叙利亚门是一处我偶尔会飞越的高山隘口，有同事告诉我，亚历山大大帝曾率军来过此地。

游客们会发现，有些门的名字并非取自它屹立之处，而取自

---

① 位于福康宁山，曾是英国殖民者在此修建的军事设施。

它通往之处，这很容易让人混淆。柏林的勃兰登堡门通往的是哈弗尔河畔的勃兰登堡市，而勃兰登堡州也因这座城市而得名。大多数外国人提到勃兰登堡时，想到的都是柏林市中心的勃兰登堡门，因此德国首都新机场被命名为"勃兰登堡机场"，也算是相当贴切。我初次去德里的早上，在地图上看见"印度门"时，就赶紧搭地铁准备去那儿游览一番；但上了地铁看见"克什米尔门"时，又差点改道。有时这些门的名字会指涉周围更广阔的地区，即使原本的门早已不存在，这个地名仍继续沿用，例如东京的"虎门"，那是江户城原本的南城门所在地。"主教门"与"沼泽门"是伦敦数一数二响当当的地名，即使城门如今已不复存，仍道出了罗马时代伦敦城墙的所在地。

我常飞巴黎的那段时间，从小教堂门地铁站进入市区时，常会想起城门与机场的关联。如今机场的登机门都以数字或字母来编号，但若以这些历史悠久的门来命名，或许更添光彩。登机门是一个过渡空间，介于飞机与机场之间，可能锁着也可能开着。我们穿过登机门，进入现代城市。美国以前的大型火车站就像前一个时代的机场，被比作中世纪城镇的大门。挪威语的"海关"一词是"toll"，我曾飞过奥斯陆，在那美轮美奂的现代机场看到过这个词，我不会说挪威语，或许正因如此，看到这个词时，便感觉自己好像要从正式的通道穿过这座城市的城墙。

我没有飞过新航线的首航，在首航航班的传统欢迎仪式中，机场消防队会用水柱喷出白色拱门，让飞机从下面滑过。这仪式的两大要素是水与拱门，感觉起来相当原始，甚至比喷出水门的消防车还要古老和简单。在这样的阵仗下，当乘客下飞机走进航站楼时，虽不至于会联想到被身穿华服的守卫注视、吊闸升起、旗帜飘扬猎猎作响的场景，但肯定也会震惊不已。我们不会想到，即使是最庞大、最现代的机场，即使是这些由当代最优秀的建筑师设计的钢骨玻璃的巨大建筑，总有一天也会过时。我们现在还无法得知这样的机场未来会引起什么样的怀旧情绪，它将象征何种过往的旅行与城市传奇——虽然这是我们的"现代"。

飞行员在落地之前要先通过天空中的门。以前在物理课上学过，高放在架子上的静止保龄球具有势能，而在地面上滚动的保龄球具有动能。在巡航高度上的飞机，其势能和动能都很高——飞机不仅在离地面很高的上方，还在空中快速飞行。等飞机停在登机门前三十分钟之后，因为既没有前进，也没有在高处，其势能和动能都消失了。

飞行员在降低飞机的高度时得考虑到其他飞机、地面障碍物、公布的进近通道和管制员的指示。飞机必须服从管制员的指示，以配合管制员提高空域与跑道的利用效率。此外，飞机要遵守常规的速限要求；正如汽车在接近房屋密集区或城镇时速限会降低一样，在世界上大部分地区，对低于特定高度的所有飞机都有速限要求。更重要的是，飞机触地时，速度既不能太快也不能太慢。现代大型客机的机翼非常有效率,其更常见的问题在于速度太快(而不是太慢)。高度与速度的能量收放转换过程被称为"能量管理"(energy management),这是客机飞行员的一大挑战。

有时我们说某机型很"滑溜",或者说某机型只能在下降高度或减缓速度中择其一,无法两者兼顾。这固然是在称赞飞机和机翼设计得很好,但也是在提醒我们要对这种机型进行能量管理比较难。

为了确保触地时飞机的能量是正确的,飞行员在空中就得先为这些要求做好准备(back up),这意思并非信息时代所说的做好备份,而是指为了符合物理学原理,在时间上和空间上提前行动。在飞机进近过程中的空中某些固定的点上,飞行员之间要大声地相互通告彼此的情况——是否太高或太低,是否太快或太慢。这些空中的点就是所谓的"天空的门",我们只有符合某些条件时才能通过。有些是"软性门"(soft gate),是管制员根据当天的天气、飞机的重量和风的大小及方向所给予的建议;有些是"硬性门"(hard gate),除非飞机的能量等因素与跑道的剩余距离相匹配,否则不能通过。

飞机在着陆之前速度会降低,原因显而易见:速度越快的飞机要借助越长的跑道才能停止,可是跑道并非无限长。但在某种意义上,飞机又无法飞得太慢,因为飞机机翼的设计是为了让飞机飞得又高又快,这时我们就要伸出机翼前后的襟翼与缝翼，即由机翼前部和后部展开的并向下弯曲的翼板。飞机在起飞时也要伸出襟翼与缝翼，但幅度没有降落时那么大。张开的机翼更大、更弯，它们所产生的阻力会降低飞行的效率，但这会让飞机飞得慢一点；考虑到飞机起飞或降落时跑道长度有限，因此这种降低效率的做法是正确的。

没有张开襟翼、缝翼的机翼是"光洁"（clean）构型，而张开襟翼、缝翼的机翼是"非光洁"（dirty）构型。热心的管制员通常会请飞行员"减速至最小光洁速度"（minimum clean speed），意思是要飞行员放慢速度，但还不必降低效率。波音747的机翼有七种构型，一种光洁构型，六种非光洁构型。进近时，飞机的机翼分阶段往外伸展，每个阶段飞机的最高与最低速度都会降低，因此当上一个阶段结束时，飞机就会放慢速度，开始下一个阶段。非光洁构型的第四个阶段通常用来起飞，第五、第六个阶段通常用来降落。

看机翼缓缓张开，这是专属于乘客的一大乐趣。乘客不仅有时间在飞机高度与速度双双下降时，观看各阶段精心设计的机械变化，还能更清楚地看见机翼张开的模样。下次搭飞机时，不妨选个靠窗、能看到机翼后缘的座位。飞机降落前的景象纯粹、赏心悦目：机翼张开，飞机准备降落。

从地面上观看飞机降落，张开的机翼是最引人入胜的画面。如果飞机降落前从你头顶经过，例如你恰好在机场附近碰上塞车，或你喜欢到航空迷聚集、看飞机降落的地方野餐，那么一架波音747大小的飞机的降落相当有看头——张开的机翼令人屏息，有如人类在空中的手臂，此刻在你面前展现出具体的细节。飞机巨大的襟翼在风中弯曲伸展，同时引擎对抗着襟翼产生的阻力，这模样宛如一只即将降落在某个地方的大鸟——腿向前伸、翅膀展开，准备迎接降落那一刻的到来。

我仍喜欢从地面仰望飞机，搭机时喜欢靠窗座位，这时的体会和坐在驾驶舱工作截然不同。通常飞行最感动我的，并非自己开着飞机降落；而是在我开的飞机降落后一小时左右，我可能会在离开洛杉矶机场的高速公路上看到另一架和我开的类似的飞机，从下方几百英尺内就有十条低速车道的空中掠过，被阳光照亮的机翼闪着光，飞过川流不息的车子上方。四十岁的我看见飞机降落，仍对眼前的科技之美兴致盎然。我心中的孩子仍无法相信，在不久前如雷轰鸣的时刻所见到的五岁孩子都会仰望的奇景，其实只由两三个人引导，其中一人就是我。

还有一小时，飞机才会降落；还有六七小时，我才会抵达东京市中心，进入明治神宫的大门。我们正在商量如何通过东京上空的门，我们正在计划如何让这架离开伦敦地表之后不断爬升的飞机下降、减速并回到地面。

我写下了几条注意事项，准备对乘客广播。在开口之前，我先念了念几个日语单词。在《公民凯恩》(*Citizen Kane*)一片中，苏珊问凯恩，纽约现在几点了。凯恩告诉她，十一点三十分。苏珊又问,晚上吗?长途客机飞行员听了可能会对她会心一笑,因为驾驶舱只显示格林尼治标准时间。所以,一般我换算成目的地的当地时间后,总会和同事确认一下是否正确。地方语言的变换,也会在驾驶舱内提出的问题中反映出来。例如,我会问同事,"这里"现在几点?而不是问"那里",即使我们离目的地还有四百英里,开汽车的话得开上一天,甚至离目的地还差一个时区。但无论如何,这里和那里即将会合。

我们往往认为一段旅程是沿横向或曲线的路径在地球上移动或跨越,我们也是如此看待空中之旅的。但是在驾驶舱内,抵达过程更具垂直感。在巡航高度时,世界上复杂的天气变化全都在我们下方。但是随着高度的下降,我们逐渐进入目的地——不是从旁进入,而是从上方进入——并真切地感受着目的地的天气。我们以同样的方式回到"地面"(terrain,地球表面的通称);当我们下降到山区时,山岳可能就在我们周围,而不再位于我们下方。

我们抵达前要先做简报,说明天气、在软硬性门的目标速度和高度、未达目标的行动方案、跑道、降落之后的滑行道(这是许多飞机在到港过程中较为复杂的部分)等情况。完成简报后通常还要再等几分钟,才会得到第一个降落许可。

获得降落许可之后,我们会把相关指令输入自动驾驶仪,并在指定时刻让引擎逐渐进入怠速状态,让机头开始朝下。这时机长会说:"我们开始吧。"你可能以为这句能变出动能的咒语,

回归

一般在飞机推出、旅程开始时出现。但我最常在飞行结束时听见自己说:"我们开始吧。"这时我们在所谓的"下降顶点"(top of descent),也就是离开巡航高度的地方。我们开始吧——我们开始进入下方低矮的世界,我们开始前往下方的目的地。

因为跑道鲜少与飞行方向一致,所以飞机可能会在起飞之后转个大弯,进入航路,而着陆之前也要先转个大弯,离开航路,对准跑道。位于东京东北部的成田机场离海岸不远。这个晴朗的早晨吹的是北风,因此我们在成田机场附近顺时针转了几次弯,才来到南边的海面上。在飞过机场上方时,我看见了下方飞机十五分钟后即将降落的跑道,还看见登机门是空的,为此我感到很庆幸。这种直接飞越之后即将降落的跑道上空的做法,表示此时飞机的速度与高度仍然很高,剩余的能量依然很强。飞机不能在路边停靠,让乘客下机;降落在正下方的机场的唯一方法是,先以每小时数百英里的时速飞离它。

着陆前的最后几英里,飞机会追踪从跑道往上、往外发射的无线电波束。飞行员或自动驾驶仪会设法锁定这波束,跟着它进入跑道。飞行员通常会从斜角处接近波束,由于斜角的度数、风向与飞机的速度都会变化,所以飞机捕捉到波束后,最后一次转弯可以相当和缓。不过,这天早上,风把我们吹到了波束的另一边,因此自动驾驶仪的反应是要转一个急弯,以免飞机被吹到波束之外。若坐在靠窗座位,可别错过了这降落前的最后一次大转弯。这次转弯果决有力,转弯时的自由翱翔与转弯后的平稳下滑两幅优美的画面相继出现，使飞机与飞行员切入下滑道，对正跑道，继而结束飞行。

有一次我晚上从莫斯科飞往伦敦，碰上莫斯科大雪，航班延迟起飞。当我们飞到伦敦上空时，成了当天晚上唯一要降落在希思罗机场的飞机。那晚天空澄澈，虽然飞机尚未飞到M25公路上方，但我们已看到了在这条伦敦外环公路另一端的机场。尽管还有二十五英里，我们仍报告管制员可以"目视"到跑道。在这样晴朗安静的夜晚，飞机不必跟着波束穿过云层或雨水，也不需要遵循复杂的速度控制规定，因为那些规定多是繁忙的机场用来帮每架准备降落的飞机分隔出距离的措施。

管制员听见我们可以目视到跑道，便说："很好。"接下来他发布的指令对我们双方来说都很少见，让人想起了管制员和飞行员当年受训的小机场。"准许目视进近；无速限；朝机场转弯。"我们在接近午夜时飞越首都灯光的上方，朝着跑道灯毯的方向航行。就这么一次，当我来到全球最忙碌的机场时，感觉到了早期飞行员才熟悉的那种自由；经过夜晚的短途飞行回到草皮跑道上，周围是一连串提灯，照亮着低垂的夜幕。

一般人进入模拟机时，常觉得降落比起飞的体验更美好。起飞时窗外看见的主要是跑道，目光所及是上方辽阔的天空。我们的视线朝上，跟着意念移动，从某个细节到整个环境。降落时，情况正好相反。整架飞机每一英里的飞行，都是为了降落在某个国家的某个城市中的某座机场的某条跑道上。而此刻，我们要降落的是距离日本太平洋西北海岸几英里处的一条跑道。

飞行科技带领我们来到远方，一览这座城市的美景，这样的科技至今仍令我深深着迷。我们可以从那么远的地方看到这里——我们从世界的另一端，穿过云雾和许多国家的天空看到这里，并不是因为我们的视线能穿透阻挡在两地间的岩石，而是因为我们可以沿着地球的弧线，从另一天飞到这里来。每当读到自然界的动物会使用某种工具、其他物种似乎也拥有科技这类信息时，我总会想起各种科技运用组成的连续体，简单者如海獭敲击岩石，复杂者如靠着我们人类的创造力制造出来的能飞越全世界的飞机。

有些人不喜欢飞行，因为他们不喜欢无法掌控的感觉。我想另一个原因在于，他们看不见飞机前进的方向。若人类移动得这么快是不正常的，那么更不正常的是，在这么快速地移动的过程中只能看见一侧。即使是火车，也有足够大的窗户可以让乘客看见前方的情况。而在一般的单层客机上，只有飞行员能看得见前方，因为驾驶舱的位置在机身转弯处的机头上。但是在双层波音747上，驾驶舱位于楼上，因此在一楼客舱最靠近前面的两个乘客座位上，多少也可以看见一些前方的景色。这天早上，坐在这两个座位的两名乘客能直接看见日本的清晨，能看着我们回到飞机下方和飞机前方的地面，能和我们一样看见飞机着陆的画面。

长空飞渡

飞机进近时,在听到"DECIDE"口令(这口令在飞行的最后十五秒左右出现)前,飞行员通常不需要看到跑道。但我们多半在此之前,在飞机进入最终航路或破云而出时就已看到跑道。从远处看,跑道就像一个标点符号,有如地面上斜放的括弧。跑道最初看起来很小,就像隔着很远看到的博物馆墙上的一幅画,在周围环境的映衬下,打眼而珍贵。

当我从周围环境中辨识出跑道时,我可能会说"看见了"——同事有时会说"看见陆地了",即使在整趟飞行过程中飞机并未飞越过大海。不过,这种说法仍然相当贴切,因为从上空来看,跑道的边缘标示出了全世界我们唯一能用的陆地。在这趟东京之行的几个月前,我曾在一场突如其来的暴风雪中,降落温哥华。进近时,大部分的时间我根本看不到地平线,只能勉强看见在朦胧的薄雾中悬着的进近灯和跑道灯渐渐向我们倾斜,就好像我们正飞向一座飘浮在云间的城市的跑道上。

许多机场和成田机场一样,有多条跑道。在降落的过程中,整座机场向我们升起,宛若一座城市。某些大型机场实际上就是一座城市。在平行跑道上迎风进近,和从一条越来越繁忙的高速公路进入城市很像。通常乘客会看见另一架飞机与自己的平行飞行,而下方宽阔的道路上也是车水马龙,朝着拥挤的摩天大楼或这座机场驶去——我们都要进入同一座城市。

现在,我可以清楚地看见前方成田机场的指定跑道了。有那么一瞬间,我想起了学生时代的暑假和后来出差来日本的时光。

我在想，今天飞机上的乘客是些什么样的人？他们凝望着窗外时听的是什么音乐？"可以目视了，"我说，"我来负责操控。"然后，我解除自动驾驶，关闭提示自动驾驶已解除的警笛。我们在要越过海岸线前放下起落架，完成襟翼展开，并开始念着陆检查单。这时虽然空气比较颠簸，但身体却有一种和展开的机翼、不断变化的引擎声一样要回归大地的感觉。

《海鸥乔纳森》中的乔纳森发现，当他在海面上飞得低一些时，他能飞得更轻松，更远。飞行员无论是否是因为受那本书的启发才进入的这一行，大多都能明白他的意思。当飞机进入进近的最后阶段时，引擎的部分动力配合着机头的角度，就能引导飞机降落到跑道上。但这些设定在飞行的最终阶段需要稍做调整。即使其他条件不变，机翼在接近地面时也会产生更多的升力。此时，在波音747上的我会通过操控装置，让飞机"飘浮"在空中；而一时间，飞机似乎也在有意抵抗降落。

飞机接近地面时，下方的空气无法及时离开，像枕头一样托着飞机。飞机接近地面也会阻止翼尖产生涡流，由此进一步提升了机翼的效率。当一架飞机经历这种情况时，我们就说它进入了"地面效应"（ground effect）。下一次你见到波音747降落前飞过公园或高速公路，且飞行高度大约为二十层楼高时，不妨想象一下这就是一架大型喷气式飞机准备来到你呼吸的空气中、进入地面效应的高度。地面效应是天空送给飞机抗衡地球引力的临别赠礼，也是地球给回到它怀抱的飞机的欢迎。

长空飞渡

飞机起飞，在称为"抬轮"的这个阶段，当机身首次抬起时，会让人产生片刻踌躇，重型飞机表现尤其明显。这种踌躇的感觉不完全只是我们的想象，或是我们挥之不去的、对人类可以飞上天的古老怀疑。抬轮时，机头要抬起，这意味机尾必须下降。这时坐在客舱后排座区的乘客不免会纳闷：为什么会感觉自己在空中下降了，不是应该上升吗？其实乘客的感觉没有出错，他们就是先往下，后往上。抬轮后，飞机开始起飞，飞机的重量终于离开机轮，完全转移到上翘成弧形的机翼上，这可能会给人一种短暂的仰坐在椅子上的感觉。

我们可能还来不及辨识这些效应，它们便随着飞机的凌空高飞而消失了。但这些效应存在于飞行的开始和结尾，像是某种信条或企业背后的数字，每次飞行都要快速默诵或再次计算。起飞时短暂地出现的踌躇，在每趟飞行的最后也会重现。从伦敦出发后，我们终于到了整趟飞行最后几百英尺的离地高度上，我开始感觉到地面效应，于是把机头稍微压低了一点，以减少些许推力。机长念出我靠直觉设定的新推力，省去了我查看仪表的时间。大约在日本上空三十英尺的地方，我把机头抬高，开始收推力操纵杆。我再次感觉到了那种短暂的犹豫：是继续飞行呢还是其他。这种感觉就像是我提出了问题，但没有得到回答。然后，来之不易的升力像水那样从机翼上流逝，于是我们降落了。

我经常飞往与我生活有联结的地方。有时我飞到波士顿后，不会入住公司安排的机组人员酒店（俗称"外站酒店"），而是会去拜访我在波士顿北区的朋友。隔天晚上，飞机在爬升的过程中越过他们的城市时，若我看见朋友家附近的河流，便会想起他们为我准备的大餐，以及满怀感激之情、毫不犹豫地去他们家做客、直到该起飞时才离开的自己。

有时，我会飞过一个我在其他时空里认识的地方。这时从飞机里看到的景象，会为我的记忆增添新的生命——即使旧地重游，我也未必能得到这样深刻的体悟。我童年时，曾在新罕布什尔州的温尼珀索基湖度过了几个夏天。我们住在一间小木屋里，即使是夏天的清晨仍寒意深深，需要生火取暖。有时，我会从空中看见熟悉的湖泊的一角。如今，我的年龄已是上次在那里游泳时的三四倍了。我还曾在其他季节在高空俯瞰过它——或覆盖着白色的冰雪；或披上了秋天的颜色；或从上空望去，转动的树木仿佛只是红色的地衣，铺在森林中岩石凹处的小水池周围。能看到与印象中不同的景色，是一种很愉快的经历。而夏天，我会看见在下方湖泊中，船只在天蓝色的湖面上留下彗星尾巴一般的尾波。我会想到在船上刚组建的小家庭，然而那感觉并非穿过时光隧道，回到过去。而过了这么多年之后，从天空往下看，这座湖仍是那么完满，和记忆中并无二致。

我常在飞越英国的飞机上，听同事说这里只离他们家几英里，或他们家就在飞机下方。他们说这句话时，并没有看向窗外，有时飞机甚至还在云层中。因为他们知道家所在的方位和信标台，知道回家的里程是多少。

在从伦敦到墨西哥的航班上，我有时会经过世界上我最熟悉的地方——马萨诸塞州西部，我就是在那儿长大的。我们家总是会和其他三个家庭一起度假，那三个家庭有成员是我父母的朋友，他们就像我的伯父伯母，他们的孩子就像我家族的同辈手足，我父母去世后更是如此。从上空来看，马萨诸塞州西部是他们的目的地，也是我的出发点。一想到要把这里从周围林地中分辨出来不是一件容易的事，飞机上所有人只能看到树木，不知怎的，我就感到欣慰。

马萨诸塞州的最高峰格雷洛克山便位于此地，但高度仅三千四百九十一英尺（约一千零六十四米），因而一点儿也不显眼。要认出这座山，最明显的线索是山顶上的战争纪念碑，那是一座高高的石塔，我小时候经常在那下方野餐。当我看见这座山时，便想起了梅尔维尔，他在匹茨菲尔德家中的案头抬头遥望这座山时，心中想的不是他所居住的内陆地区。通常我从欧洲飞越海洋之后不久，便会飞过马萨诸塞州西部。若越过这片大地时看到一层厚厚的新雪或新云，我便会想起这乡间在冬季尽是一片雪白，正如梅尔维尔所说的"在这乡间犹如身处大海"。他从陆地的住宅望向四周，正如从"大西洋上的船舰的舷窗"看出去，我心想，当冬风四处呼啸，"房子上的帆是不是太多了"。

在成为飞行员之前，若问我对曾去过的国家有何感受，我应该会先想到那里的建筑、美食，或第一次去那里时的难忘经历。如今我想到的是那个国家的地理环境，从上空与远处看过去的模样，是位于山、海还是沙漠的边缘，等等。即使我走在这些地方，感受也不再相同，因为我知道这些地方从上空看是什么模样。这是我工作中令我感到惊讶的满足感之一：不是飞行本身，而是对城市是如何建立在物质世界之上的这种几乎不合时宜的问题的字面意义的认识。

还有另一类城市，即使从空中看到了全貌，也无法让我比原来更了解它们，例如多哈、雅典、基辅、安卡拉、的黎波里、布宜诺斯艾利斯、萨格勒布等[①]。因为我在这些城市降落后很快就要飞离，不曾有机会走出机场，有时甚至都没离开过驾驶座位。

在这类城市中，我最常飞的是莫斯科。我可以告诉你莫斯科圆得多么不同寻常，这是大都会的普遍特质，是位于平坦的内陆城市才有的专利。我可能会提到莫斯科有许多同心圆环形道路，其中一条大致对应着这座城市中世纪的边界和城门，这些道路在漆黑的夜里闪闪发光，像是电炉的环状线圈。我开空客时常飞莫斯科，那时我们不被准许在市中心上空飞，也不可以逆时针方向飞，因此得在城市周围飞四分之三个圆，好像在天

[①] 多哈、雅典、基辅、安卡拉、的黎波里、布宜诺斯艾利斯、萨格勒布，分别为卡塔尔、希腊、乌克兰、土耳其、利比亚、阿根廷、克罗地亚的首都。

长空飞渡

空绕圆圈。在这样的降落过程中，我们觉得自己像是在轨道上飞行，被城市的引力紧紧抓着，飞机大幅度的转弯，与下方的环形道路遥相呼应。

关于莫斯科的天气，我能说的竟比我想象的还多，我也能聊聊在莫斯科机场遇见的工作人员或者航班上遇到的莫斯科人。我可以在夜间俯视这座城市，许多莫斯科人或许一辈子都无法像我一样可以把整个莫斯科看得这么清楚。这块在盘旋的飞机的导航灯光下方的土地就像雪地上的大火圈，而四周尽是阴暗的森林。

然而，我对莫斯科的其他方面又是全然陌生的。可笑的是，我这陌生人还自认为对这里略知一二，即使我只是从最抽象、最不食人间烟火的角度短暂地接触过这座城市。对我而言，这环形道路里的是灯光，而不是一个个活生生的人。我对这座城市的生活的一切想象，全来自电视、小说和历史书籍。

相比于成为这个地方的游客或居民，或许这只是我们体验一个地方的极端方式的一种。即使这样，我们对这个地方的了解也极其有限。所以，每当有人问我是否去过莫斯科时，我总会感觉有点尴尬。因为无论我带多少人回到他们位于莫斯科的家，无论我看过多少次莫斯科从一个遥远的光点变成环形的灯光银河，并在最后真真切切地体会过飞机触地时的感受，对于我是否到过莫斯科这个问题，我仍觉得我只能回答"没有"。

阿拉斯加的天空是相对繁忙的。这里的飞机多，航空的重要性也其来有自——阿拉斯加的居民分散地住在少数几个聚落中，其中许多聚落之间隔着漫长的距离，并且中间不是高山与险恶的地形，就是难以穿越的水域。阿拉斯加可以说是飞机时代地球的一个缩影。约翰·麦克菲（John McPhee）在《到乡下来》(*Coming into the Country*)一书中提过，阿拉斯加人若被问到是否去过某个他们曾在空中看到过却未曾置身其中的地方时，许多人会说"算是去过"，因为他们曾在那地方的上空"飞过"。

飞过一个地方的意义是什么，这个问题不光是对某个城市而言的，也是对某片大地而言的。长久以来，阿拉伯半岛一直令我深深为之着迷，着迷于它出现在地图和地球仪上的样貌，着迷于我童年时听过的关于它的故事，着迷于多年前我在缓缓沿着肯尼迪机场的滑行道前进的飞机侧面看到的那个名字。如今，当我飞过阿拉伯半岛时，我会兀自想象并念出吉达、麦地那、麦加、宰赫兰和利雅得这些城市的名字；然后我会看见沙特阿拉伯一些现代化的事物，看见太阳能板和麦田怪圈[1]，看见夏夜炙热的沙漠城市蔓延出的寒冷光芒，看见海岸和高速公路像我心中最完美的地图一样发着光。这样看来，我也可以说自己对这个地方略知一二了。

在我当初入迷地望着来自沙特阿拉伯的飞机时，就开始领悟到，飞机能将某个地方与我们内心对这个地方的想法联系在一

---

[1] 麦田怪圈，指在麦田或其他田地上，通过某种力量把农作物压平而产生出来的几何图案。

起。我对阿拉伯半岛的认知，都和我在天空中看见它的感受有关；从空中看一个地方固然能让我们体会辽阔视野的奇妙之处，但这也是它的缺点所在。我在空中对一个地方（例如阿拉伯半岛）的感觉，几乎都离不开童年时对它的隐约印象或从其他地方对它的了解。正因如此，我感觉这恐怕无法帮助我了解更多。

可惜的是，不久前我初次飞抵利雅得时，仍无法改变这种感觉。那次短暂的逗留，我多半时间在睡觉，只短时间离开过酒店两次。当你听到收音机传来熟悉的歌曲时，即使音量很低、四周嘈杂，你仍可以跟上那乐曲；但如果接下来的歌曲是陌生的，你就跟不上了，只能偶尔听见几声最强的节拍，但这和噪声无异。这种跟不上陌生歌曲的感觉常会令我想起短暂住在我不太熟悉的地方（例如利雅得）的感觉；即使在这个城市度过了一夜，我仍觉得自己只是飞过这个地方而已。

格陵兰岛或许是我最爱飞越的地方。在格陵兰岛上空飞行多年之后，有人送了我一本关于格陵兰岛的书，作者是格蕾特尔·埃利希（Gretel Ehrlich），这本书讲的是一个日本人大岛郁夫（Ikuo Oshima）的故事。多年前，他从日本迁居到格陵兰岛的肖拉帕卢克——这是世界最北部的一个聚落，并在此过着传统的狩猎生活。从大岛先生的新家，能看见卫星从上空划过；他听说，卫星甚至能清楚地看见地面上汽车的车牌。他好奇地望着其中一颗卫星，看着这颗卫星一会儿俯视着东京，一会儿又俯视着格陵兰岛。当卫星看到他"站在冰原上，穿着北极熊皮毛制成的裤子，手拿着鱼叉"时，他不知道卫星会有何感受。"或许会感到疑惑、分裂吧！"因为我不止一次在一周内既飞越日本，又飞越格陵兰岛。每当这时我就会有一种地差感，我想，卫星应该也有这种感觉。

在《精灵鼠小弟》一片的结尾部分，斯图尔特来到一个岔路口，他不知道该往哪儿走，遂停下脚步，然后恰好遇到一个在附近修电话的工人。那个工人建议他往北走，并告诉他北边有果树林、湖泊和围着"年久失修的篱笆"的田野——斯图尔特可能会在他接下来的冒险中发现这些地方。"那边离这里很远喔，"工人警告说，"忙于寻找的人，没办法走得太快。"

我转动地球仪的时候，常会停在蒙古国。如果有人问我去过蒙古国吗？我会说，我飞越过蒙古国，而且飞得很快。飞过新西伯利亚市之后不久，我们便来到蒙古国的边界。然后，我可能会看到在飞航电脑的屏幕上出现一个完美的蓝色圆圈，那是成吉思汗国际机场。我本来可能会把我的整个职业生涯献给像蒙古国这样的地方，因为这个名字从我童年时就吸引了我的注意力。我本来也可能会用一辈子的时间来研究这里的历史、地理或语言，甚至在这里居住。但长期以来我首先渴望的是这个名字，之后才是与之相连的地方，一个让我想起时就会感到欣喜的地方。或许，我从上空俯瞰这个心仪已久的城市的次数，与我在下方实际感受这座城市的次数一样多。

有时当我看见蒙古国的第一高峰时，便会想起斯图尔特停下脚步，思考陌生工人的建议，眺望"展现在他眼前的广袤土地"，然后开车消失在晨光中的画面。前方之地与即将到来的早晨，其真实性是毋庸置疑的。映入眼帘的蒙古国和往日一样寻常。我一次又一次地看到太阳从这个地方升起，从这座一年四季都覆盖着白雪的山峰上升起；看见阳光照进阴暗的褐色山谷间，照亮不知从哪儿出现的道路。之后，无论这地方的真实样貌为何，无论我得到了或失去了什么，这一切都将在机翼下消失。世界的巨眼一眨，我们就到了其他地方。

有时我不确定自己身在何方，只知道城市的名字；有时我得想想，才能记起前几天我待在哪个大陆，这时飞行会让我更深爱我的家乡。

我这么说，并非表示我更欣赏自己成长或居住的城市的某些优点。我的确会更欣赏家乡的某些特质，但也会更不喜欢家乡的另一些特质。飞行员们踏遍世界各地之后不免会纳闷，为什么不是所有的城市都有北京的火车站、赫尔辛基的露天泳池、阿姆斯特丹的自行车道、温哥华友善的出租车司机、新加坡的公共花园。

但这也让我更爱家乡了，因为无论我飞到哪里，我都知道我终将回到那里，那里始终有属于我的一片静土。家是我最容易找到归属感的地方；每回那个不愿离家、顶多只接受以快走速度出行的我醒来，发现那个四处奔走的我从桌子抽屉里拿出护照，出门远行，他会知道要在家里等着我。

从高空与遥远的城市回来，在冻原或遥远的海洋上飞越几小时后，突如其来的减速总是令人欢喜。我可以真切地感受到这一点。当飞机在跑道上减速时，实际速度与周遭环境匆匆掠过的模糊线条，都开始画下句点。长途旅行之后，刚回到家最容易感受到的是平凡事物的单纯，而不是差异带来的震撼。长时间飞越漫漫长路，越过冰雪、沙漠或水域，此刻我总算回到了家。我从柜子里拿出零食，看了看架子上的照片，走到静掩的衣柜旁，然后把行李箱放进里面。我或许会出门和朋友吃个饭，而当我发现他们不知道我自上回聚餐之后经历过那么多季节与国家时，我觉得相当安慰。我喜欢他们不过问我去了哪里，好像我从没离开过一样，好像另一个留在家里的我在我离家的这段时日曾穿过城市与他们相聚过。

有时一趟长途旅程之后，如果我没有差事要办或没有什么计划，就会窝在家一整天甚至更久。离家越久越觉得，封闭的房间有新的趣味，小事情和小细节的分量和单纯更迷人；之所以会产生这种感觉，只是因为我离开过。如果回家后也会产生地差感，或许这种自我停泊的日子可以舒缓一下我进一步的混乱感；我待在家里，哪儿也不去——即使是同一条街上的咖啡馆，好让我找回自己。

如果我出门，或许会去公园，在飞行了那么漫长的一段距离之后，真真切切的泥土看起来格外动人，而在泥土上缓慢踱步的感觉亦妙不可言,这是飞机速度又一个意外的赠礼——就像多年前在英格兰上空开着小飞机时,从旁呼啸而过的战斗机那么快,我们的缓慢反而成了一份礼物。虽然都是地差感,但返家引起的地差感并没有让人不舒服。在我完全回归自己的地方与时间之前,我好像仍然隔着一定的距离或高度在观察着我的生活;若此时我碰巧听见一首在异乡听过的歌曲,这种感觉会更明显。

去了哪里并不重要,重要的是我们离开家了。我父母有个老朋友来自威斯康星州,长年生活在我的家乡新英格兰。我告诉她,每当我回到新英格兰时,这里的山丘看起来都特别顺眼,因为无论我在哪里,我都知道这些山会在路的尽头出现,或在每一汪湖泊的对岸拔地而起。她笑道,她离家越久,回到威斯康星州时便越觉得家乡顺眼。看着下方的大地从山峦起伏变成一马平川,待飞机一降落,她便迫不及待地驱车离开机场,回到她长大的农场,感叹一声:"真是豁然开朗啊!"

飞行工作者会渐渐适应这种移动的生活,并逐渐认识到我们对一个地方的记忆或了解会因为距离的变化而变化。不过每个空中乘客在展开新的旅程或回溯很久以前的旅程时——或许是他们自己的,或许是他们的父母或祖父母的——都会有这种感觉,只是飞行工作者所经历的更为强烈。这种旅程象征着我们这个全球化、都市化、移民化的时代。在这样的世界,时间与地理的界线都变得模糊。我父母的老友回到威斯康星州时告诉我，没必要弄清楚到底离开了家乡多少年，反正她已经飞回了过往。

这种体验固然有神奇美妙的一面，但飞机也因把机组人员带往许多地方给他们造成了许多混乱。例如星期五我飞过伊朗上空时，在靠近土耳其边境的地方看见乌尔米耶湖，湖水倒映着上方的天空，一片深蓝；而当我下个星期一飞过犹他州上空，看到下方的大盐湖时，不禁眨了眨眼。这种感觉就像是在第一个寒冬降临的日子里，你穿上八个月没穿的厚重大衣，手指碰到口袋里的餐厅收据，而你对那一餐几乎没什么印象。这种时间或季节脱节的感觉，我不时会在不同的地方体会到。我的皮夹里装满了各个城市的地铁车票。有一次，我在口袋里找到了几枚科威特硬币，却忘了上一次去科威特是什么时候了；还有一次，我从家中的衣柜里拿出一条短裤，口袋里竟然有沙子，我抖掉沙子，却不知道这些沙子来自哪一处沙滩，甚至连是哪处海洋也想不起来。

有几回，我恰好经过我在马萨诸塞州长大的地方附近的一家餐厅，餐厅的招牌上写着"Bombay"，也就是孟买的旧称。一两天后我飞到印度孟买，当我走在曾住过的房子里时，当我经过这座城市有名的户外洗衣场时，当我从孟买的嘟嘟车里望着这座城市壅塞的交通时，想起不到两天前的那个雪天我遇见的那家餐厅，这感觉宛如梦境一样不真实。我只有在极少数情况下会失去对工作的热情，就是我觉得自己既不属于这个地

长空飞渡

方也不属于那个地方,无所归依的时候。

然而,有一年十二月,两处孟买出现的时间掉了个个儿。那一次,我一早就从印度的孟买出发,开飞机前往伦敦,然后以乘客身份搭飞机到波士顿。下飞机后,我开车往西去一个小镇——从出生以来,每个圣诞节我都会和那里的几个家庭相聚。

就在我经过那家印度餐厅前不久,波克夏进入冬夜,飘起了初雪。世界再度恢复成对我最意义深重的一个小地方——家乡。当我看见这家餐厅的招牌时,想起从飞机棱镜中散射出来的各种各样的"孟买",不再感到不安。这是一种可以捧起、赞叹再放下的经验。

每回降落,都是从充满可能的四面八方,回归到一个确定的地方,或一个爱恋的地方。多年前,我以乘客身份搭飞机飞往多伦多。那是一次夜间飞行,在飞机开始降低高度之前,黎明已翩然到来。夏天早晨的舷窗外是一片蓝色和绿色,在加拿大迎接它新的一天之际,我正听着音乐。当飞机开始最后的进近时,远处一道快速移动的影子吸引了我的目光。它轻松地飞过森林、池塘,沿着高速公路的车道前进。后来,我明白那是我搭的那架飞机的影子。

我试着想象初升的太阳要在什么位置——是高挂在飞机上方,还是在飞机的另一侧——才能在地球上投出这样一道影子。我瞪大眼睛,把耳机里的音乐倒回去,调大音量,拿起相机。

因为我从没看过这样的景象，我担心这画面会稍纵即逝。但这影子停在了舷窗上的相同位置，并且越来越大。我意识到，飞机与它越来越大的影子正在彼此靠近，两者在漫长的分离之后，终于要在飞机触地的那一刻重新相聚。

那天早晨之后，我只看过几次这样的景象。飞机的影子在大地上出现、颤动，仿佛是在期待着什么。这是陆地，现在就要着陆了。我们来了，我们回家了。

影子的旅程和张开的机翼搭配得完美无间。我望着窗外。每次我看到越来越大的影子，总会嘴角上扬，我甚至以为自己是第一次搭飞机。我心想，我回来了，于是我把音乐音量再调大些。透过前方座椅与客舱壁的缝隙，我发现另一个乘客也看见了这道影子。她回头看了看我，指着窗外。我点点头，对她报以微笑。然后，我们都转过身，抓着安全带，俯身欣赏。

致谢

航空的世界和地球一样宽广多变。在本书的研究与撰写过程中，我更清楚地感受到许多飞行员的经验和我的可能大相径庭，尤其是英国以外的小型航空公司、驾驶小飞机的飞行员。我只能在一己的有限领域，尽量精准地描写。

首先感谢驾驶舱和客舱的同事，还有地勤同事。没有地勤同人，飞机不可能后推，而他们的努力虽然低调，对飞航安全却功不可没。谢谢同事们的热诚与专业，谢谢他们慷慨地教我关于飞机和世界的一切。我深信退休飞行员告诉我的话："飞行员之所以是世界上最好的工作，不光是飞行本身，更因为那些愿意分享飞行之爱的人。"也要感谢二〇〇一年的飞行员培训赞助计划，让原本负担不起训练费用的人可以进入这一行，如今这样的赞助比以往更为重要。

我还要感谢 CAE 牛津航空学院（Oxford Aviation Academy），教会我如何飞行。我很感激 AP 211 训练课程的同事：杰兹（Jez）、邦柏（Bomber）、赛布（Seb）、凯特（Cat）、尼尔

(Neil)、戴夫(DAVE)、亚德里安(Adrian)、亚当(Adam)、柯斯坦(Kirsten)、克里斯(Chris)、巴尔博(Balbir)、林赛男孩(Lindsay Boy)、林赛女孩(Lindsay Girl)、莫(Mo)、海莉(Hailey)、卡文(Carwyn)和詹姆士(James),谢谢大家从一起上课开始就不断给予我的支持,谢谢大家告诉我,"你不会有事的,朋友!",并与我维系友谊。每当我在无线电上听到你们向甘德无线电台(Gander Radio)、伊朗空防(Iran Air Defence)或希思罗指挥台(Heathrow Director)说话,好希望更常和你们飞行。谢谢赛门·贝斯卫特(Simon Braithwaite)的陪伴,也感谢奈卓·巴特沃斯(Nigel Butterworth)邀我到从成田机场回希思罗机场的航班的驾驶舱参观。

下列人士在读过本书全稿后不吝给予了我认真的建议。感谢马克·琼斯(Mark R. Jones)与吉隆·卡布尔(Kirun Kapur),他们不仅给了我《夜》这章最初的灵感(这是我最先撰写的篇章),后续各章也有赖他们的建议。史蒂芬·西里恩(Steven Hillion)最先读过本书的初稿,并指导我进行后续的修订。狄瑟瑞·斯库勒(Desirae Scooler)、哈瑞特·宝尼(Harriet Powney)相当注重细节,给了我诸多启发。还要感谢柯尔·斯坦勒(Cole Stangler)、唐恩·麦吉利斯(Don MacGillis)、赛巴斯丁·斯陶夫斯(Sebastien Stouffs)、道格拉斯·伍德(Douglas Wood)、约翰·佩提特(John Pettit)、伊恩·史莱特

(Ian Slight)、玛丽·钱伯兰(Mary Chamberlain)、艾利克斯·菲舍尔(Alex Fisher,他在航空科技和航空史方面的知识无人可比)。

撰写本书各章内容时,我曾咨询各方专家和同事。感谢皇家航空协会(Royal Aeronautical Society)的艾玛·波森(Emma Bossom)、英国航空飞行员协会(British Airline Pilots Association)的理查·杜莫(Richard Toomer)与大卫·史密斯(David Smith)、尊贵飞行员工会(Honourable Company of Air Pilots)的保罗·达肯(Paul Tacon)、波音公司的马可·伯托(Marc Birtel)与沙妮卡·曼宁·穆罕默德(Shaniqua Manning Muhammad)、牛津航空学院的麦克·史帝尔(Mike Steer)、皇家导航学会(Royal Institute of Navigation)的彼得·查普曼-安德鲁斯(Peter Chapman-Andrews)、美国国家航空航天局兰利研究中心(NASA Langley Research Center)的保罗·丹尼希(Paul Danehy),他们让我联络到了各位专家。

撰写《地方》一章时,地勤同事马克·布莱斯伦凯(Mark Blaxland-Kay)不厌其烦地给我解答关于导航和航路规划的问题。大卫·布罗顿(David Broughton)、查尔斯·佛克(Charles Volk)、赖瑞·瓦洛特(Larry Vallot)、安德鲁·洛福特(Andrew Lovett)与布莱恩·瑟鲁赛尔(Brian Thrussell)热心回答了我关于惯性导航和磁力的问题。南达·吉尔文克（Nanda Geelvink）、布兰登·凯利（Brendan Kelly）、米瑞尔·罗曼（Mireille Roman）与罗宾·希克森（Robin Hickson）大方协助过我并给我提供了航路点名字和空域结构的信息。

《空气》一章深深受惠于以下人士耐心给予技术方面的协助：珍妮佛·伊曼（Jennifer Inman）、马修·伊曼（Matthew Inman）、安德鲁·洛福特、布莱恩·瑟鲁赛尔、史蒂芬·法兰西斯（Stephen Francis，他最先介绍我和我的同学看相关资料）、史都华·道森（Stuart Dawson）、尤金·莫瑞里（Eugene Morelli）与约翰·汉斯曼（John Hansman）。无线电高度计的部分则感谢戴夫·杰斯（Dave Jesse）与詹姆士·达提（James Doty）提供的协助。

《水》这一章，道格拉斯·赛格（Douglas Segar）给予了我许多宝贵的评论与建议。杰夫·卡奈普（Jeff Kanipe）、史蒂芬·施奈德（Stephen Schneider）与乔治·葛林思坦（George Greenstein）慷慨的协助，让我完成《夜》这一章。他们对夜空的了解与热切，让我想起了父亲曾遗憾自己没能成为天文学家。

下列人士为本书其他部分大方给予过协助：海伦·亚娜克普洛斯（Helen Yanacopulos）、杰米·凯许（Jamie Cash）、艾琳诺·欧姬芙（Eleanor O'Keeffe）、厄尔莱克·德达钱吉（Ulrike Dadachanji）、马克·福尔斯坦（Mark Feuerstein）、马丁·芬特（Martin Fendt）、泰瑞·克罗斯（Terry Kraus）、阿曼达·帕尔默（Amanda Palmer）、文诺德·帕特尔（Vinod Patel）、狄克·休斯（Dick Hughes）、帕蜜拉·楚蒂-克丽瑞（Pamela Tvrdy-Cleary）、茱莉亚·桑兹（Julia Sands）、凯伦·麦雷斯（Karen Marais）、克里斯·高特（Chris Goater）、赫丹·达德（Haldane Dodd）、安东尼·康希尔（Anthony Concil）、米契·普雷斯顿（Mitch Preston）、德鲁·泰格里亚布（Drew Tagliabue）、马克·琼斯（Mark Jones）、希尔达·沃夫（Hilda Woolf）、柴田芽衣（Mei Shibata，音译）、约翰·爱德华·胡斯（John Edward Huth）、东尼·凯恩（Tony Cane）、艾尔·布里杰（Al Bridger）、卡南·贾根纳森（Kannan Jagannathan）、田和和子（Wako Tawa，音译）。

很感谢各位朋友、同事和专家的协助，如有任何疏漏，应归责于我。

除了请教飞行员同事和训练者，参阅飞行手册、训练资料与图表，我还参考过其他书面资源。多米尼克·皮萨诺（Dominick Pisano）编纂的《美国文化中的飞机》(*The Airplane in American Culture*)，以及约瑟夫·萨特（Joseph Sutter）的《波音747：打造世界第一架巨无霸，以及航空生活的其他冒险》(*747: Creating the World's First Jumbo Jet and Other Adventures from a Life in Aviation*) 精彩又实用。在《水》和《空气》两章，美国气象学会出版的两本教科书《海洋研究：海洋学导论（第三版）》[*Ocean Studies: Introduction to Oceanography* (*3rd edition*)] 与《天气研究：大气科学导论（第五版）》[*Weather Studies: Introduction to Atmospheric Science* (*5th edition*)] 对我助益甚多。嘉贝丽·沃尔克（Gabrielle Walker）的著作《大气：万物的起源》(*An Ocean of Air*) 书名取得很好，内容引人入胜，且知识性丰富。本书许多段落参考了柯林森（R. P. G. Collinson）的《飞行综合驾驶系统导论（第三版）》[*Introduction to Avionics Systems* (*3rd edition*)]。约翰·胡斯（John Huth）的《失落的寻路艺术》(*The Lost Art of Finding Our Way*) 讲述了导航的历史与未来，是相当精彩实用的著作和研究。

过去十八个月来，很荣幸走进汗牛充栋的办公室，与爱书人共事。感谢我的经纪人卡若琳·米歇尔（Caroline Michel）找我出书，并与同事们一起给予我支持和鼓励。感谢夏托与温德斯出版社（Chatto & Windus）的编辑克莱拉·法默（Clara Farmer）和苏珊娜·奥托（Susannah Otter）、克诺普夫出版社（Knopf）的丹恩·法兰克（Dan Frank）和贝琪·沙利（Betsy Sallee），以及他们在大西洋两岸的同事，尤其是玛姬·沙瑟德（Maggie Southard）、丽莎·古丁（Lisa Gooding）、维琪·华森（Vicki Watson）在成书过程中，付出的有洞察力的、耐心的与温暖的引导和支持。

最后，谢谢我的亲友在本书写作过程中付出的爱和支持，让我不时能喘口气。谢谢凯容（Kirun）理解我在各种交通工具中喜欢听音乐及靠窗座位；谢谢南西多年来的爱与支持，谢谢她鼓励我投入我热爱的飞行行业。赛勒斯（Silas）、安洁莉（Anjali，告诉我世界上只有一个海洋）与罗拉（Lola）——但愿你们有一天能在搭飞机时参观驾驶舱，就像以前的孩子一样。

感谢以下人士，惠准本书摘录内容：

'Midsummer' by Derek Walcott, from *Collected Poems* by Derek Walcott, published by Faber & Faber

'Mariana' by T. S. Eliot, from *Collected Poems* by T. S. Eliot, published by Faber & Faber

The Year of Magical Thinking by Joan Didion, published by HarperCollins

Congo: The Epic History of a People by David Van Reybrouck, translated from the Dutch by Sam Garrett

Super Cannes by JG Ballard

The Artist's Voice: Talks with Seventeen Modern Artists by Katherine Kuh, reprinted by permission of the Anne Rittenberg Literary Agency, on behalf of Avis Berman, Literary Executor of the Estate of Katherine Kuh

This Cold Heaven by Gretel Ehrlich

'The Poem of Flight' by Philip Levine, from *New Selected Poems* by Philip Levine, published by Penguin Random House

'Kitty Hawk' by Robert Frost, from *The Poetry of Robert Frost* by Robert Frost, published by Jonathan Cape, reproduced by permission of Penguin Random House

本书出版前已尽力追溯与联络版权所有人。若有疏漏讹误，出版社将尽快修正。

图书在版编目（CIP）数据

长空飞渡 / (英) 马克·凡霍纳克著; 吕奕欣译. -- 北京: 九州出版社, 2023.1
  ISBN 978-7-5225-1336-2

Ⅰ.①长… Ⅱ.①马…②吕… Ⅲ.①散文集—英国—现代 Ⅳ.①I561.65

中国版本图书馆CIP数据核字（2022）第206684号

SKYFARING：A Journey with a Pilot
Copyright © Mark Vanhoenacker 2015

著作权合同登记号：01-2022-6996

长空飞渡

作　　者	［英］马克·凡霍纳克　著　吕奕欣　译
责任编辑	张皖莉
出版发行	九州出版社
地　　址	北京市西城区阜外大街甲35号（100037）
发行电话	（010）68992190/3/5/6
网　　址	www.jiuzhoupress.com
印　　刷	天津中印联印务有限公司
开　　本	889 毫米×1194 毫米　　32 开
印　　张	12
字　　数	241 千字
版　　次	2023 年 2 月第 1 版
印　　次	2023 年 2 月第 1 次印刷
书　　号	ISBN 978-7-5225-1336-2
定　　价	68.00元

★ 版权所有 侵权必究 ★